妖精《ようせい》チームGジェニ事件《じけん》ノート

星《ほし》形《がた》クッキーは知《し》っている

藤本ひとみ／原作
住滝 良／文　清瀬赤目／絵

講談社 青い鳥文庫

☆目次《もくじ》☆

おもな
登場人物《とうじょうじんぶつ》

立花《たちばな》 奈子《なこ》
主人公《しゅじんこう》。大学生《だいがくせい》の兄《あに》と
高校生《こうこうせい》の姉《あね》がいる。
小学《しょうがく》５年生《ねんせい》。
超《ちょう》・天然系《てんねんけい》。

火影《ひかげ》　樹《たつき》
野球部《やきゅうぶ》で４番《ばん》を打《う》ち、
リーダーシップと運動神経《うんどうしんけい》、
頭脳《ずのう》をあわせ持《も》つ
小学《しょうがく》６年生《ねんせい》。

美織《みおり》　鳴《めい》
音楽大学付属中学《おんがくだいがくふぞくちゅうがく》に通《かよ》う
中学《ちゅうがく》１年生《ねんせい》。
ヴァイオリンの名手《めいしゅ》だが、
元《もと》ヤンキーの噂《うわさ》も。

若王子《わかおうじ》 凜《りん》
フランスのエリート大学《だいがく》で
学《まな》んでいた小学《しょうがく》５年生《ねんせい》。
繊細《せんさい》な美貌《びぼう》の持《も》ち主《ぬし》。

1　天然《てんねん》キャラ

私《わたし》は、立花奈子《たちばななこ》です。
小学校《しょうがっこう》の5年生《ねんせい》。
「奈子《なこ》ちゃんって、天然《てんねん》だよね。」
よくそう言《い》われるけれど、自分《じぶん》では、普通《ふつう》のつもりです。
どういうところが、天然《てんねん》なのかな。
だいたい天然《てんねん》って、どういうののことを言《い》うんだろう。
でも、それについて聞《き》くと、必《かなら》ずこういう答《こた》えが返《かえ》ってきます。
「そう聞《き》くとこが、天然《てんねん》なの。」
う～ん、わかったような、わかんないような・・・。
私《わたし》は、5年生《ねんせい》になったのを機会《きかい》に、友《とも》だちを作《つく》らないことにしました。
いつも1人《ひとり》です。

それが快適《かいてき》なんだけれど、放《ほう》っておいてもらうのは、なかなか難《むずか》しかったりします。

で、いつの間《ま》にか友《とも》だちが1人《ひとり》できてしまった・・・こんなはずじゃ、なかったんだけれど。


学校《がっこう》では授業《じゅぎょう》がおもしろくないので、まるで聞《き》いていなくて問題児《もんだいじ》です。

塾《じゅく》の授業《じゅぎょう》はおもしろく、G《ジエニ》プロジェクトの一員《いちいん》として楽《たの》しい時間《じかん》を過《す》ごしています。

G《ジエニ》プロジェクトの正式名称《せいしきめいしょう》は、génie《ジェニ》プロジェクト、直訳《ちょくやく》すれば、妖精《ようせい》プロジェクト。

これは、進学塾秀明《しんがくじゅくしゅうめい》が、将来《しょうらい》、この国《くに》を牽引《けんいん》するリーダーを養成《ようせい》する目的《もくてき》で作《つく》っている研究計《けんきゅうけい》画《かく》の1つで、サッカーチームKZ《カッズ》や、クラブZ《ゼータ》と同類《どうるい》です。

G《ジエニ》プロジェクトのメンバーは、私《わたし》も入《い》れて4人《にん》。

私《わたし》より1歳年上《さいとしうえ》の火影樹君《ひかげたつきくん》、私《わたし》と同《おな》い年《どし》の若王子凛君《わかおうじりんくん》、それに2歳年上《さいとしうえ》の美織鳴君《みおりめいくん》。

皆《みんな》、それぞれに特技《とくぎ》があって、すごい。

何《なに》も持《も》っていないのは、私《わたし》だけです。

それでもG《ジエニ》プロジェクトの〝国王《キング》〟に選《えら》ばれたので、何《なに》かあると、代表《だいひょう》として発言《はつげん》しなければならないし、メンバーと一緒《いっしょ》に犯罪消滅特殊部隊《はんざいしょうめつとくしゅぶたい》を結成《けっせい》したばかりなので、いろいろと大変《たいへん》です。

またママからは、G教室《ジェイきょうしつ》の中《なか》で結婚相手《けっこんあいて》を見《み》つけなさいと言《い》われています。

なぜって私《わたし》は、大《おお》きな宿命《しゅくめい》を背負《せお》っていて、このメンバーの中《なか》で結婚《けっこん》できなかったら、今後《こんご》、誰《だれ》からも相手《あいて》にしてもらえそうもないから、だそうです。

ママにそう言《い》われると、私《わたし》も不安《ふあん》になって、なんとかしなくっちゃって思《おも》ったりしています。

でも実《じつ》は私《わたし》、G《ジェイ》メンバーより、担任《たんにん》の早川浩史先生《はやかわこうじせんせい》がお気《き》に入《い》り。

毎日《まいにち》いろんなことが起《お》こり、私《わたし》の気持《きも》ちは、千変万化《せんぺんばんか》です。

穏《おだ》やかさとは縁遠《えんどお》い生活《せいかつ》で、時折《ときおり》は疲《つか》れますが、まぁ頑張《がんば》るしかないと思《おも》っています。

どうぞ、応援《おうえん》してください。

2　どうしたのかなぁ

その夜《よる》、ベッドに入《はい》って、私《わたし》は、美織君《みおりくん》のことを考《かんが》えた。

日曜日《にちようび》に行《おこな》われた特別授業《とくべつじゅぎょう》の時《とき》、様子《ようす》がいつもと違《ちが》っていたから。

G教室《ジェイきょうしつ》では、誰《だれ》もが自分《じぶん》のテキストをマイペースで進《すす》めている。

でもその日《ひ》、美織君《みおりくん》はなぜか、ちっとも勉強《べんきょう》を始《はじ》めなかった。

机《つくえ》の上《うえ》にテキストとペンケースを置《お》いて、そこからシャープペンと消《け》しゴムを出《だ》して並《なら》べたところまでは、いつもと同《おな》じだったけれど、両手《りょうて》を後頭部《こうとうぶ》で組《く》んで椅子《いす》の背《せ》に寄《よ》りかかり、鼻《はな》の下《した》にシャープペンをはさんで天井《てんじょう》を仰《あお》いだまま、じいっとしていたんだ。

何《なに》か、考《かん》え事《ごと》をしているみたいだったから、私《わたし》は話《はな》しかけないようにしていたし、火影君《ひかげくん》もそうだった。

浩史先生《こうじせんせい》が注意《ちゅうい》しなかったのも、美織君《みおりくん》に充分《じゅうぶん》、考《かんが》えさせた方《ほう》がいいと判断《はんだん》していたからだと思《おも》う。

後《うし》ろの席《せき》では若王子君《わかおうじくん》が、自分《じぶん》の頭《あたま》くらいもある大《おお》きなお煎餅《せんべい》をかじりながら、数学《すうがく》のテキストに没頭《ぼっとう》していた。

普通《ふつう》なら、高校《こうこう》で習《なら》う数Ⅲ《すうさん》だよ、すごい。

そしたら美織君《みおりくん》がいきなり両手《りょうて》を下《お》ろすなり、自分《じぶん》の消《け》しゴムをつかみ、振《ふ》り向《む》きざま、それを若王子君《わかおうじくん》に投《な》げつけたんだ。

消《け》しゴムは、若王子君《わかおうじくん》の頭《あたま》を直撃《ちょくげき》っ！

クセのない、サラサラの髪《かみ》が乱《みだ》れて、パッと空中《くうちゅう》に飛《と》び散《ち》った。

わっ！

私《わたし》は目《め》を見開《みひら》いたけれど、若王子君《わかおうじくん》は、お煎餅《せんべい》をバリっと食《く》い破《やぶ》りながら、シャープペンを持《も》っていた手《て》を上《あ》げて、消《け》しゴムの当《あ》たった頭《あたま》をちょっとなでただけ。

視線《しせん》は、ずっとテキストに釘《くぎ》づけだった。

集中《しゅうちゅう》が途切《とぎ》れない。

私《わたし》もそういうことあるけれど、でも何《なに》かが当《あ》たったら、ちょっとは気《き》にして、そっちを見《み》ると思《おも》う。

火影君《ひかげくん》が、苦笑《くしょう》しながら私《わたし》の方《ほう》を向《む》いた。

「若《わか》、すごいよな。」

私《わたし》がうなずいたその時《とき》、美織君《みおりくん》が次《つぎ》の消《け》しゴムを投《な》げたんだ。

今度《こんど》は、ものすごく力《ちから》をこめて投《な》げた。

頬《ほお》がゆがむくらいの力投《りきとう》で、それが若王子君《わかおうじくん》のお煎餅《せんべい》に当《あ》たり、真《ま》っ二《ぷた》つ。

ちょうど煎餅《せんべい》にかみつこうとしていた若王子君《わかおうじくん》は、自分《じぶん》の指《ゆび》をかんでしまい、ようやく我《われ》に返《かえ》ったみたいだった。

「何《なに》すんだ。」

若王子君《わかおうじくん》にそう言《い》われて、美織君《みおりくん》はちょっと笑《わら》った。

「煎餅音《せんべいおん》、うぜ。」

瞬間《しゅんかん》、若王子君《わかおうじくん》は自分《じぶん》のペンケースを取《と》り上《あ》げ、美織君《みおりくん》めがけて投《な》げつけた。

美織君《みおりくん》は、さっと身《み》をかがめてそれをやり過《す》ごし、テキストをつかんで若王子君《わかおうじくん》めがけて投《な》げる。

若王子君《わかおうじくん》はそれを避《よ》け、今度《こんど》は秀明《しゅうめい》バッグを取《と》り上《あ》げた。

勢《いきお》いよく投《な》げつけられた秀明《しゅうめい》バッグは、止《と》めようとした浩史先生《こうじせんせい》の胸《むね》を強打《きょうだ》っ！

と思《おも》いきや、とっさに浩史先生《こうじせんせい》は足《あし》を上《あ》げ、飛《と》んできた秀明《しゅうめい》バッグを天井《てんじょう》に蹴《け》り上《あ》げ、それが落《お》ちてくるところをねらって、再《ふたた》びキック。

蹴飛《けと》ばされた秀明《しゅうめい》バッグは、空《くう》を飛《と》び、若王子君《わかおうじくん》の机《つくえ》の上《うえ》にドサンと着地《ちゃくち》した。

「ナイシューっ！」

火影君《ひかげくん》が立《た》ち上《あ》がって拍手《はくしゅ》をし、私《わたし》も手《て》をたたく。

浩史先生《こうじせんせい》は、片手《かたて》の親指《おやゆび》を上《あ》げて声援《せいえん》に応《こた》えてから、私《わたし》たちを見回《みまわ》した。

「では各自《かくじ》、勉強《べんきょう》に戻《もど》ってくれ。」

若王子君《わかおうじくん》が、このままでは気《き》がすまないといった表情《ひょうじょう》で美織君《みおりくん》をにらむ。

「俺《おれ》の煎餅《せんべい》、拾《ひろ》えよ。」

美織君《みおりくん》は、机《つくえ》の脇《わき》に置《お》いてあった自分《じぶん》の秀明《しゅうめい》バッグに手《て》を伸《の》ばすと、それをつかんで立《た》ち上《あ》がった。

「できねーし。俺《おれ》、帰《かえ》るから。」

若王子君《わかおうじくん》が素早《すばや》く机《つくえ》を離《はな》れ、美織君《みおりくん》の前《まえ》に立《た》ちふさがる。

「俺《おれ》の煎餅《せんべい》、拾《ひろ》ってから帰《かえ》れ。」

美織君《みおりくん》はじっと若王子君《わかおうじくん》を見《み》つめ、かみつぶすようにつぶやいた。

「そこを退《ど》け、くそガキ。」

いらだった表情《ひょうじょう》は、いつもの美織君《みおりくん》じゃなかった。

私《わたし》はハラハラし、浩史先生《こうじせんせい》に目《め》をやる。

火影君《ひかげくん》も同《おな》じ気持《きも》ちだったらしく、両手《りょうて》を拳《こぶし》に固《かた》めて立《た》ち上《あ》がりかけていた。

「若王子《わかおうじ》、」

浩史先生《こうじせんせい》が若王子君《わかおうじくん》の背後《はいご》に近寄《ちかよ》り、腕《うで》を伸《の》ばしてその体《からだ》を自分《じぶん》の胸《むね》の中《なか》に抱《だ》き取《と》る。

「煎餅《せんべい》は、僕《ぼく》が拾《ひろ》ってやるから。」

やさしい口調《くちょう》で、さりげない仕草《しぐさ》だったけれど、私《わたし》にはわかった。

若王子君《わかおうじくん》は、「クリスマスケーキは知《し》っている」の中《なか》で、いきなり暴力《ぼうりょく》を振《ふ》るったことがある。

浩史先生《こうじせんせい》はその話《はなし》を聞《き》いたか、あるいは若王子君《わかおうじくん》の雰囲気《ふんいき》から感《かん》じ取《と》って、若王子君《わかおうじくん》の動《うご》きを封《ふう》じたんだ。

「俺《おれ》は、美織《みおり》に拾《ひろ》わせたいんだ。」

若王子君《わかおうじくん》が浩史先生《こうじせんせい》を仰《あお》いでそう言《い》った時《とき》には、美織君《みおりくん》はもう教室《きょうしつ》から出《で》ていってしまい、ドアがパタンと閉《し》まるところだった。

私《わたし》は、火影君《ひかげくん》と顔《かお》を見合《みあ》わせた。

「なんか、すごくいらだってたよな。」

「ん、いつも、あんなじゃないのに。」

脇《わき》で若王子君《わかおうじくん》が、あわてて叫《さけ》ぶ。

「俺《おれ》は、悪《わる》くないぜ。」

いったんそう言《い》ってから、小《ちい》さな声《こえ》でつけ加《くわ》えた。

「ちょっとしか・・・」

私《わたし》たちは、クスクス笑《わら》った。

大丈夫《だいじょうぶ》、よくわかってるから。

「学習《がくしゅう》を始《はじ》めよう。」

浩史先生《こうじせんせい》がそう言《い》って、ちょっと息《いき》をついた。

「美織《みおり》のことは当面《とうめん》、保留《ほりゅう》だ。時間《じかん》を見《み》つけて、本人《ほんにん》と話《はな》してみるから。」

それで各自《かくじ》が自分《じぶん》のテキストに戻《もど》ったんだけど、私《わたし》はずっと気《き》にしていた。

どうしたのかなぁ、美織君《みおりくん》。

G教室《ジェイきょうしつ》の始《はじ》まった日《ひ》、浩史先生《こうじせんせい》は、美織君《みおりくん》には環境的《かんきょうてき》な問題《もんだい》があると言《い》っていた。

そのことに関係《かんけい》しているのかもしれない。

そう思《おも》いながらウトウトして、私《わたし》は眠《ねむ》りに落《お》ちた。

夜中《よなか》にお姉《ねえ》ちゃんが帰《かえ》ってきて、パッと明《あ》かりがつき、一瞬《いっしゅん》、目《め》が覚《さ》めたんだけれど、またそのまま眠《ねむ》ってしまった。

朝《あさ》になってから思《おも》い返《かえ》してみて、どうも泣《な》き声《ごえ》を聞《き》いたような気《き》がした。

もしかして、お姉《ねえ》ちゃんの声《こえ》？

「おはよう！」

そう言《い》いながら私《わたし》がダイニングに降《お》りていった時《とき》には、お姉《ねえ》ちゃんはもうテーブルについていた。

いつも通《どお》りにトーストを食《た》べていて、これといって変《か》わったところはない。

う〜む、やっぱり夢《ゆめ》だったのかも。

3　かわい子《こ》ぶる

その日《ひ》、私《わたし》が登校《とうこう》すると、校門《こうもん》の内側《うちがわ》の植《う》えこみの所《ところ》で、ちょっとした騒《さわ》ぎが起《お》こっていた。

校内《こうない》ＡＫＢ《エーケービー》といわれている土屋《つちや》さんたちのグループが、１人《ひとり》の女《おんな》の子《こ》を取《と》り囲《かこ》んでいたんだ。

「だから、手《て》を引《ひ》けって言《い》ってんの。」

土屋《つちや》さんの声《こえ》は、とてもトゲトゲしかった。

「高田君《たかだくん》は、佐竹《さたけ》さんの彼氏《かれし》って決《き》まってるんだから。いくらリップぬって、マスカラつけて気《き》を惹《ひ》いてもダメなんだよ。」

私《わたし》は足《あし》を止《と》め、囲《かこ》まれているその子《こ》を見《み》た。

確《たし》かに睫毛《まつげ》が濃《こ》くて、唇《くちびる》もツヤツヤしていて、かわいらしい。

「あなた、すごくかわいいってわけでもないのに、化粧《けしょう》してかわい子《こ》ぶって、人《ひと》の彼氏《かれし》を盗《と》ろうなんて、いい度胸《どきょう》だよね。」

土屋《つちや》さんはかなりの勢《いきお》いだったし、その周《まわ》りをグループの女子《じょし》が固《かた》めていたので、登校《とうこう》してきた生徒《せいと》たちは皆《みんな》、知《し》らんふりで通《とお》りすぎていった。

「あいつら、朝《あさ》から何《なに》やってんだよ。」

「あれ、土屋《つちや》だよね。」

「そう、性格《せいかく》、最悪《さいあく》っ！」

私《わたし》は、止《と》めないとマズいと思《おも》った。

割《わ》りこんだら怒《おこ》られるかもしれないけれど、圧倒的《あっとうてき》に人数《にんずう》に差《さ》があるから、囲《かこ》まれてる子《こ》がかわいそうだし、土屋《つちや》さんのためにもならないもの。

ところが私《わたし》がそばまで行《い》く間《あいだ》に、囲《かこ》まれてたその子《こ》が、こう言《い》ったんだ。

「なんで、そんなこと言《い》われなきゃなんないの。手《て》を引《ひ》けって言《い》うけど、私《わたし》のせいじゃないから。初《はじ》めに誘《さそ》ってきたのは、高田君《たかだくん》の方《ほう》だよ。」

土屋《つちや》さんに勝《まさ》るとも劣《おと》らない勢《いきお》いだったので、私《わたし》はびっくりし、思《おも》わず足《あし》が止《と》まってしまった。

「佐竹《さたけ》さんの彼氏《かれし》だっていうんなら、佐竹《さたけ》さんに言《い》っといてよ、他《ほか》の女子《じょし》に声《こえ》かけないように高《たか》田君《だくん》を教育《きょういく》しとけって。」

私《わたし》は妙《みょう》に納得《なっとく》し、感心《かんしん》して聞《き》いていた。

こんな状況《じょうきょう》で、しっかりと自分《じぶん》の気持《きも》ちを言《い》えて、しかもそれに一理《いちり》あるって、すごいと思《おも》って。

「ちょっと何《なに》、今《いま》の言《い》い方《かた》って、超図々《ちょうずうずう》しくね？」

土屋《つちや》さんは、自分《じぶん》のグループを見回《みまわ》し、刺《とげ》のある声《こえ》をいっそう張《は》り上《あ》げた。

「高田君《たかだくん》はイケメンだし、頭《あたま》もいいんだから、あなたなんかに似合《にあ》わないじゃん。付《つ》き合《あ》う資格《しかく》があるとでも思《おも》ってんの!?」

その子《こ》は、ふいっとそっぽを向《む》く。

「別《べつ》に。向《む》こうが誘《さそ》ってきたんだから、ラッキーって感《かん》じだけだよ。とにかく私《わたし》にいろいろ言《い》わないで高田君《たかだくん》に言《い》って。そこ、どいてよ。」

自分《じぶん》を囲《かこ》んでいる女子《じょし》を体《からだ》で押《お》し分《わ》け、輪《わ》の外《そと》に出《で》ると、昇降口《しょうこうぐち》に向《む》かって歩《ある》いていった。

きっぱりとしていて、なんだかカッコよく見《み》えた。

「やな女《おんな》っ！」

土屋《つちや》さんは吠《ほ》えるように言《い》い、舌打《したう》ちする。

いつも強気《つよき》なんだよねぇ、テンション高《たか》いし。

そう思《おも》って見《み》ていると、土屋《つちや》さんは私《わたし》に気付《きづ》き、急《きゅう》に決《き》まり悪《わる》そうな表情《ひょうじょう》になった。

「なんだ、いたのか。」

私《わたし》はうなずいてそばに寄《よ》る。

「土屋《つちや》さんは、佐竹《さたけ》さんって女《おんな》の子《こ》から、ああいうふうに言《い》ってくれって頼《たの》まれたの？」

たぶん、そうじゃないかと思《おも》ったんだ。

でも土屋《つちや》さんは、首《くび》を横《よこ》に振《ふ》った。

「佐竹《さたけ》さんとは、口《くち》きいたこともない。」

え、本人《ほんにん》を無視《むし》しての行動《こうどう》？

「あの女《おんな》がムカつくから、ちょっと締《し》めとこうと思《おも》っただけ。だって特別《とくべつ》かわいくもないのに化《け》粧《しょう》して、男子《だんし》に甘《あま》えまくってさ。」

なんか・・・よくわからない理屈《りくつ》だった。

だって化粧《けしょう》してるのはあの子《こ》だし、甘《あま》えられてるのは男子《だんし》でしょ。

その両方《りょうほう》とも、土屋《つちや》さんには関係《かんけい》ないのに。

なんで、そんなことにムカつくんだろう。

「あのさぁ。」

土屋《つちや》さんは、絶対《ぜったい》に放《ほう》っておけないといった表情《ひょうじょう》で、私《わたし》の顔《かお》をのぞきこんだ。

「ずるいって思《おも》わない？　かわいくもないのに、化粧《けしょう》でかわいく作《つく》って、ごまかしてんだよ。」

私《わたし》は、それまでそういうことを考《かんが》えてみなかったので、ちょっと戸惑《とまど》ったけれど、筋道《すじみち》を立《た》てて頭《あたま》を働《はたら》かせ、いろいろなことに思《おも》いをめぐらせてから答《こた》えた。

「化粧《けしょう》するのって、すごく労力《ろうりょく》いると思《おも》う。顔《かお》の、どこをどうすればかわいく見《み》えるのか研究《けんきゅう》しなくちゃならないし、メイク用品《ようひん》も買《か》わなくちゃならないでしょ。で、毎朝《まいあさ》、顔《かお》を作《つく》らなくちゃならないし、それも夜《よる》には洗《あら》って、また次《つぎ》の日《ひ》に初《はじ》めっからしなくちゃならない。それだけの時間《じかん》をかけてるってことは、努力《どりょく》してるってことだと思《おも》う。勉強《べんきょう》だって、努力《どりょく》で成績《せいせき》上《あ》げたら認《みと》められるでしょ。化粧《けしょう》だって同《おな》じ。別《べつ》にずるくないよ。」

土屋《つちや》さんは、やってられないといったような溜《た》め息《いき》をつく。

自分《じぶん》のいらだちをなだめている様子《ようす》だったけれど、やがてこう言《い》った。

「じゃ、言《い》い方《かた》変《か》えるから。あのさぁ、イケメンで頭《あたま》もいい男子《だんし》と付《つ》き合《あ》う気《き》なら、相手《あいて》にふさわしい何《なに》かを持《も》ってないとダメじゃん。それなりの資格《しかく》みたいなものを、さ。」

あ、そうなの？

「その資格《しかく》って、努力《どりょく》じゃ手《て》に入《い》れられないものなんだよ。天性《てんせい》のものっていうか。そういうものを持《も》ってる子《こ》だったら、私《わたし》だって納得《なっとく》できるけど、あいつ、そうじゃないもん。厚《あつ》かましいんだよ。超《ちょう》ムカつく。」

私《わたし》は、まったく土屋《つちや》さんの話《はなし》についていけなくなり、ただ呆然《ぼうぜん》と聞《き》いていた。

土屋《つちや》さんは、しかたなさそうに口《くち》の両端《りょうはし》を下《さ》げる。

「立花《たちばな》さんって、私《わたし》の言《い》ってること、たぶん全然《ぜんぜん》わかってないよね。」

うん、当《あ》たり。

「あなたって、どっかトロいよ。どこがトロいのか、私《わたし》にはわかんないけど。」

ん〜、私《わたし》にも、わかんないかな。

「まぁ立花《たちばな》さんに、女心《おんなごころ》の微妙《びみょう》なとこを理解《りかい》できるなんて、思《おも》ってないけどね。」

それは、確《たし》かに無理《むり》かも。

私《わたし》って、まだ女《おんな》じゃないって言《い》われてるし。

「私《わたし》たちって全然《ぜんぜん》、感性違《かんせいちが》うし、前《まえ》から意見《いけん》も合《あ》わないんだよね。」

そうだね。

「でもなぜか、」

そう言《い》いながら土屋《つちや》さんは、急《きゅう》にあどけない表情《ひょうじょう》になった。

「今《いま》は、友《とも》だちなんだよね。」

微笑《ほほえ》んだその顔《かお》がとてもかわいかったから、私《わたし》もニッコリしながら自分《じぶん》の思《おも》ったことを口《くち》にした。

「意見《いけん》が合《あ》わないって、大事《だいじ》なことだと思《おも》うよ。２人《ふたり》が同《おな》じ意見《いけん》だったら、いつまで経《た》っても同《おな》じレベルに留《とど》まってるしかないけど、意見《いけん》が違《ちが》えば、話《はな》し合《あ》って、今《いま》まで知《し》らなかった考《かんが》え方《かた》を学《まな》べるから進歩《しんぽ》できるもの。私《わたし》は、そういう関係《かんけい》が好《す》きだし、本当《ほんとう》の友《とも》だちってそういうのだと思《おも》うんだ。」

土屋《つちや》さんは眉根《まゆね》を寄《よ》せ、首《くび》を傾《かし》げる。

「相変《あいか》わらず、言《い》ってること、超意味《ちょういみ》わかんないし。」

あ、わかんないんだ。

私《わたし》は、どうしたものかと思《おも》ったけれど、そのうちに予鈴《よれい》が鳴《な》り出《だ》したので、とりあえず言《い》わなきゃならないことだけを急《いそ》いで言《い》った。

「土屋《つちや》さん、大勢《おおぜい》で１人《ひとり》の子《こ》を取《と》り囲《かこ》むのは、やめた方《ほう》がいいと思《おも》うよ。相手《あいて》がかわいそうだし。」

ところが土屋《つちや》さんは、問題《もんだい》にもならないといった様子《ようす》で、笑《わら》い飛《と》ばした。

「大勢《おおぜい》でやるから、圧力《あつりょく》かけられるんだよ。で、結果《けっか》が期待《きたい》できる。ちゃんと相手《あいて》見《み》て、ド心臓《しんぞう》な奴《やつ》を選《えら》んでやってるからさ。心配《しんぱい》ない心配《しんぱい》ない。あの子《こ》なんか、兄《にい》ちゃん不良《ふりょう》だし。」

えっと、それだけじゃないから。

私《わたし》は口《くち》をつぐみ、頭《あたま》をひねって考《かんが》えて、順序立《じゅんじょだ》てて説明《せつめい》することにした。

「でも取《と》り囲《かこ》んでると、通《とお》りすがりに見《み》たら、いじめてるみたいに見《み》えるよ。そしたら土屋《つちや》さんは悪者《わるもの》で、さっきの子《こ》は被害者《ひがいしゃ》ってことになるでしょ。生徒《せいと》ばっかじゃなくて先生《せんせい》たちや、生徒《せいと》から話《はなし》を聞《き》いた保護者《ほごしゃ》がどっちの味方《みかた》につくか、考《かんが》えてみた方《ほう》がいいと思《おも》うよ。」

土屋《つちや》さんは、ふっと真面目《まじめ》な顔《かお》になった。

「そういうのって評判《ひょうばん》になるから、何《なに》かが起《お》こった時《とき》、土屋《つちや》さんにとって、すごく不利《ふり》な状況《じょうきょう》が生《う》まれると思《おも》うんだ。」

どんどん真剣《しんけん》になっていく土屋《つちや》さんを見《み》ながら、私《わたし》は、これできっと土屋《つちや》さんのグループに囲《かこ》まれる生徒《せいと》は出《で》なくなるに違《ちが》いないと確信《かくしん》した。

誰《だれ》のためにも、その方《ほう》がいいんだから、よかったな。

4 星形《ほしがた》クッキーって？

学校《がっこう》が終《お》わると、私《わたし》はいったん家《いえ》に帰《かえ》ってお弁当《べんとう》を持《も》ち、駅《えき》の近《ちか》くにあるZ《ゼータ》ビルに向《む》かった。

80億円《おくえん》をかけたというそのピカピカのビルの6階《かい》に、G教室《ジェイきょうしつ》がある。

Z《ゼータ》ビルはもともと、クラブZ《ゼータ》のための施設《しせつ》なんだ。

クラブZ《ゼータ》は、サッカーチームKZ《カッズ》の中《なか》から選抜《せんばつ》したメンバーで構成《こうせい》されている。

つまりエリート中《ちゅう》のエリート集団《しゅうだん》で、Z《ゼータ》ビルで共同生活《きょうどうせいかつ》をしながら各自《かくじ》の学校《がっこう》に通《かよ》い、未来《みらい》に飛躍《ひやく》するために自分《じぶん》を磨《みが》いているんだ。

その上下関係《じょうげかんけい》は、とても厳《きび》しい。

能力《のうりょく》がなかったり、それをきちんと示《しめ》せなかったりすると、軽蔑《けいべつ》される。

私《わたし》たちG教室《ジェイきょうしつ》メンバーも、「クリスマスケーキは知《し》っている」の中《なか》で、とても大《おお》きな課題《かだい》を出《だ》された。

それを必死《ひっし》でやり遂《と》げることで、存在《そんざい》を認《みと》められたんだ。

大変《たいへん》だったけれど、私《わたし》たちは団結《だんけつ》することを覚《おぼ》えた。

「犯罪消滅特殊部隊《はんざいしょうめつとくしゅぶたい》」を発足《ほっそく》させることができたのも、そのおかげだった。

この「犯罪消滅特殊部隊《はんざいしょうめつとくしゅぶたい》」の役割《やくわり》は、事件《じけん》を察知《さっち》して、被害《ひがい》が出《で》る前《まえ》にそれを消滅《しょうめつ》させてしまうこと。

この世《よ》のすべての警察《けいさつ》にも、歴史《れきし》に残《のこ》るどんな名探偵《めいたんてい》にもできなかったことを、私《わたし》たちはやろうとしているんだ。

「お、ミニ立花《たちばな》じゃん。」

開《ひら》いたエレベーターの中《なか》から声《こえ》がして、私《わたし》が目《め》をやると、そこから上杉先輩《うえすぎせんぱい》が出《で》てくるところだった。

後《うし》ろには、若武先輩《わかたけせんぱい》の姿《すがた》も見《み》える。

2人《ふたり》とも、漆黒《しっこく》のスタジアム・ジャンパーをはおっていた。

足《あし》には、編《あ》み上《あ》げの黒《くろ》い革《かわ》のブーツ。

胸《むね》と足首《あしくび》に刺繡《ししゅう》されたクラブZ《ゼータ》の文字《もじ》は、金色《きんいろ》だった。

この金《きん》の刺繡《ししゅう》は、クラブZ《ゼータ》の正規《せいき》メンバーの印《しるし》だよ。

補欠《ほけつ》の人《ひと》たちは、銀色《ぎんいろ》なんだ。

KZ《カッズ》のメンバーは、緋色《ひいろ》の地《じ》に金色《きんいろ》の刺繡《ししゅう》で、2人《ふたり》とも中学《ちゅうがく》の時《とき》はそれがよく似合《にあ》っていたけれど、クラブZ《ゼータ》の漆黒《しっこく》と金《きん》も、格調《かくちょう》と威厳《いげん》が感《かん》じられて素敵《すてき》だった。

「これからか？」

「しっかりやんな。」

2人《ふたり》の手《て》が相次《あいつ》いでポンポンと私《わたし》の頭《あたま》に載《の》り、私《わたし》はうなずきながら目《め》の前《まえ》を通《とお》っていく2人《ふたり》を見送《みおく》った。

その時《とき》、急《きゅう》に思《おも》い出《だ》したんだ、昨日《きのう》のお姉《ねえ》ちゃんの泣《な》き声《ごえ》。

今朝《けさ》は普通《ふつう》だったから夢《ゆめ》かもしれないけれど、気《き》になったし、2人《ふたり》はお姉《ねえ》ちゃんの遊《あそ》び仲間《なかま》だから、何《なに》か知《し》っているかもしれない。

そう思《おも》って、一応《いちおう》、聞《き》いてみた。

「あの、昨日《きのう》、お姉《ねえ》ちゃんと一緒《いっしょ》でしたか。」

後《うし》ろにいた若武先輩《わかたけせんぱい》が足《あし》を止《と》める。

「いや、俺《おれ》は、」

そう言《い》いながら、遠《とお》ざかっていく上杉先輩《うえすぎせんぱい》の方《ほう》に、ちらっと視線《しせん》を流《なが》した。

いかにも、上杉《うえすぎ》が知《し》ってるはずだという感《かん》じだったから、私《わたし》は、お姉《ねえ》ちゃんが一緒《いっしょ》だったのは上杉先輩《うえすぎせんぱい》かもしれないと思《おも》った。

そして若武先輩《わかたけせんぱい》が上杉先輩《うえすぎせんぱい》を呼《よ》びとめて、事情《じじょう》を聞《き》いてくれるんじゃないかと期待《きたい》したんだ。

ところが若武先輩《わかたけせんぱい》はためらって口《くち》を閉《と》じ、それから私《わたし》の方《ほう》に向《む》き直《なお》った。

背《せ》をかがめ、目《め》を私《わたし》と同《おな》じ高《たか》さにして、こちらをのぞきこむ。

「昨日《きのう》、アーヤがどうかしたの？」

真《ま》っすぐなその眼差《まなざし》は、痛《いた》いほど真剣《しんけん》で、きれいで、そして心配《しんぱい》そうだった。

私《わたし》は見《み》とれながら、でも頭《あたま》の中《なか》で、しっかり考《かんが》えた。

ここで曖昧《あいまい》なことや、余計《よけい》なことを言《い》うべきじゃないって。

「いいえ、ちょっと聞《き》いてみただけです。」

若武先輩《わかたけせんぱい》はほっとしたような息《いき》をつき、かがめていた背筋《せすじ》を伸《の》ばした。

「そっか。じゃ、ね。」

そう言《い》って片手《かたて》を上《あ》げ、上杉先輩《うえすぎせんぱい》の後《あと》を追《お》っていこうとしてこちらを振《ふ》り返《かえ》る。

「後《あと》で、G教室《ジェイきょうしつ》に行《い》くからさ。」

はて、なんで？

私《わたし》がキョトンとしていると、若武先輩《わかたけせんぱい》は、わずかに肩《かた》をすくめた。

「星形《ほしがた》クッキー作《づく》りのアドバイザー。」

私《わたし》は、「クリスマスケーキは知《し》っている」の中《なか》で、若武先輩《わかたけせんぱい》たちがケーキ作《づく》りのアドバイザーになったことを思《おも》い出《だ》した。

命《めい》じたのは、クラブZ《ゼータ》事務局《じむきょく》で、私《わたし》たちG教室《ジェイきょうしつ》メンバーは、すごく大変《たいへん》だったんだ。

でも今度《こんど》は星形《ほしがた》クッキーって、・・・何《なん》だろう。

語感《ごかん》はかわいいけれど、実体《じったい》が謎《なぞ》だな。

「俺《おれ》も初《はじ》めてで、よくわからないんだ。とにかく後《あと》で行《い》くから、その時《とき》に説明《せつめい》するよ。じゃ。」

立《た》ち去《さ》っていく若武先輩《わかたけせんぱい》を見送《みおく》って、私《わたし》は首《くび》を傾《かし》げながらエレベーターに乗《の》り、G教室《ジェイきょうしつ》のある6階《かい》まで行《い》った。

教室《きょうしつ》のドアノブに手《て》をかけて回《まわ》すと、中《なか》から声《こえ》が流《なが》れ出《だ》してきた。

「とにかく全然《ぜんぜん》、練習《れんしゅう》に身《み》が入《はい》らないんですよ。コンクールまでもう時間《じかん》がないのに。」

教室《きょうしつ》の中《なか》で、私《わたし》の知《し》らない若《わか》い先生《せんせい》が、浩史先生《こうじせんせい》と話《はな》していた。

最初《さいしょ》からそれがわかっていたらドアを開《あ》けなかったんだけれど、もうノブを回《まわ》してしまっていたから、私《わたし》はそっと中《なか》に入《はい》り、話《はなし》の邪魔《じゃま》をしないようにドアの近《ちか》くに立《た》ち止《ど》まった。

「統括《とうかつ》の早川先生《はやかわせんせい》から、注意《ちゅうい》してもらえませんか。」

差《さ》し出《だ》されたテキストを、浩史先生《こうじせんせい》は受《う》け取《と》り、もう一方《いっぽう》の手《て》で握手《あくしゅ》を交《か》わす。

「わかりました。任《まか》せてください。」

その先生《せんせい》はほっとしたように微笑《ほほえ》み、私《わたし》の脇《わき》を通《とお》って出《で》ていった。

浩史先生《こうじせんせい》の手《て》に残《のこ》ったテキストの表紙《ひょうし》には、音符《おんぷ》とヴァイオリンの絵《え》がついている。

それで私《わたし》は、美織君《みおりくん》のことだと思《おも》った。

美織君《みおりくん》は、国立音楽大学付属中学《こくりつおんがくだいがくふぞくちゅうがく》1年生《ねんせい》で、チャイコフスキー国際《こくさい》コンクールの国内予選《こくないよせん》で2位《い》になったことがある。

芸術関係《げいじゅつかんけい》の指導《しどう》には、浩史先生《こうじせんせい》じゃない別《べつ》の教師《きょうし》がつくと言《い》っていたから、それがきっとあの先生《せんせい》なんだ。

「さて、と。」

浩史先生《こうじせんせい》は、そのテキストを教卓《きょうたく》に置《お》き、そのまま静止《せいし》して考《かんが》えこんだ。

その間《あいだ》に、私《わたし》は机《つくえ》まで行《い》って、そこに秀明《しゅうめい》バッグを置《お》いたんだけれど、目《め》は、浩史先生《こうじせんせい》を見《み》つめたままだった。

浩史先生《こうじせんせい》は、背《せ》が高《たか》く、精悍《せいかん》でカッコいい。

でも頬《ほお》から顎《あご》にかけてのラインは、とても繊細《せんさい》で上品《じょうひん》、清々《すがすが》しいんだ。

いくら見《み》ても、もっと見《み》ていたいって思《おも》うくらい、きれい。

「立花《たちばな》」

しばらく考《かんが》えていた浩史先生《こうじせんせい》は、そう言《い》って私《わたし》に目《め》を向《む》けた。

「僕《ぼく》の手伝《てつだ》いをしてくれないか?」

私《わたし》を見《み》つめ、やさしく微笑《ほほえ》む。

浩史先生《こうじせんせい》の微笑《ほほえ》みは、とても甘《あま》やか。

見《み》ているだけで溶《と》けてしまいそうになるのは、私《わたし》だけじゃないと思《おも》う。

「君《きみ》は秘密《ひみつ》を守《まも》れるよね。」

私《わたし》は、うなずいた。

「美織《みおり》を支《ささ》えなくちゃならない。頼《たの》むよ。」

そう言《い》われて、すごくうれしかった。

浩史先生《こうじせんせい》が私《わたし》を必要《ひつよう》としてくれるなんて、これ以上《いじょう》の喜《よろこ》びはないと思《おも》ったんだ。

「何《なに》をすればいいんですか。」

浩史先生《こうじせんせい》は、ふっと目《め》をそらせる。

睫毛《まつげ》を伏《ふ》せ、唇《くちびる》が見《み》えなくなるほど強《つよ》く引《ひ》き結《むす》んでいて、やがて踏《ふ》みきるようにこちらを見《み》た。

「昨日《きのう》、美織《みおり》があんな状態《じょうたい》だったから、あの後《あと》、家《いえ》に電話《でんわ》を入《い》れてお母《かあ》さんと話《はな》してみたんだ。どうもお父《とう》さんが亡《な》くなったらしい。」

私《わたし》はびっくりしたものの、なんとなくぼんやりとそれを聞《き》いていた。

お父《とう》さんが死《し》んだってことは、とても大変《たいへん》なことだから美織君《みおりくん》がかわいそうだと思《おも》ったんだけれど、その悲《かな》しみを自分《じぶん》の心《こころ》でリアルに感《かん》じることができなかったんだ。

私《わたし》は今《いま》まで、身近《みぢか》な人《ひと》を失《うしな》った経験《けいけん》がない。

だから、美織君《みおりくん》の気持《きも》ちを思《おも》いやるだけの深《ふか》さを持《も》つことができなかった。

美織君《みおりくん》とは、このG教室《ジェイきょうしつ》の仲間《なかま》だから、私《わたし》は、美織君《みおりくん》の悲《かな》しみに寄《よ》り添《そ》わなくちゃいけないし、寄《よ》り添《そ》いたい。

そう思《おも》いながら、どう想像《そうぞう》しても美織君《みおりくん》の気持《きも》ちに届《とど》かない気《き》がした。

それで心《こころ》がまとまらず、考《かんが》えれば考《かんが》えるほど、心《こころ》がバラバラに広《ひろ》がって散《ち》っていくような感《かん》じで、ぼうっとしてしまったんだ。

「美織《みおり》の両親《りょうしん》は、離婚《りこん》している。母親《ははおや》は家《いえ》を出《で》ていて、美織《みおり》はその母親《ははおや》に同行《どうこう》。妹《いもうと》だけが父親《ちちおや》の元《もと》に残《のこ》っていたんだが、両親《りょうしん》の間《あいだ》になお解決《かいけつ》のついていない問題《もんだい》があった。こういう状態《じょうたい》は不《ふ》安定《あんてい》で、トラブルが起《お》きやすい。だから最初《さいしょ》の授業《じゅぎょう》の時《とき》、僕《ぼく》は、美織《みおり》に環境的《かんきょうてき》な問題《もんだい》があると言《い》ったんだ。美織《みおり》の養育費《よういくひ》は父親《ちちおや》が払《はら》っていて、この養育費《よういくひ》の中《なか》には美織《みおり》がヴァイオリンを続《つづ》けるための費用《ひよう》も入《はい》っていた。ところが先日《せんじつ》その父親《ちちおや》が急死《きゅうし》し、父親《ちちおや》の弁護士《べんごし》から電話《でんわ》があったらしい。死亡《しぼう》により、生前《せいぜん》に取《と》り決《き》めた養育費《よういくひ》を支払《しはら》うことは難《むずか》しくなったって。」

浩史先生《こうじせんせい》の顔《かお》は哀《かな》しげで、見《み》ているだけで私《わたし》は、胸《むね》がつまるような気《き》がした。

「美織《みおり》はたぶん、自分《じぶん》がヴァイオリンを続《つづ》けられないと思《おも》ったんだろう。それで絶望《ぜつぼう》し、学《まな》ぶ意《い》欲《よく》を失《うしな》ったんだ。」

私《わたし》は、昨日《きのう》のことを思《おも》い返《かえ》した。

美織君《みおりくん》の無茶苦茶《むちゃくちゃ》な行動《こうどう》は、自分《じぶん》には未来《みらい》がないと考《かんが》えたからなんだ。

なんてかわいそうなんだろう。

何《なん》とかしてあげたい！

「ここを、乗《の》り越《こ》えさせたい。」

そう言《い》った浩史先生《こうじせんせい》に、私《わたし》は大《おお》きくうなずいた。

自分《じぶん》の気持《きも》ちをどういう言葉《ことば》で表《あらわ》していいのかわからなかったから、何《なに》も言《い》えなかったけれど、私《わたし》が全力《ぜんりょく》で美織君《みおりくん》の役《やく》に立《た》ちたいと思《おも》っていることは、きっと伝《つた》わったと思《おも》う。

「立花《たちばな》は、」

そう言《い》いながら浩史先生《こうじせんせい》は、真《ま》っすぐに私《わたし》を見《み》た。

「ギフトとチョイスって、聞《き》いたことがあるかい。」

は!?

「ギフトというのは、その人間《にんげん》に与《あた》えられた才能《さいのう》や環境《かんきょう》のこと。つまり生《う》まれながらに持《も》っているもののことだ。だから天才《てんさい》は、ギフテッドとも呼《よ》ばれている。天《てん》から才能《さいのう》を与《あた》えられた人間《にんげん》という意味《いみ》だ。このG教室《ジェイきょうしつ》の生徒《せいと》は皆《みんな》、そうだね。」

うん。

「それに対《たい》する言葉《ことば》として、チョイスがある。これは、生《う》まれた後《あと》で自分《じぶん》が勝《か》ち取《と》っていくもののことだ。」

私《わたし》は、黙《だま》って聞《き》いていた。

とても大切《たいせつ》なことを、教《おし》えられているような気《き》がしたから。

「ギフトは、天《てん》から与《あた》えられる。チョイスは自分《じぶん》の意志《いし》でつかみ取《と》る。ギフトに努力《どりょく》はいらないが、チョイスは努力《どりょく》をしなければならない。誰《だれ》もがギフトをほしがるだろう。しかしこの世《よ》には、努力《どりょく》によってしか手《て》に入《い》れられないものがある。それは自尊心《プライド》だ。」

自尊心《プライド》?

「努力《どりょく》をした自分《じぶん》を信《しん》じ、評価《ひょうか》する気持《きも》ちが自尊心《プライド》を生《う》む。人生《じんせい》は長《なが》い。山《やま》も谷《たに》も、嵐《あらし》もある。その中《なか》で人《ひと》を支《ささ》えるのは、自尊心《プライド》なんだ。自尊心《プライド》とよく似《に》ているものに虚栄心《きょえいしん》があって、冷静《れいせい》な自己判断《じこはんだん》ができない者《もの》は、この2つを取《と》り違《ちが》えていることが多《おお》いが、ここで僕《ぼく》が言《い》っているのは、真《しん》の意味《いみ》での自尊心《プライド》のことだ。」

浩史先生《こうじせんせい》の話《はなし》にはいつも、これからを生《い》きていくのに必要《ひつよう》な言葉《ことば》がつまっている。

それは私《わたし》の耳《みみ》から入《はい》って心《こころ》に届《とど》き、そこで宝石《ほうせき》みたいにキラキラとした輝《かがや》きを放《はな》つんだ。

「美織《みおり》に、自尊心《プライド》を持《も》たせたい。でないと、今《いま》の不幸《ふこう》や環境《かんきょう》の変化《へんか》に負《ま》ける。ここでヴァイオリンを捨《す》てさせず、努力《どりょく》させ、成功《せいこう》につなげてやりたい。G《ジェイ》メンバーにも、ぜひ協力願《きょうりょくねが》いたいな。」

私《わたし》は、喜《よろこ》んで手伝《てつだ》うつもりだった。

「僕《ぼく》は、経済面《けいざいめん》のサポートをするために動《うご》く。」

そう言《い》って浩史先生《こうじせんせい》は、ちょっと皮肉《ひにく》げな笑《え》みを浮《う》かべた。

「生徒《せいと》のために教師《きょうし》にできることは、いくつかあるよ。指導《しどう》すること、アドバイスに留《とど》めて見守《みまも》ること、その他《た》エトセトラ。でも今回《こんかい》の場合《ばあい》、1番求《ばんもと》められているのは、金銭的《きんせんてき》な援助《えんじょ》だと思《おも》うからさ。美織《みおり》がヴァイオリンを続《つづ》けられるように、レッスン料《りょう》や遠征費《えんせいひ》、留学費《りゅうがくひ》を提供《ていきょう》する基金《ききん》を立《た》ち上《あ》げるつもりだ。これから、その組織作《そしきづく》りにかかる。」

すごい!

「当面《とうめん》、飛《と》び回《まわ》ることになるだろうから、G教室《ジェイきょうしつ》には顔《かお》を出《だ》せない。理事長《りじちょう》に事情《じじょう》を話《はな》し、許可《きょか》は取《と》りつけてある。教室《きょうしつ》に臨時《りんじ》の担任《たんにん》をつけてくれるって話《はなし》だった。」

根回《ねまわ》し、相変《あいか》わらず早《はや》いなぁ。

「内部《ないぶ》のことは火影《ひかげ》に任《まか》せる。何《なに》か問題《もんだい》が起《お》きたら、彼《かれ》を中心《ちゅうしん》にして3人《にん》でよく話《はな》し合《あ》ってくれ。立花《たちばな》には、美織《みおり》の精神面《せいしんめん》でのサポートを頼《たの》みたい。」

え・・・サポートなんて、私《わたし》にできるんだろうか。

美織君《みおりくん》のこと、あまり知《し》らないし、それに不良《ふりょう》だったって話《はなし》だから、私《わたし》の想像《そうぞう》のつかない世界《せかい》の人《ひと》のような気《き》がするけど。

「君《きみ》が適任《てきにん》だ。火影《ひかげ》に頼《たの》むと、指導《しどう》しすぎるだろうし、若王子《わかおうじ》だと、もめるだけだ。美織《みおり》の話《はなし》を聞《き》いてやるだけでいい。決《けっ》して否定《ひてい》せず、示唆《サジェスチョン》もせず、ただ聞《き》くだけ。そうすれば、本人《ほんにん》が自分《じぶん》で考《かんが》えるようになるから。」

ん、それでいいのなら、できると思《おも》う。

私《わたし》はうなずいたけれど、内心《ないしん》ビクビクだった。

「僕《ぼく》は、このまま出《で》かける。美織《みおり》が来《き》たら、これを渡《わた》して。」

浩史先生《こうじせんせい》は教卓《きょうたく》の上《うえ》のテキストを取《と》り上《あ》げ、こちらに差《さ》し出《だ》す。

「頼《たの》んだぞ。」

私《わたし》は受《う》け取《と》りながら、初《はじ》めて会《あ》った時《とき》からずっと不思議《ふしぎ》だったことを聞《き》いてみた。

「浩史先生《こうじせんせい》の、そのすごいパワーは、どこから湧《わ》いてくるんですか。」

浩史先生《こうじせんせい》は、くすっと笑《わら》った。

「えっと、自分《じぶん》の過去《かこ》から、かな。」

え？

「僕《ぼく》はね、君《きみ》より小《ちい》さな頃《ころ》にリンパ性白血病《せいはっけつびょう》になって、入退院《にゅうたいいん》をくり返《かえ》した。麻酔《ますい》が必要《ひつよう》なほど激痛《げきつう》の注射《ちゅうしゃ》をし、いくつもの副作用《ふくさよう》にやられ、ビニールテントのような無菌室《むきんしつ》で半年以上《はんとしいじょう》を寝《ね》て過《す》ごした。合併症《がっぺいしょう》で手術《しゅじゅつ》もしたし、小学校《しょうがっこう》や中学校《ちゅうがっこう》の卒業証書《そつぎょうしょうしょ》は病室《びょうしつ》で受《う》け取《と》った。病気《びょうき》と闘《たたか》うことが、僕《ぼく》の人生《じんせい》のすべてだったんだ。」

私《わたし》は、半信半疑《はんしんはんぎ》で聞《き》いていた。

それは、精悍《せいかん》でエネルギッシュな今《いま》の浩史先生《こうじせんせい》の姿《すがた》からは、想像《そうぞう》しにくいものだったから。

「最初《さいしょ》は、12歳《さい》まで生《い》きられないと言《い》われ、その後《ご》は15歳《さい》までは無理《むり》だと言《い》われ、さらに17歳《さい》は越《こ》えられないと言《い》われた。いつも死《し》を見《み》つめて生《い》きていたんだ。僕《ぼく》より軽《かる》い症状《しょうじょう》だったのに、僕《ぼく》を追《お》いこして死《し》んでいった子《こ》もたくさんいた。自分《じぶん》だけがなぜ生《い》きているのかわからなかったし、どうしようもなくつらかったね。でも完治《かんち》して病院《びょういん》を出《で》る時《とき》、まるでこの世《よ》に生《う》まれたばかりの子供《こども》みたいな気分《きぶん》になって、これから自分《じぶん》には何《なん》でもできるんだって思《おも》えてきて、それでようやくわかった。僕《ぼく》が生《い》かされたのは、僕《ぼく》のような病気《びょうき》や不幸《ふこう》に苦《くる》しんでいる人々《ひとびと》に力《ちから》を貸《か》すためだって。両親《りょうしん》や親戚《しんせき》は、こう言《い》ったよ、今《いま》まで大変《たいへん》な思《おも》いをしてきたんだから、これからは人《じん》生《せい》を楽《たの》しむといいって。でも、そんなことをするために僕《ぼく》は生《い》き残《のこ》ったんじゃない。意義《いぎ》のあることをするため、恵《めぐ》まれない人々《ひとびと》の役《やく》に立《た》つためだ。その気持《きも》ちが、今《いま》の僕《ぼく》のベースだよ。」

そうか、浩史先生《こうじせんせい》は長《なが》い闘病《とうびょう》を経験《けいけん》して、それを乗《の》り越《こ》えて、今《いま》の浩史先生《こうじせんせい》になったんだね。

それが浩史先生《こうじせんせい》の自尊心《プライド》なんだ、きっと。

私《わたし》は、とてもうれしかった。

今《いま》まではっきりしていなかったことが明確《めいかく》になって、浩史先生《こうじせんせい》という存在《そんざい》が、自分《じぶん》の中《なか》でくっきりと浮《う》き出《で》たような気《き》がしたから。

もっともっと知《し》りたくて、私《わたし》は自分《じぶん》にとって大《だい》ショックだった「クリスマスケーキは知《し》っている」の中《なか》のあの言葉《ことば》についても、聞《き》いてみた。

「じゃ結婚《けっこん》しないっていうのも、その時《とき》からの決心《けっしん》なんですか。」

浩史先生《こうじせんせい》は、ふっと笑《え》みを消《け》す。

透明感《とうめいかん》に満《み》ちたその目《め》で空中《くうちゅう》の1点《てん》を見《み》つめ、思《おも》い出《だ》すように、かみしめるように答《こた》えた。

「結婚《けっこん》すると、相手《あいて》の幸《しあわ》せを考《かんが》えなくちゃいけなくなるだろ。生《う》まれてくる子供《こども》の幸《しあわ》せもね。でも僕《ぼく》は、家庭作《かていづく》りと社会貢献《しゃかいこうけん》の両方《りょうほう》をうまくやっていけるほど器用《きよう》じゃない。自分《じぶん》の一生《いっしょう》は、不《ふ》幸《こう》を撲滅《ぼくめつ》するために捧《ささ》げたいんだ。だから結婚《けっこん》しない。」

すごい勇気《ゆうき》だと、私《わたし》は思《おも》った。

自分《じぶん》の人生《じんせい》を他人《たにん》のために投《な》げ出《だ》すことができるなんて、そのために一生《いっしょう》を1人《ひとり》で過《す》ごす決意《けつい》をしているなんて、浩史先生《こうじせんせい》はなんて高貴《こうき》な精神《せいしん》の持《も》ち主《ぬし》なんだろう。

「僕《ぼく》がいなくても、きちんとテキストを進《すす》めておけよ。」

浩史先生《こうじせんせい》は一瞬《いっしゅん》、その目《め》に甘《あま》い笑《え》みを含《ふく》んで私《わたし》を見《み》た。

「わかった？」

見《み》つめられて私《わたし》は、ドキドキしながらうなずく。

「よし、いい子《こ》だ。」

満足《まんぞく》そうにうなずき、胸《むね》ポケットから携帯電話《けいたいでんわ》を出《だ》すと、浩史先生《こうじせんせい》は耳《みみ》に当《あ》てながら身《み》をひるがえした。

「ああ火影《ひかげ》？　頼《たの》みたいことがあるんだ。」

教室《きょうしつ》を出《で》ていく精悍《せいかん》な後《うし》ろ姿《すがた》を、私《わたし》はテキストを抱《だ》きしめて見送《みおく》った。

心《こころ》は、感激《かんげき》でいっぱいだった。

ああ、やっぱり浩史先生《こうじせんせい》は、どこの誰《だれ》よりカッコいい！

その生《い》き方《かた》にあこがれて、私《わたし》は、自分《じぶん》も結婚《けっこん》するのをやめようかとすら思《おも》った。

5　アーモンドチョコ

浩史先生《こうじせんせい》が出《で》ていって、少《すこ》しすると若王子君《わかおうじくん》がやってきた。

今日《きょう》、手《て》に持《も》っていたのは、マグカップの2倍《ばい》くらいの大《おお》きさのクリスタルのカップで、中《なか》にはアマンドショコラテがいっぱいつまっていた。

アマンドショコラテは、アーモンドをローストして、チョコレートをからめ、その上《うえ》からココアパウダーをかけたもの。

すっごく美味《おい》しくて、私《わたし》も大好《だいす》き。

でも、それを5、6粒《つぶ》ずつ摘《つま》んでは、次《つぎ》から次《つぎ》へと口《くち》に放《ほう》りこんでいる若王子君《わかおうじくん》を見《み》ていると、背筋《せすじ》がゾッとした。

今《いま》に絶対《ぜったい》、太《ふと》るに決《き》まっている。

あのきれいな顔《かお》も、ニキビだらけになるに違《ちが》いない。

その無残《むざん》な未来形《みらいけい》を、私《わたし》は頭《あたま》の中《なか》にリアルに思《おも》い描《えが》かずにいられなかった。

「王様《おうさま》、なに固《かた》まってるの？」

若王子君《わかおうじくん》は不思議《ふしぎ》そうに言《い》いながら、せっせとアマンドショコラテを食《た》べる。

「あのね、体脂肪《たいしぼう》って、気《き》にならない？」

私《わたし》が聞《き》くと、若王子君《わかおうじくん》は広《ひろ》げたノートパソコンのセキュリティを解除《かいじょ》しながら、バリバリとアーモンドをかみ砕《くだ》いた。

「ならない。うちの家系《かけい》、父方《ちちかた》にも母方《ははかた》にもデブいないし。」

そう言《い》いながらクリスタルのカップをこっちに差《さ》し出《だ》す。

「食《く》う？」

ん、ありがと。

素直《すなお》に、うれしい。

「座《すわ》りなよ。」

若王子君《わかおうじくん》は私《わたし》にカップを押《お》しつけ、立《た》ち上《あ》がると、隣《となり》の机《つくえ》から椅子《いす》を持《も》ってきて自分《じぶん》の脇《わき》に置《お》いた。

「浩史先生《こうじせんせい》、しばらく休《やす》みだって？」

私《わたし》は、若王子君《わかおうじくん》が持《も》ってきてくれた椅子《いす》に腰《こし》を下《お》ろし、うなずきながらアマンドショコラテを口《くち》に入《い》れた。

美味《おい》しい！

「これ、どこで売《う》ってるの？」

若王子君《わかおうじくん》は、ちょっと首《くび》を傾《かし》げた。

「たぶん買《か》ったんじゃなくて、うちの厨房《ちゅうぼう》の職人《しょくにん》が作《つく》ったんだと思《おも》う。パリから連《つ》れてきたショコラティエがいるんだ。結構《けっこう》、優秀《ゆうしゅう》。」

私《わたし》は、ちょっと硬直《こうちょく》。

若王子君《わかおうじくん》って、どーゆー生活《せいかつ》してんだろ、謎《なぞ》だな。

「浩史先生《こうじせんせい》ってパラレルキャリアみたいだから、忙《いそが》しいのかもな。」

そう言《い》われて、私《わたし》は返事《へんじ》ができなかった。

パラレルキャリアって言葉《ことば》の意味《いみ》が、わからなかったんだ。

それに若王子君《わかおうじくん》は、浩史先生《こうじせんせい》がG教室《ジェイきょうしつ》に来《こ》ない理由《りゆう》を知《し》らないみたいだったから、私《わたし》がここで話《はな》していいものかどうか判断《はんだん》に迷《まよ》った。

しかたがないから黙《だま》ったまま、ひたすらアマンドショコラテを食《た》べていたんだ。

若王子君《わかおうじくん》は、そんな私《わたし》をちらっと見《み》て、自分《じぶん》もアマンドショコラテのカップに手《て》を伸《の》ばしながら言《い》った。

「パラレルキャリアって、今《いま》の最先端《さいせんたん》の生《い》き方《かた》のことだよ。」

ああ、わかってないってこと、バレてる・・・。

「パラレルというのは並行《へいこう》って意味《いみ》で、パラレルキャリアは、2つ以上《いじょう》の集団《しゅうだん》に同時《どうじ》に所属《しょぞく》して生《い》きること。経営学者《けいえいがくしゃ》ドラッカーが著書《ちょしょ》の中《なか》で提案《ていあん》してるんだ。」

私《わたし》は、感心《かんしん》して若王子君《わかおうじくん》を見《み》た。

私《わたし》たちの授業《じゅぎょう》には全然《ぜんぜん》、関係《かんけい》ないことなのに、よく知《し》ってるなぁと思《おも》って。

「会社《かいしゃ》の勤務《きんむ》の他《ほか》に副業《ふくぎょう》を持《も》ったり、非営利的《ひえいりてき》な集団《しゅうだん》に入《はい》ったりして、ウイークデイは会社《かいしゃ》で勤《つと》め、休日《きゅうじつ》や時間《じかん》の取《と》れた時《とき》に、その他《た》の活動《かつどう》をする。2つの社会的集団《しゃかいてきしゅうだん》に同時《どうじ》に所属《しょぞく》することで人間関係《にんげんかんけい》を広《ひろ》げ、スキルを磨《みが》き、自己《じこ》の向上《こうじょう》をめざそうっていう超積極的《ちょうせっきょくてき》な生《い》き方《かた》なんだ。今《いま》、脚光《きゃっこう》を浴《あ》びてる。」

へぇ！

初《はじ》めて知《し》った言葉《ことば》だったけれど、パワフルで社会《しゃかい》の先端《せんたん》を走《はし》る感《かん》じは、いかにも浩史先生《こうじせんせい》らしかった。

「浩史先生《こうじせんせい》って、外務省《がいむしょう》の星《ほし》と言《い》われて注目《ちゅうもく》を集《あつ》めた官僚《かんりょう》、早川浩一《はやかわこういち》の息子《むすこ》らしいよ。幼少時《ようしょうじ》から病弱《びょうじゃく》だったみたいだけれど、成績《せいせき》は優秀《ゆうしゅう》で、多《おお》くの人《ひと》に将来《しょうらい》を期待《きたい》されてたんだ。その気《き》になればどこへでも就職《しゅうしょく》できたのに、大学《だいがく》に残《のこ》り、NPO法人《エヌピーオーほうじん》『まなびや』の職員《しょくいん》として病院内《びょういんない》に設《せっ》置《ち》される院内学級《いんないがっきゅう》で教師《きょうし》をしてたみたい。その後《ご》オーストラリアに行《い》って、戻《もど》ってきて秀明《しゅうめい》の講《こう》師《し》になり、同時《どうじ》にボランティアとして、いろいろな院内学級《いんないがっきゅう》で教《おし》えてる。すごいのは、いつも自《じ》分《ぶん》の利益《りえき》を求《もと》めずに行動《こうどう》してるってことだ。できないだろ、普通《ふつう》。」

その理由《りゆう》を、私《わたし》は知《し》っている。

それは浩史先生《こうじせんせい》の自尊心《プライド》が、浩史先生《こうじせんせい》に、そういう生《い》き方《かた》を命《めい》じているからなんだ。

「浩史先生《こうじせんせい》って、俺《おれ》の既成概念《きせいがいねん》にないタイプだよ。」

ん、確《たし》かに、あんな素敵《すてき》な人《ひと》は、あんまりいないかもね。

「でもおもしろそうだし、今《いま》じゃかなり気《き》に入《い》ってる。クリスマスケーキを作《つく》った時《とき》の飛《と》び入《い》りは最高《さいこう》だったし、誰《だれ》にも自慢《じまん》しないで消《き》えたのも、クールだった。」

あ、ちゃんと見《み》てたんだ。

若王子君《わかおうじくん》が浩史先生《こうじせんせい》を評価《ひょうか》するのを聞《き》いて、私《わたし》はほっとした。

だって若王子君《わかおうじくん》は最初《さいしょ》、浩史先生《こうじせんせい》をひどく疑《うたが》っていたんだもの。

でも接触《せっしょく》するうちに、浩史先生《こうじせんせい》の直向《ひたむ》きさや純粋《じゅんすい》さ、それに真実《しんじつ》を見抜《みぬ》く目《め》が、若王子君《わかおうじくん》の心《こころ》を溶《と》かしたんだろうな、きっと。

「いやなのは、浩史先生《こうじせんせい》の代《か》わりに来《く》るっていう臨時《りんじ》の担任《たんにん》。気《き》に食《く》わない奴《やつ》だったら、俺《おれ》、授《じゅ》業《ぎょう》ボイコットするか、そいつを追《お》い出《だ》すか、どっちかだな。」

G《ジェニ》プロジェクトがスタートした時《とき》、若王子君《わかおうじくん》は、自己抑制力《じこよくせいりょく》が足《た》りないと言《い》われた。

自分《じぶん》を抑《おさ》えられないんだ。

そのせいで、持《も》っている能力《のうりょく》を充分《じゅうぶん》に発揮《はっき》できない。

私《わたし》は、浩史先生《こうじせんせい》から言《い》われたことを思《おも》い出《だ》した。

私《わたし》も含《ふく》めてG教室《ジェイきょうしつ》のメンバーは皆《みんな》、それぞれに問題《もんだい》を抱《かか》えているから、その解決《かいけつ》に向《む》けて努力《どりょく》し、協力《きょうりょく》し合《あ》っていかなけりゃいけないって。

それで、今《いま》の自分《じぶん》にできる精一杯《せいいっぱい》の助言《じょげん》をすることにした。

「あのね、若王子君《わかおうじくん》、気《き》に食《く》わない相手《あいて》でも、付《つ》き合《あ》っていたら意外《いがい》に気《き》が合《あ》ってくるかもよ。浩史先生《こうじせんせい》のことだって、初《はじ》めはそうだったじゃない？」

若王子君《わかおうじくん》は、ムッとしたように私《わたし》をにらんだ。

「おまえ、生意気《なまいき》だな。」

その時《とき》バタンとドアが開《あ》いて、若武先輩《わかたけせんぱい》が姿《すがた》を見《み》せたんだ。

後《うし》ろには、上杉先輩《うえすぎせんぱい》もいた。

「G《ジエニ》プロジェクトメンバー、整列《せいれつ》っ！」

6　キラキラ星変奏曲《ぼしへんそうきょく》

若武先輩《わかたけせんぱい》が大《おお》きな声《こえ》で言《い》い、私《わたし》は急《いそ》いで立《た》ち上《あ》がって壁際《かべぎわ》に寄《よ》り、背筋《せすじ》を伸《の》ばした。

ところが若王子君《わかおうじくん》は、しらっとした顔《かお》つきで座《すわ》ったまま、アマンドショコラテを食《た》べ続《つづ》けている。

私《わたし》は、ハラハラしながら上杉先輩《うえすぎせんぱい》の方《ほう》を見《み》た。

案《あん》の定《じょう》、メガネの向《む》こうの目《め》には、冷《つめ》たい光《ひかり》がまたたいている。

これって、危険信号《きけんしんごう》だ！

そう思《おも》ったとたん、上杉先輩《うえすぎせんぱい》の薄《うす》い唇《くちびる》から冷《ひ》ややかな声《こえ》がもれた。

「おいチビ、おまえ、聞《き》こえないのか。」

私《わたし》はあせって、若王子君《わかおうじくん》のそばに寄《よ》った。

直後《ちょくご》に教室《きょうしつ》のドアが開《ひら》き、火影君《ひかげくん》が入《はい》ってきたんだ。

一瞬《いっしゅん》で状況《じょうきょう》を読《よ》み取《と》ると、若王子君《わかおうじくん》の二《に》の腕《うで》をつかんで立《た》ち上《あ》がらせ、壁際《かべぎわ》に連《つ》れてきてくれた。

アマンド・ショコラテのカップは持《も》ったままだったけれどね。

「すみません、まだ1名《めい》そろってないんですが。」

火影君《ひかげくん》の言葉《ことば》に、若武先輩《わかたけせんぱい》がうなずく。

「美織鳴《みおりめい》には、別《べつ》の集合《しゅうごう》がかかってる。今《いま》、練習室《れんしゅうしつ》でレッスン中《ちゅう》だ。」

へえ、別《べつ》の集合《しゅうごう》って何《なん》だろう。

「3人《にん》とも姿勢《しせい》を正《ただ》せ。クラブZ《ゼータ》事務局《じむきょく》から通達《つうたつ》だ。」

私《わたし》は、体中《からだじゅう》の関節《かんせつ》という関節《かんせつ》をすべて、ピシッと伸《の》ばした。

「クラブZ《ゼータ》のメンバーの1人《ひとり》が、離団《りだん》することになった。理由《りゆう》は、音楽留学《おんがくりゅうがく》のためだ。今週《こんしゅう》の土曜日《どようび》に、ドイツに向《む》かう。そこで、その直前《ちょくぜん》の午後《ごご》3時《じ》から離団式《りだんしき》を行《おこな》うが、その時《とき》に使《つか》う星形《ほしがた》クッキーの製作《せいさく》を、Gプロジェクト《ジェニ》に依頼《いらい》したい。」

はあ・・・。

「俺《おれ》と上杉《うえすぎ》は、先《さき》ほどクラブZ《ゼータ》事務局《じむきょく》から、星形《ほしがた》クッキー製作《せいさく》のアドバイザーに任命《にんめい》された。クリスマスケーキの時《とき》と同様《どうよう》、何《なん》でも聞《き》いてくれ。」

火影君《ひかげくん》が、わずかに手《て》を上《あ》げる。

「離団式《りだんしき》の時《とき》に使《つか》うという星形《ほしがた》クッキーですが、どう使《つか》うんですか。」

ん、私《わたし》も、それが不思議《ふしぎ》だった。

だって、式《しき》にクッキーなんて、謎《なぞ》だもの。

「俺《おれ》も、さっき初《はじ》めて聞《き》いたんだけどさ、」

若武先輩《わかたけせんぱい》は、次第《しだい》にくつろいだ表情《ひょうじょう》になり、若王子君《わかおうじくん》の持《も》っているカップに手《て》を入《い》れてアマンドショコラテをつかみ上《あ》げた。

「離団式《りだんしき》では、『キラキラ星変奏曲《ぼしへんそうきょく》』を演奏《えんそう》する。」

あ、その曲《きょく》、知《し》ってる。

幼稚園《ようちえん》で習《なら》って、お遊戯《ゆうぎ》の時《とき》にやったもん。

「そのキラキラ星《ぼし》に合《あ》わせて離団者《りだんしゃ》が願《ねが》い事《ごと》を言《い》い、メンバーが星形《ほしがた》クッキーを投《な》げて流《なが》れ星《ぼし》を作《つく》って、皆《みんな》で願《ねが》い事《ごと》の成就《じょうじゅ》を祈《いの》るんだそうだ。」

バリバリとアーモンドの音《おと》をさせる若武先輩《わかたけせんぱい》を見《み》ながら、上杉先輩《うえすぎせんぱい》もカップに手《て》を伸《の》ばす。

「さっき俺《おれ》も聞《き》いたけどさ、それって奇習《きしゅう》じゃね？　いったいどこの国《くに》からもってきた習慣《しゅうかん》なんだ？」

その手《て》がアマンドショコラテをつかみ上《あ》げた瞬間《しゅんかん》、若王子君《わかおうじくん》がピシャリと払《はら》いのけた。

目《め》をむく上杉先輩《うえすぎせんぱい》の脇《わき》から、再度《さいど》伸《の》びてきた若武先輩《わかたけせんぱい》の手《て》は、簡単《かんたん》にスルー。

アマンドショコラテをつかんだ若武先輩《わかたけせんぱい》は、これ見《み》よがしに上杉先輩《うえすぎせんぱい》の前《まえ》でその手《て》をヒラヒラさせてから、口《くち》に放《ほう》りこんだ。

「あー、うまっ！」

上杉先輩《うえすぎせんぱい》は、大激怒《だいげきど》。

「若王子《わかおうじ》っ！　てめー、俺《おれ》に恨《うら》みでもあるのかっ！」

若王子君《わかおうじくん》はそっぽを向《む》く。

「俺《おれ》、敵《てき》には何《なに》もやらないタイプ。」

ああ、まだ引《ひ》きずってんだね。

上杉先輩《うえすぎせんぱい》は、うんざりだといったようなため息《いき》をつく。

「誰《だれ》が決《き》めたんだよ、離団式《りだんしき》って。」

若武先輩《わかたけせんぱい》が眉《まゆ》を上《あ》げた。

「秀明《しゅうめい》の創設者《そうせつしゃ》らしいぜ。」

へぇ！

「創設者《そうせつしゃ》が留学《りゅうがく》していたウィーンの寄宿学校《きしゅくがっこう》の習慣《しゅうかん》だって。そういや『キラキラ星変奏曲《ぼしへんそうきょく》』を作《さっ》曲《きょく》したのはモーツァルトだ。20代《だい》から死《し》ぬまでをウィーンで過《す》ごしているから、創設者《そうせつしゃ》の寄宿学《きしゅくがっ》校《こう》とも関係《かんけい》しているのかもしれないな。ちなみに当時《とうじ》は本物《ほんもの》のクッキーを投《な》げたらしいけど、今《いま》は撮影用《さつえいよう》のミミック食材《しょくざい》を使《つか》って作《つく》るから、食《た》べ物《もの》じゃない。」

上杉先輩《うえすぎせんぱい》が目《め》を丸《まる》くする。

「いつの間《ま》に、そんなくわしくリサーチしたんだ。」

若武先輩《わかたけせんぱい》は、得意《とくい》げに笑《わら》ってアマンドショコラテのカップに手《て》を伸《の》ばし、若王子君《わかおうじくん》からそれを取《と》り上《あ》げた。

「おまえが練習室《れんしゅうしつ》で、幼稚園生《ようちえんせい》みたいにキラキラ星《ぼし》を練習《れんしゅう》している間《あいだ》に、だ。」

ガックリする上杉先輩《うえすぎせんぱい》を尻目《しりめ》に、若武先輩《わかたけせんぱい》はカップに唇《くちびる》をつけ、中《なか》に入《はい》っていたアマンドショコラテをザッと口《くち》の中《なか》に流《なが》しこむ。

空《から》になったカップを若王子君《わかおうじくん》に返《かえ》し、モグモグしながら話《はなし》を続《つづ》けた。

「離団式《りだんしき》の『キラキラ星変奏曲《ぼしへんそうきょく》』は、弦楽四重奏《げんがくしじゅうそう》だ。上杉《うえすぎ》が、ヴァイオリン奏者《そうしゃ》に指名《しめい》されている。」

空《から》のカップを突《つ》き返《かえ》された若王子君《わかおうじくん》は、それをのぞきこんで、呆《ぼう》～然《ぜん》っ！

言葉《ことば》も出《で》ないみたいだった。

「美織鳴《みおりめい》も、ヴァイオリンだ。さっきZ事務局《ゼータじむきょく》から、クッキーアドバイザーに任命《にんめい》するから上杉《うえすぎ》と2人《ふたり》で来《こ》いって言《い》われて、個人練習室《こじんれんしゅうしつ》に上杉《うえすぎ》を連《つ》れにいったら、美織《みおり》と一緒《いっしょ》に練習《れんしゅう》してたよ。結構《けっこう》、お似合《にあ》いだったぜ。」

ヴァイオリンを弾《ひ》く仕草《しぐさ》をオーバーにまねる若武先輩《わかたけせんぱい》に、上杉先輩《うえすぎせんぱい》は、いまいましそうな視線《しせん》を投《な》げた。

「キラキラ星《ぼし》なんて、合奏《がっそう》するにゃ最悪《さいあく》の曲《きょく》だ。」

そう言《い》いながら、なんとも情《なさ》けなさそうな顔《かお》つきになる。

「同《おな》じメロディのくり返《かえ》しで超退屈《ちょうたいくつ》な上《うえ》に、テンポがずれたら、誰《だれ》にでもすぐわかる。タイミングを合《あ》わせるためのくだんない練習《れんしゅう》を、長時間《ちょうじかん》しなきゃならないんだ。」

その肩《かた》を、若武先輩《わかたけせんぱい》がなだめるようにたたいた。

「まぁまぁ上杉先生《うえすぎせんせい》、離団式《りだんしき》の主役《しゅやく》は、あくまで離団者《りだんしゃ》と流《なが》れ星《ぼし》クッキーだ。上杉先生《うえすぎせんせい》も、たまには人《ひと》のバックで奉仕《ほうし》することに喜《よろこ》びを見出《みいだ》せよ。」

上杉先輩《うえすぎせんぱい》は、突《つ》き刺《さ》さんばかりの眼差《まなざし》を若武先輩《わかたけせんぱい》に向《む》ける。

「その言葉《ことば》の後半《こうはん》、そっくりおまえに返《かえ》す！」

私《わたし》は、クスクス笑《わら》った。

若武先輩《わかたけせんぱい》と上杉先輩《うえすぎせんぱい》のやり取《と》りって、私《わたし》は結構《けっこう》、好《す》き。

聞《き》いてて、おもしろいんだもの。

「じゃ。」

そう言《い》いながら火影君《ひかげくん》が私《わたし》に目《め》を向《む》けた。

「美織《みおり》はヴァイオリン要員《よういん》だから、星形《ほしがた》クッキーは、僕《ぼく》たち3人《にん》で焼《や》くってことになるよね。」

ん、そうかも。

「王様《おうさま》、大丈夫《だいじょうぶ》か？　今回《こんかい》は、浩史先生《こうじせんせい》の手助《てだす》けは期待《きたい》できないんだぜ。」

あ、その話《はなし》、聞《き》いたんだね。

私《わたし》は、火影君《ひかげくん》の耳《みみ》に口《くち》を寄《よ》せた。

「若王子君《わかおうじくん》には、誰《だれ》が伝《つた》えたの。」

火影君《ひかげくん》は、親指《おやゆび》で自分《じぶん》を指《さ》しながら声《こえ》をひそめる。

「俺《おれ》だ。バタバタしてたから理由《りゆう》までは話《はな》す時間《じかん》がなかったけど、後《あと》で話《はな》しとくよ。」

私《わたし》は、うなずいて答《こた》えた。

「クッキーは、たぶん大丈夫《だいじょうぶ》だと思《おも》う。クリスマスケーキにくらべたら、断然《だんぜん》、簡単《かんたん》だし、クラブZ《ゼータ》事務局《じむきょく》の隼風《はやて》さんは、あのケーキを見《み》て私《わたし》たちのことを認《みと》めたんだから、もう妨害《ぼうがい》はしないと思《おも》うんだ。」

火影君《ひかげくん》は納得《なっとく》したみたいだった。

「じゃ先輩《せんぱい》たちに、G《ジェニ》プロジェクトとしての返事《へんじ》をしておいた方《ほう》がいい。」

そう言《い》いながら爽《さわ》やかな感《かん》じのする2つの目《め》に、慎重《しんちょう》な光《ひかり》を浮《う》かべる。

「俺《おれ》たちG《ジェニ》プロジェクトは、クラブZ《ゼータ》と対等《たいとう》な立場《たちば》だ。今回《こんかい》のことは、あくまでクラブZ《ゼータ》事務局《じむきょく》からの申《もう》し出《で》であり、お願《ねが》いであるってことを、はっきりさせておこう。そうでないと、なし崩《くず》し的《てき》にクラブZ《ゼータ》の下部組織《かぶそしき》みたいに扱《あつか》われて、今後《こんご》いろんなことを命令《めいれい》される危険性《きけんせい》がある。引《ひ》き受《う》けるにしても、一線《いっせん》を引《ひ》いておかないと。」

私《わたし》は、そんなこと、考《かんが》えてもみなかった。

2人《ふたり》の先輩《せんぱい》が好《す》きだったし、一緒《いっしょ》に活動《かつどう》できてうれしいと思《おも》っていたんだ。

でも言《い》われてみれば、確《たし》かにその通《とお》りかもしれない。

クラブZ《ゼータ》事務局《じむきょく》は高校生《こうこうせい》の集団《しゅうだん》だし、権力《けんりょく》も実力《じつりょく》も持《も》っているし、何《なに》より人数《にんずう》が多《おお》い。

私《わたし》たちにとっては上級生《じょうきゅうせい》であり、このビルの先住者《せんじゅうしゃ》でもあって、無理《むり》なことを言《い》われても断《ことわ》れなくなっていく可能性《かのうせい》は大《おお》きかった。

気分《きぶん》や感情《かんじょう》だけで動《うご》いていたら、私《わたし》たちのチームは、今《いま》にクラブZ《ゼータ》に呑《の》みこまれてしまうかもしれないんだ。

「浩史先生《こうじせんせい》からは、クラブZ《ゼータ》とうまくやるようにって言《い》われてるけれど、それは部下《ぶか》や手下《てした》になれってことじゃない。対等《たいとう》な立場《たちば》を維持《いじ》しながら、友好的《ゆうこうてき》に付《つ》き合《あ》えってことだよ。」

私《わたし》は緊張《きんちょう》しながら、若武《わかたけ》・上杉先輩《うえすぎせんぱい》たちと距離《きょり》を取《と》って向《む》かい合《あ》った。

「わかりました。G《ジエニ》プロジェクトを代表《だいひょう》して、そのご依頼《いらい》をお受《う》けします。」

2人《ふたり》の先輩《せんぱい》は、びっくりしたような顔《かお》つきになった。

でも私《わたし》は、これが一線《いっせん》を引《ひ》くということだと思《おも》っていたので、改《あらた》まった態度《たいど》のままで続《つづ》けたんだ。

「G《ジエニ》プロジェクトは、離団式《りだんしき》に協力《きょうりょく》しますと事務局《じむきょく》の方々《かたがた》にお伝《つた》えください。」

若武先輩《わかたけせんぱい》は、私《わたし》のそばまでやってきて手《て》を伸《の》ばし、額《ひたい》に当《あ》てた。

「ミニちゃん、熱《ねつ》でもあるのか。」

えっと、そういうことじゃないんだけどな。

私《わたし》は困《こま》ってしまって、火影君《ひかげくん》を見《み》た。

火影君《ひかげくん》はクスッと笑《わら》い、私《わたし》のそばに寄《よ》ってくる。

「G《ジエイ》チームの立場《たちば》を明確《めいかく》にさせてもらっただけです。」

若武先輩《わかたけせんぱい》は、すっと気色《けしき》ばんだ。

「おまえなぁ、かわいくねーぞ。」

上杉先輩《うえすぎせんぱい》も目《め》をきつくする。

「小学生《しょうがくせい》のくせに、食《く》えない奴《やつ》。」

その場《ば》に殺伐《さつばつ》とした空気《くうき》が広《ひろ》がり、私《わたし》がコクンと息《いき》を呑《の》んだ時《とき》、ドアがトントンとノックされた。

私《わたし》たちは、顔《かお》を見合《みあ》わせる。

美織君《みおりくん》ならノックなんてしないし、浩史先生《こうじせんせい》もしない。

いったい誰《だれ》？

「あの、臨時《りんじ》の担任《たんにん》として来《き》たんですが。」

ドアの向《む》こうから、おどおどとした声《こえ》が響《ひび》く。

「入《はい》ってもいいですか。」

その瞬間《しゅんかん》、私《わたし》は思《おも》い出《だ》した、若王子君《わかおうじくん》の言葉《ことば》を。

気《き》に食《く》わない奴《やつ》だったら、授業《じゅぎょう》ボイコットするか、そいつを追《お》い出《だ》すか、どっちかだと言《い》っていた。

「王様《おうさま》、入室《にゅうしつ》を許可《きょか》する？」

火影君《ひかげくん》にうながされて、私《わたし》はあわてて、どうぞと言《い》ったものの、心配《しんぱい》だった。

声《こえ》の様子《ようす》からして、入《はい》ってくる先生《せんせい》は、気《き》の弱《よわ》い人《ひと》に違《ちが》いない。

若王子君《わかおうじくん》に、いじめられるかもしれなかった。

そしたら私《わたし》は、G教室《ジェイきょうしつ》の代表者《だいひょうしゃ》として、どう振《ふ》る舞《ま》えばいいんだろう。

「失礼《しつれい》します。」

ドアを開《あ》けて現《あらわ》れたのは、どう見《み》ても、まだ高校生《こうこうせい》の男子《だんし》だった。

この人《ひと》が、臨時《りんじ》の担任《たんにん》？

私《わたし》は、ますます心配《しんぱい》になった。

これじゃ絶対《ぜったい》、いじめられるよ、どうしよう!?

「おっ！」

若武《わかたけ》・上杉両先輩《うえすぎりょうせんぱい》が、パッと顔《かお》を輝《かがや》かせる。

「小塚《こづか》じゃんよ。」

7　何《なに》かあった？

よく見《み》ると、そこに立《た》っていたのは、お姉《ねえ》ちゃんの友《とも》だちの1人《ひとり》、小塚《こづか》さんだった。

体型《たいけい》が変《か》わってしまっていて、ちょっとわからなかったんだ。

中学《ちゅうがく》の頃《ころ》は太《ふと》っていて、ほわっとしてて、テディベアみたいな感《かん》じの人《ひと》だったんだけどね。

若武《わかたけ》・上杉両先輩《うえすぎりょうせんぱい》は、代《か》わる代《が》わる小塚《こづか》さんと握手《あくしゅ》を交《か》わす。

「久《ひさ》しぶり。春《はる》の合宿《がっしゅく》で、代表選手《だいひょうせんしゅ》に選《えら》ばれたんだって？」

「おめでと。いつ、インドに行《い》くの？」

え・・・、なんかスポーツでもやってるのかな。

そう思《おも》っていると、空《から》になったカップを抱《かか》えて呆然《ぼうぜん》としていた若王子君《わかおうじくん》が、ツカツカと近寄《ちかよ》ってきた。

「おまえ、もしかして小塚和彦《こづかかずひこ》？　全国物理《ぜんこくぶつり》コンテストの最終選抜《さいしゅうせんばつ》に残《のこ》ったただ1人《ひとり》の高《こう》1生《せい》って、おまえのこと？」

上杉先輩《うえすぎせんぱい》が、その頭《あたま》を小突《こづ》く。

「こら、上級生《じょうきゅうせい》を呼《よ》び捨《す》てにすんな。おまえ呼《よ》ばわりも禁止《きんし》だ。」

その手《て》をはねのけて若王子君《わかおうじくん》は、大声《おおごえ》で叫《さけ》んだ。

「小塚和彦《こづかかずひこ》、おまえは俺《おれ》の敵《てき》だ。いつか絶対《ぜったい》、倒《たお》してやるからな。それからアマンドショコラテ全部《ぜんぶ》食《く》った若武和臣《わかたけかずおみ》、おまえも俺《おれ》の敵《てき》だ。いつか絶対《ぜったい》、復讐《ふくしゅう》してやる！」

あーあ、敵《てき》がドンドン増《ふ》えてる・・・。

「若《わか》、いい加減《かげん》にしろよ。」

火影君《ひかげくん》が若王子君《わかおうじくん》の首《くび》に手《て》を回《まわ》して引《ひ》き寄《よ》せ、苦笑《くしょう》しながら小塚《こづか》さんを見《み》た。

「すみません、こいつのことは、気《き》にしないでください。小塚《こづか》さんは、今年《ことし》インドで開《ひら》かれる国《こく》際物理《さいぶつり》オリンピックの日本代表《にほんだいひょう》に選《えら》ばれた5人《にん》の中《なか》の1人《ひとり》ですよね。」

私《わたし》は、びっくりした。

穏《おだ》やかでのんびりした感《かん》じのこの小塚《こづか》さんの、どこにそんな力《ちから》があるのだろうと思《おも》って。

「頑張《がんば》ってください。」

小塚《こづか》さんは、晴《は》れがましそうに微笑《ほほえ》む。

「ありがとう。過去《かこ》の先輩《せんぱい》たちが残《のこ》した成績《せいせき》に負《ま》けないようにって考《かんが》えると、プレッシャー大《おお》きいけどね。全力《ぜんりょく》で挑《いど》むしかないって思《おも》ってるとこ。」

上杉先輩《うえすぎせんぱい》が、不思議《ふしぎ》そうに眉根《まゆね》を寄《よ》せた。

「で、おまえ、ここに何《なに》しにきたの。臨時担任《りんじたんにん》って、なんの話《はなし》？」

小塚《こづか》さんも、困《こま》ったように首《くび》を傾《かし》げる。

「僕《ぼく》にも、事情《じじょう》はよくわからないんだけどさ、浩史先生《こうじせんせい》から電話《でんわ》で頼《たの》まれたんだ、秀明《しゅうめい》の許可《きょか》は取《と》っておくから、G教室《ジェイきょうしつ》の勉強《べんきょう》をみてくれって。」

それを聞《き》いたとたんに、私《わたし》は、小塚《こづか》さんを自分《じぶん》の先生《せんせい》として受《う》け入《い》れる気持《きも》ちになった。

浩史先生《こうじせんせい》が選《えら》んだ人《ひと》なら、絶対《ぜったい》に信頼《しんらい》できると思《おも》ったから。

もし若王子君《わかおうじくん》が抵抗《ていこう》したら、説得《せっとく》してみせる！　とも思《おも》った。

「浩史先生《こうじせんせい》の頼《たの》みか。じゃ受《う》けるしかねーよな、たとえ事情《じじょう》がわかんなくってもさ。」

上杉先輩《うえすぎせんぱい》がそう言《い》い、若武先輩《わかたけせんぱい》もコクコクと首《くび》を縦《たて》に振《ふ》る。

私《わたし》は、3人全員《にんぜんいん》が浩史先生《こうじせんせい》と知《し》り合《あ》いだとは思《おも》っていなかったし、ましてやそんな強《つよ》い信頼関《しんらいかん》係《けい》で結《むす》ばれているなんて考《かんが》えてもみなかったから、とても驚《おどろ》いた。

じゃお姉《ねえ》ちゃんも、浩史先生《こうじせんせい》を知《し》ってるのかな。

「でも、ほんとに僕《ぼく》でいいのかなぁ。」

小塚《こづか》さんは、戸惑《とまど》うように私《わたし》たちを見回《みまわ》す。

私《わたし》は、急《いそ》いで答《こた》えた。

「G教室《ジェイきょうしつ》を代表《だいひょう》して、よろしくお願《ねが》いします。」

そばで火影君《ひかげくん》がうなずく。

若王子君《わかおうじくん》も、不満《ふまん》げな顔《かお》をしつつも反対《はんたい》の声《こえ》を上《あ》げなかった。

きっと浩史先生《こうじせんせい》の選択《せんたく》を尊重《そんちょう》する気《き》なんだ。

「ありがとう。」

小塚《こづか》さんは、ほっとしたような息《いき》をついた。

その様子《ようす》は、先生《せんせい》っていうよりも、ほとんど仲間《なかま》だった。

「正直《しょうじき》に言《い》うと、僕《ぼく》は語学系《ごがくけい》が苦手《にがて》なんだ。だから誰《だれ》かアシスタントをつけてカバーした方《ほう》がいいって思《おも》ってるんだけど。」

若武先輩《わかたけせんぱい》がパチンと指《ゆび》を鳴《な》らす。

「じゃ、アーヤに頼《たの》めば？」

そう言《い》いながら上杉先輩《うえすぎせんぱい》の方《ほう》に顔《かお》を向《む》けた。

「どう思《おも》う？」

その目《め》に、探《さぐ》るような光《ひかり》がきらめく。

私《わたし》は、さっきの若武先輩《わかたけせんぱい》の言動《げんどう》を思《おも》い出《だ》し、注意深《ちゅういぶか》く2人《ふたり》の様子《ようす》を見守《みまも》った。

「いいんじゃね。」

上杉先輩《うえすぎせんぱい》は、さらりと答《こた》えて横《よこ》を向《む》く。

冷《ひ》ややかなその横顔《よこがお》には、なんの感情《かんじょう》も現《あらわ》れていなかった。

「そんなら、」

若武先輩《わかたけせんぱい》は踏《ふ》みこむように上杉先輩《うえすぎせんぱい》を見《み》つめたまま、言葉《ことば》を重《かさ》ねる。

「おまえから、アーヤに頼《たの》めよ。」

上杉先輩《うえすぎせんぱい》は、ふっと笑《わら》った。

「冗談《じょうだん》。」

微笑《ほほえ》みとは裏腹《うらはら》に、その目《め》には緊張《きんちょう》した光《ひかり》が浮《う》かんでいた。

「小塚《こづか》、自分《じぶん》で言《い》ったら？」

小塚《こづか》さんがうなずく。

「わかった。でも浩史先生《こうじせんせい》の許可《きょか》を取《と》ってからね。」

それでその場《ば》の空気《くうき》は、ふうっと和《なご》んでいったんだ。

若武先輩《わかたけせんぱい》も上杉先輩《うえすぎせんぱい》も、普通《ふつう》モードに戻《もど》ったけれど、私《わたし》は確信《かくしん》していた。

お姉《ねえ》ちゃんは昨日《きのう》、上杉先輩《うえすぎせんぱい》と何《なに》かあったのに違《ちが》いないって。

それで泣《な》いてたんだ。

でもいったい、何《なに》が？

「じゃ、さっそくだけれど、授業《じゅぎょう》に移《うつ》ろう。」

小塚《こづか》さんにそう言《い》われて、私《わたし》はあわてて片手《かたて》を上《あ》げた。

「この資料《しりょう》を、美織君《みおりくん》に届《とど》けるように頼《たの》まれてるんです。自宅《じたく》は知《し》らないので、Z《ゼータ》ビルの中《なか》にいるうちに渡《わた》したいんですけど。」

上杉先輩《うえすぎせんぱい》が、親指《おやゆび》でドアを指《さ》す。

「行《い》ってこいよ。たぶん、まだ5階《かい》の個人練習室《こじんれんしゅうしつ》にいる。」

その涼《すず》しげな目《め》を、私《わたし》はじっと見《み》つめた。

でも上杉先輩《うえすぎせんぱい》は、すぐ視線《しせん》をそむけ、私《わたし》には何《なに》もわからなかった。

8　頑張《がんば》っていいのか⁉

5階《かい》には、「クリスマスケーキは知《し》っている」で、キッチンを使《つか》った時《とき》に行《い》ったことがあった。

でもキッチンの位置《いち》しか知《し》らなかったから、エレベーターを降《お》りた所《ところ》にあるフロア案内図《あんないず》を見《み》て、個人練習室《こじんれんしゅうしつ》を探《さが》したんだ。

それはキッチンの前《まえ》を通《とお》る廊下《ろうか》を奥《おく》に入《はい》った右手《みぎて》で、合計《ごうけい》5室《しつ》が並《なら》んでいた。

この中《なか》の、どこを使《つか》っているのか、どうすればわかるんだろう。

鍵穴《かぎあな》に耳《みみ》を寄《よ》せて、中《なか》の音《おと》を聞《き》かないとダメかな。

でも音《おと》だけで、美織君《みおりくん》だなんてわからないよね。

キラキラ星《ぼし》をやっててくれればいいけれど。

心配《しんぱい》しながら近《ちか》づいていくと、ドアに取《と》り付《つ》けられたケースに、部屋《へや》を使《つか》っている生徒《せいと》のID《アイディー》カードを差《さ》しこむようになっていた。

美織君《みおりくん》のカードが差《さ》しこまれていたのは、並《なら》んでいる5室《しつ》の中《なか》の1番手前《ばんてまえ》で、エレベーターに近《ちか》い部屋《へや》。

私《わたし》は、今《いま》ノックしたら邪魔《じゃま》になるかもしれないと考《かんが》えて、両手《りょうて》でテキストを抱《だ》きしめ、美織君《みおりくん》が出《で》てくるのを待《ま》っていた。

部屋《へや》は静《しず》かで、なんの音《おと》も漏《も》れてこない。

防音《ぼうおん》してあるんだろうけれど、練習《れんしゅう》に身《み》が入《はい》らないってことだったから、弾《ひ》いていないのかもしれなかった。

なんとかサポートできるといいんだけれど、な。

あれこれ考《かんが》えながら立《た》っていると、やがてドアが開《ひら》き、美織君《みおりくん》が、ヴァイオリンケースを持《も》った手《て》を肩《かた》にかけて姿《すがた》を見《み》せた。

「あれ、王様《おうさま》・・・」

そう言《い》いながら動《うご》きを止《と》め、私《わたし》を見《み》る。

「こんなとこで何《なに》やってんの。」

私《わたし》は、手《て》にしていたテキストを差《さ》し出《だ》した。

「これ、浩史先生《こうじせんせい》が渡《わた》してくれって。」

美織君《みおりくん》は片手《かたて》で受《う》け取《と》り、ちょっと肩《かた》をすぼめる。

「今日《きょう》はヴァイオリン指導《しどう》だけだったから、秀明《しゅうめい》バッグ持《も》ってない。入《い》れるとこがねーから、教《きょう》室《しつ》に置《お》いといてくんね？」

私《わたし》はうなずいてテキストを引《ひ》き取《と》った。

でも心《こころ》では、すごく心配《しんぱい》だったんだ。

美織君《みおりくん》は、昨日《きのう》は途中《とちゅう》で帰《かえ》ってしまったし、浩史先生《こうじせんせい》の話《はなし》では、学《まな》ぶ意欲《いよく》を失《うしな》っているってことだった。

今後《こんご》、G教室《ジェイきょうしつ》に来《く》る気《き》があるんだろうか。

テキストを受《う》け取《と》らないのは、自分《じぶん》にはもう必要《ひつよう》ないと考《かんが》えているからかもしれない。

「あの、」

美織君《みおりくん》の気持《きも》ちを尋《たず》ねようとして、私《わたし》は口《くち》を開《ひら》きかけ、直後《ちょくご》に浩史先生《こうじせんせい》の言葉《ことば》を思《おも》い出《だ》した。

ただ話《はなし》を聞《き》くだけって言《い》われてたんだっけ。

「何《なん》だよ。」

鋭《するど》い目《め》で見《み》おろされて、私《わたし》は首《くび》を横《よこ》に振《ふ》った。

「何《なん》でもない。」

美織君《みおりくん》は、クスッと笑《わら》う。

「変《へん》な奴《やつ》。」

見上《みあ》げると、切《き》れ長《なが》の目《め》にやさしい光《ひかり》が浮《う》かんでいた。

「待《ま》っててくれて、あんがと。じゃあな。」

そう言《い》って片手《かたて》を上《あ》げ、エレベーターの方《ほう》に体《からだ》を向《む》ける。

ああ、まだ何《なに》も聞《き》いてないのに・・・。

私《わたし》はあわてて、後《あと》を追《お》いかけた。

ただ話《はなし》を聞《き》くだけなら簡単《かんたん》だと思《おも》っていたけれど、結構《けっこう》、難《むずか》しいってことに、その時《とき》気付《きづ》いた。

「あのさぁ、」

美織君《みおりくん》はキュッと靴底《くつぞこ》を鳴《な》らして立《た》ち止《ど》まり、こちらを振《ふ》り返《かえ》る。

「話《はなし》があるんなら、はっきり言《い》ってくんね？　マジで気分《きぶん》スッキリしないし。」

いらだたしげに見《み》つめられて、私《わたし》は息《いき》をつめた。

聞《き》きたいことはあるんだけど、聞《き》けないんだよぉ・・・。

口《くち》をつぐんで様子《ようす》をうかがう私《わたし》の前《まえ》で、美織君《みおりくん》はしかたなさそうな溜《た》め息《いき》をつき、身《み》をひるがえして背中《せなか》を向《む》けると、エレベーターに向《む》かおうとした。

その時《とき》、廊下《ろうか》の向《む》こうからこっちに歩《ある》いてきていた男子《だんし》が、脇《わき》を通《とお》りかかったんだ。

高校《こうこう》2、3年生《ねんせい》くらいで、革《かわ》のヴァイオリンケースを提《さ》げている。

その動《うご》きを目《め》で追《お》っていた美織君《みおりくん》が、半信半疑《はんしんはんぎ》の声《こえ》を上《あ》げた。

「あれ、もしかして、石田満彦《いしだみつひこ》さんですか？」

高校生《こうこうせい》は足《あし》を止《と》め、うなずく。

美織君《みおりくん》は、驚《おどろ》きと喜《よろこ》びをほとばしらせた。

「あなたの演奏《えんそう》を聴《き》いたことがあります。お会《あ》いできてうれしいです。」

ヴァイオリンへの愛情《あいじょう》が伝《つた》わってくるような、熱《ねつ》のこもった言《い》い方《かた》だった。

「僕《ぼく》は、国立音大付属中学《こくりつおんだいふぞくちゅうがく》でヴァイオリンを専攻《せんこう》しています。美織《みおり》といいます。」

言葉遣《ことばづか》いも、いつものヤンチャな口調《くちょう》ではなく、きちんとしている。

敬意《けいい》を払《はら》うべき相手《あいて》だと認《みと》めれば、そうするらしかった。

美織君《みおりくん》は元不良《もとヤンキー》だって聞《き》いていたけれど、ただの不良《ふりょう》じゃないんだね。

「石田《いしだ》さん、クラブΖ《ゼータ》のメンバーだったんですか。知《し》らなかったな。」

高校生《こうこうせい》は迷惑《めいわく》そうな、煩《わずら》わしそうな表情《ひょうじょう》になった。

「悪《わる》いが、話《はな》している時間《じかん》がない。留学準備《りゅうがくじゅんび》で忙《いそが》しいんだ。」

留学《りゅうがく》ってことは・・・クラブΖ《ゼータ》を離団《りだん》するメンバーって、この人《ひと》なんだ。

「そうでしたか。呼《よ》び止《と》めてしまって、すみません。」

美織君《みおりくん》は、体《からだ》が2つ折《お》りになるほど深《ふか》く頭《あたま》を下《さ》げた。

「どうぞ、お元気《げんき》で。また石田《いしだ》さんの音《おと》を聴《き》かせていただける機会《きかい》が来《く》ることを願《ねが》っています。」

高校生《こうこうせい》は黙《だま》ったまま足早《あしばや》に通《とお》り過《す》ぎ、エレベーターに乗《の》っていった。

ドアの閉《し》まる音《おと》を聞《き》いて、美織君《みおりくん》は、ようやく体《からだ》を元《もと》に戻《もど》す。

「ふぅ、緊張《きんちょう》した。」

そう言《い》いながら私《わたし》を見《み》て、照《て》れたような笑《え》みを浮《う》かべた。

「あの人《ひと》、すげぇんだぜ。7歳《さい》からロンドンに留学《りゅうがく》してて、この間《あいだ》、ロン・ティボー国際音楽《こくさいおんがく》コンクールで2位《い》につけたんだ。」

まるで自分《じぶん》のことのように、うれしそうに話《はな》す。

「足《あし》を止《と》めさせて悪《わる》かったけど、でも許《ゆる》してくれるよな。俺《おれ》、一生《いっしょう》の思《おも》い出《で》にするもん。」

やっぱり美織君《みおりくん》は、ヴァイオリンが好《す》きなんだね。

だからこそ、それを続《つづ》けられなくなるかもしれないとわかって、絶望《ぜつぼう》したんだ。

意欲《いよく》を取《と》り戻《もど》してもらうために、ヴァイオリンを捨《す》てさせないために、私《わたし》も頑張《がんば》りたいな。

「石田《いしだ》さんの離団式《りだんしき》なら、マジでハイレベルなキラキラ星《ぼし》でないと、まずいよな。組《く》むのは、上《うえ》杉先輩《すぎせんぱい》だし。」

考《かんが》えこみながら美織君《みおりくん》は、ふいっと私《わたし》を見《み》た。

「上杉先輩《うえすぎせんぱい》の音《おと》、聴《き》いたことあるか？」

私《わたし》は、首《くび》を横《よこ》に振《ふ》る。

ヴァイオリンを弾《ひ》くってことすら、今日《きょうし》知ったばかりだったから。

「すげぇ理性的《りせいてき》！」

え・・・理性的《りせいてき》な音《おと》って、どんなだろう。

「硬質《こうしつ》だけど伸《の》びがバツグンで、透明《とうめい》で、洗練《せんれん》されてて、感情《かんじょう》を冷《さ》ましてくれるような知的《ちてき》な音《おと》なんだ。」

私《わたし》は、上杉先輩《うえすぎせんぱい》の冷《ひ》ややかな顔立《かおだ》ちを思《おも》い浮《う》かべた。

音《おと》って、それを作《つく》る人《ひと》に似《に》るのかもしれない。

「ああいう音《おと》、俺《おれ》にはちょっと無理《むり》。俺《おれ》のは感情的《かんじょうてき》だし、俗《ぞく》っぽいからさぁ。」

嘆《なげ》くように言《い》って美織君《みおりくん》は、大《おお》きな息《いき》をつき、天井《てんじょう》を見上《みあ》げた。

「上杉先輩《うえすぎせんぱい》と一緒《いっしょ》に、石田《いしだ》さんに捧《ささ》げるキラキラ星《ぼし》が、俺《おれ》の最後《さいご》の演奏《えんそう》だよ、たぶん。」

目《め》をパチパチさせ、頬《ほお》に空気《くうき》を入《い》れて膨《ふく》らませながら、肩《かた》にかけていたヴァイオリンケースを持《も》つ手《て》に力《ちから》をこめる。

「俺《おれ》さ。」

そう言《い》いながら私《わたし》に視線《しせん》を下《お》ろした。

「父《ちち》に死《し》なれたんだ。」

真《ま》っすぐにこちらを向《む》いた目《め》が、何《なに》か言《い》えよ、と催促《さいそく》していた。

どことなく厳《きび》しく、試《ため》すような光《ひかり》のまたたく眼差《まなざし》で、これを聞《き》いてどう思《おも》うんだ、と私《わたし》に尋《たず》ねていた。

私《わたし》は、こういう時《とき》に皆《みんな》がよく言《い》うような、いくつかの言葉《ことば》を思《おも》い浮《う》かべた。

ほんと？　とか、信《しん》じられない、とか、かわいそう、とか、お気《き》の毒《どく》だったね、とか。

でも、そのどれにも心《こころ》をこめることができなかったから、全部《ぜんぶ》やめて、本当《ほんとう》に思《おも》っていることだけを言《い》った。

「私《わたし》、美織君《みおりくん》の気持《きも》ちに寄《よ》り添《そ》いたいと思《おも》うんだけど、自分《じぶん》に経験《けいけん》がないからリアルに想像《そうぞう》できない感《かん》じ。ごめんね。」

美織君《みおりくん》は驚《おどろ》いたような顔《かお》で、腰《こし》をかがめ、私《わたし》と目《め》の高《たか》さを同《おな》じにした。

「おまえさ、かわいそうとか言《い》わないわけ？　女《おんな》って、よく軽《かる》く言《い》うじゃんよ。高《たか》い声《こえ》でさ、わぁ、かっわいそ、信《しん》じらんな～い、とかって。」

私《わたし》は首《くび》を横《よこ》に振《ふ》った。

「言《い》わない。それは私《わたし》の言葉《ことば》じゃないから。」

美織君《みおりくん》は、心《こころ》の奥《おく》まで入《はい》りこんでくるような目《め》で、じいっと私《わたし》を見《み》つめ、それからクスッと笑《わら》って背筋《せすじ》を伸《の》ばした。

「変《へん》な奴《やつ》。」

厳《きび》しかったその目《め》の中《なか》に、やさしさが広《ひろ》がっていく。

「別《べつ》にいいよ。俺《おれ》も悲《かな》しくねーし。」

そう言《い》いながら、もどかしげに片目《かため》を細《ほそ》めた。

「父《ちち》のことも母《はは》のことも好《す》きだったけれど、離婚《りこん》してからは恨《うら》んでた。」

え？

「どうして家庭《かてい》を壊《こわ》したのかって、責《せ》める気持《きも》ちが大《おお》きかったんだ。でも母《はは》は離婚《りこん》してから明《あか》るくなったから、それを見《み》ていると非難《ひなん》できなかった。責《せ》めるとかわいそうだし、父母《ふぼ》を恨《うら》んでいることを自分《じぶん》でも認《みと》めたくなかったから。それで、怒《いか》りを封印《ふういん》したんだ。でも胸《むね》の中《なか》では、いつも怒《おこ》ってた。知《し》ってる？　強烈《きょうれつ》な感情《かんじょう》を胸《むね》に抱《かか》え続《つづ》けていると、いろんな感覚《かんかく》がマヒしてくんだぜ。俺《おれ》、今《いま》、父《ちち》が死《し》んでも、他人事《ひとごと》みたいにしか感《かん》じてねーもん。」

私《わたし》は胸《むね》を突《つ》かれ、しばらく何《なに》も言《い》えなかった。

美織君《みおりくん》が、かわいそうで。

きっと今《いま》にそのマヒが解《と》けて、いっぱいの涙《なみだ》を流《なが》す日《ひ》が来《く》るに違《ちが》いないって思《おも》いながら、ようやくのことで言《い》った。

「私《わたし》、応援《おうえん》してるから。さっきみたいに最後《さいご》だなんて言《い》わないで、これからも頑張《がんば》ってほしい。」

美織君《みおりくん》は唇《くちびる》をすぼめ、目《め》を伏《ふ》せる。

切《き》れ上《あ》がったその目尻《めじり》に、切《せつ》なさがにじみ出《で》た。

「頑張《がんば》っていいのかって、思《おも》ってるんだ。」

え？

「母《はは》は体《からだ》が弱《よわ》くて働《はたら》けないから、俺《おれ》たち、父《ちち》が振《ふ》りこんでくれてる養育費《よういくひ》で暮《く》らしてきたんだ。その父《ちち》が死《し》んで、父《ちち》のとこにいた妹《いもうと》も引《ひ》きとることになって、母《はは》は生活《せいかつ》の心配《しんぱい》をしてる。家《いえ》がそんなになってる時《とき》に、自分《じぶん》だけヴァイオリンをやってていいのかって思《おも》うんだ。金《かね》もかかるし、それに・・・ヴァイオリンやってると、俺《おれ》、楽《たの》しいからさ、よけいに罪悪感《ざいあくかん》が強《つよ》くなる。1人《ひとり》で楽《たの》しんでていいのか、って思《おも》う。」

心《こころ》の底《そこ》から浸《し》み出《だ》してくるような、やるせない声《こえ》だった。

美織君《みおりくん》は、学《まな》ぶ意欲《いよく》をなくしたんじゃない。

自分《じぶん》で意欲《いよく》を削《そ》ぎ落《お》とそうとして、それが苦《くる》しくて荒《あ》れてるんだ。

私《わたし》は、胸《むね》が痛《いた》かった。

なんて純粋《じゅんすい》で、繊細《せんさい》で、家族思《かぞくおも》いなんだろう。

でも私《わたし》は、美織君《みおりくん》のその迷《まよ》いに、答《こた》えられないんだ。

答《こた》えを出《だ》せるだけの豊《ゆた》かな心《こころ》を持《も》っていないから。

自分《じぶん》を恥《は》ずかしく思《おも》い、無力感《むりょくかん》をかみしめながら、こう言《い》った。

「その答《こた》え、考《かんが》えてみるから、1日《にち》、待《ま》ってくれる?」

美織君《みおりくん》は目《め》を上《あ》げ、私《わたし》を見《み》た。

「変《へん》な奴《やつ》。」

そう言《い》って、かすかに唇《くちびる》を綻《ほころ》ばせる。

「おまえみたいな女《おんな》、今《いま》まで会《あ》ったことねぇよ。」

私《わたし》は、ちょっと口《くち》を尖《とが》らせた。

そりゃ微力《びりょく》だし、浩史先生《こうじせんせい》の言《い》ったように自己確立《じこかくりつ》ができてないかもしれないけれど、これでも一生懸命《いっしょうけんめい》、美織君《みおりくん》の役《やく》に立《た》とうとしてるんだよ。

「その顔《かお》って、何《なん》だよ。もしかして不満《ふまん》なのか？」

私《わたし》がうなずくと、美織君《みおりくん》はおかしそうに声《こえ》を出《だ》して笑《わら》った。

「ほんと妙《みょう》な奴《やつ》。でも。」

そこでふっと笑《わら》いを消《け》し、まじめな顔《かお》になる。

「悪《わる》くねーかも。」

そう言《い》うなりニヤッと笑《わら》ってヴァイオリンケースを持《も》つ手《て》に力《ちから》を入《い》れ、肩《かた》にかつぎ直《なお》した。

歩《ある》き出《だ》しながら、もう一方《いっぽう》の手《て》を軽《かる》く上《あ》げる。

「じゃな。ここでの話《はなし》、皆《みんな》には内緒《ないしょ》にしとけよ。」

私《わたし》は急《いそ》いで言《い》った。

「内緒《ないしょ》にするから、G教室《ジェイきょうしつ》には、ちゃんと来《き》てよね。」

美織君《みおりくん》は、こちらを振《ふ》り返《かえ》らず、背中《せなか》を向《む》けたまま片手《かたて》を振《ふ》った。

わかったと言《い》っているようにも、いや行《い》かないと言《い》っているようにも見《み》える振《ふ》り方《かた》だった。

9　幸《しあわ》せな時間《じかん》

「ただいま！」
玄関《げんかん》のドアを開《あ》けると、男物《おとこもの》の靴《くつ》が2足《そく》あった。
1足《そく》は、紐《ひも》の付《つ》いた黒革《くろかわ》のストレートチップで、もう1足《そく》は、白革《しろかわ》のスニーカー。
あれ、誰《だれ》か来《き》てるのかな。
奥《おく》のダイニングから、ママの声《こえ》がした。
「お帰《かえ》り。黒木君《くろきくん》から、3度《ど》も電話《でんわ》あったわよ。」
私《わたし》は、キョトンとしてしまった。
黒木君《くろきくん》が、なんで私《わたし》に、3度《ど》？
ふっと上杉先輩《うえすぎせんぱい》や、若武先輩《わかたけせんぱい》の様子《ようす》を思《おも》い出《だ》す。
何《なに》かがあって、皆《みんな》がガタガタしているのかもしれない。
電話《でんわ》してきたってことは、私《わたし》に用事《ようじ》だってことだよね。
私《わたし》でいいのなら、いつでも頑張《がんば》るけれど、でも、いったい何《なに》があったんだろう。

まるっきりわけがわからなかったので、私《わたし》は急《いそ》いで家《いえ》に上《あ》がり、ダイニングに顔《かお》を出《だ》した。

すると、そこにパパとお兄《にい》ちゃんがいて、ママと3人《にん》でテーブルを囲《かこ》んでいたんだ。

そんなことって、このところずっとなかったから、びっくりした。

「あら、やだ、彩《あや》じゃなかったの。」

ママがそう言《い》い、お兄《にい》ちゃんもパパも、驚《おどろ》いたような顔《かお》になった。

「声《こえ》がそっくりになってきてるね。」

「ん、やっぱ姉妹《しまい》だなぁ。」

ああ、お姉《ねえ》ちゃんと間違《まちが》えたのかぁ。

変《へん》だと思《おも》ったんだ。

「奈子《なこ》、一緒《いっしょ》にケーキ食《た》べないか。」

パパにそう言《い》われて、私《わたし》はニッコリ。

「俺《おれ》、お茶《ちゃ》入《い》れるよ。」

お兄《にい》ちゃんが立《た》ち上《あ》がってキッチンの方《ほう》に歩《ある》いていった。

「紅茶《こうちゃ》でいいかぁ?」

私《わたし》は、すぐ返事《へんじ》をする。

「いいよ。」

ママが、うれしそうに私《わたし》を見《み》た。

「裕樹《ゆうき》が、大学《だいがく》の会社訪問《かいしゃほうもん》でパパの会社《かいしゃ》に行《い》ったんですって。それで2人《ふたり》で飲《の》みに行《い》って、ついでに家《いえ》に寄《よ》ったみたい。」

最後《さいご》はちょっと不満《ふまん》そうに言《い》って、ママは目《め》の端《はし》でパパを見《み》る。

「私《わたし》も、その飲《の》み会《かい》に呼《よ》んでほしかったんだけど、な。」

パパは、唇《くちびる》を曲《ま》げた。

「いろいろと男同士《おとこどうし》の話《はなし》があったんだ。こうして家《いえ》に連《つ》れてきたんだから、いいだろ。ママのお気《き》に入《い》りのパティスリのケーキも買《か》ってきたし。」

そう言《い》いながら、お茶《ちゃ》を入《い》れているお兄《にい》ちゃんの背中《せなか》をながめる。

「裕樹《ゆうき》も、すっかり大人《おとな》になったよな。」

喜《よろこ》んでいるようにも、寂《さび》しがっているようにも見《み》える顔《かお》だった。

「そりゃ大学《だいがく》3年《ねん》にもなって、子供《こども》じゃ困《こま》ります。」

口《くち》を尖《とが》らせて言《い》ったママに、パパが笑《わら》う。

お兄《にい》ちゃんが紅茶《こうちゃ》を持《も》ってきて、私《わたし》の前《まえ》に置《お》いた。

「はい、裕樹《ゆうき》スペシャルブレンドだぞ。」

紅茶《こうちゃ》カップから、甘《あま》い香《かお》りが立《た》ち上《のぼ》る。

「奈子《なこ》、秀明《しゅうめい》のG《ジェニ》プロジェクトに入《はい》ったんだって？」

お兄《にい》ちゃんからそう言《い》われて、私《わたし》はちらっとママを見《み》た。

お姉《ねえ》ちゃんには内緒《ないしょ》にしたのに、お兄《にい》ちゃんには言《い》ったんだ。

嫉妬《しっと》するからって話《はなし》だったけれど、家族中《かぞくじゅう》が知《し》っているのにお姉《ねえ》ちゃんだけ知《し》らないってのは、かわいそうじゃない？

この状態《じょうたい》でお姉《ねえ》ちゃんにわかったら、嫉妬《しっと》よりひどいことになると思《おも》うよ。

ママは、そこまで考《かんが》えてるのかなぁ。

「すごいじゃないか。」

ん、別《べつ》にすごくない。

それは浩史先生《こうじせんせい》が言《い》ってたギフトで、自分《じぶん》の力《ちから》で勝《か》ち取《と》ったものじゃないもん。

「理事長《りじちょう》の香川《かがわ》さんから、」

ママが、当惑《とうわく》したような顔《かお》つきで口《くち》を開《ひら》く。

「G《ジェニ》プロジェクトのコンセプトは、ＩＱ《アイキュー》の高《たか》い子供《こども》たちとの交流《こうりゅう》で心《こころ》の安定《あんてい》を図《はか》りながら専門的《せんもんてき》な教育《きょういく》をし、その力《ちから》を大《おお》きく開花《かいか》させるってことだって説明《せつめい》されたんだけれど、そんなのって進《しん》学《がく》の役《やく》に立《た》つのかしらね。」

お兄《にい》ちゃんは、ママの顔《かお》をのぞきこんだ。

「立《た》つに決《き》まってるじゃないか。大学入試《だいがくにゅうし》は、2020年《ねん》から大《おお》きく変《か》わる。試験《しけん》の点数《てんすう》だけじゃなくて勉強《べんきょう》以外《いがい》の活動《かつどう》や経験《けいけん》、普段《ふだん》持《も》っている思考力《しこうりょく》も評価《ひょうか》の対象《たいしょう》になるんだ。奈子《なこ》が大学《だいがく》受験《じゅけん》をする時《とき》には、そうなってる。この経験《けいけん》はすごくいいと思《おも》うよ。さすが秀明《しゅうめい》、先《さき》を読《よ》んでるよ。」

お兄《にい》ちゃんの言葉《ことば》には、すごい説得力《せっとくりょく》があって、ママは納得《なっとく》したみたいだった。

「奈子《なこ》、ケーキは、どれがいい？」

パパが白《しろ》い箱《はこ》の蓋《ふた》を開《あ》けて見《み》せてくれる。

中《なか》には、ママが好《す》きなケーキばかりが入《はい》っていた。

フォレ・ノワールっていう桜桃《おうとう》のチョコレートケーキと、ナポレオンパイっていう苺《いちご》を使《つか》った豪華《ごうか》なミルフィーユ、それにレアチーズケーキとパリブレスト。

私《わたし》は思《おも》わず言《い》った。

「いくつまでいいの？」

ママが、こちらをにらむ。

「太《ふと》るわよ。２つまで。」

いっただきまっす！

「ああ手《て》づかみにしない！　食《く》いつかないっ!!　パパ、ナイフとフォーク持《も》ってきて。」

別《べつ》に、いらないけどな。

だってクリームやチョコレートがナイフやフォークにつくと、もったいないもん。

いくらきれいに取《と》っても取《と》りきれないから、それだけ食《た》べる分《ぶん》が減《へ》るんだ。

「がさつにしてると、男《おとこ》の子《こ》から嫌《きら》われるからね。モテないわよ。」

別《べつ》にいい、モテなくても気《き》にならない。

私《わたし》の人生《じんせい》で、男《おとこ》の子《こ》って、そんなに重要《じゅうよう》な要素《ファクター》じゃない気《き》がするから。

「奈子《なこ》は、野生《やせい》のままでいいよ。」

お兄《にい》ちゃんが、パパの代《か》わりにナイフとフォークを取《と》りにいってきて、私《わたし》に渡《わた》してくれた。

「妙《みょう》に女化《おんなか》してないとこが、奈子《なこ》のいいとこなんだ。そうだよな。」

え、そうなのかな。

自分《じぶん》を客観的《きゃっかんてき》に見《み》たことないから、よくわかんないけど。

「野生《やせい》っていえば、オーストラリア政府《せいふ》の自然《しぜん》プロジェクトに、すごくおもしろいのがあるんだ。つまりさ、」

お兄《にい》ちゃんは、パパと話《はなし》を始《はじ》める。

そのそばで、ママは、お茶《ちゃ》を飲《の》んでいた。

私《わたし》はケーキを食《た》べながら、自分《じぶん》が、自分《じぶん》の家《いえ》で自分《じぶん》の家族《かぞく》と一緒《いっしょ》に暮《く》らしていることをかみしめる。


それはとても温《あたた》かくてやさしい空間《くうかん》だった。

いつも、こんなふうだといいのに。

そう思《おも》いながら、美織君《みおりくん》のことを考《かんが》えた。

美織君《みおりくん》は、離婚《りこん》で家庭《かてい》が壊《こわ》れたって言《い》っていた。

それは、確《たし》かに壊《こわ》れたのかもしれない。

でも、作《つく》り直《なお》すことができるんじゃない？

お母《かあ》さんと妹《いもうと》と3人《にん》で家庭《かてい》を作《つく》り直《なお》して、体中《からだじゅう》がほっとするような時間《じかん》を味《あじ》わってほしいな。

そのためにも、ここを乗《の》りきれるよう、私《わたし》がサポートを頑張《がんば》ろう！

「ただいま。」

玄関《げんかん》ドアの開《ひら》く音《おと》とともに、お姉《ねえ》ちゃんの声《こえ》がした。

同時《どうじ》に、玄関《げんかん》に置《お》いてある電話《でんわ》が鳴《な》り出《だ》す。

「あ、きっと黒木君《くろきくん》だわ。」

ママが立《た》ち上《あ》がり、ダイニングから出《で》ていった。

「彩《あや》、お帰《かえ》り。黒木君《くろきくん》から何度《なんど》も電話《でんわ》がかかってるのよ。これも、そうだと思《おも》うけど。」

お姉《ねえ》ちゃんの、どんよりした声《こえ》が響《ひび》く。

「あ、そう。」

ものすごく暗《くら》くて、だるそうだった。

「ちょっと彩《あや》、あなたねぇ、何《なに》が、あそう、なのよ。鳴《な》ってるでしょ。さっさと出《で》なさいよ。」

電話《でんわ》の呼《よ》び出《だ》し音《おん》が止《と》まり、対応《たいおう》するお姉《ねえ》ちゃんの声《こえ》が聞《き》こえてくる。

ママがダイニングに戻《もど》ってきて、不機嫌《ふきげん》そうに言《い》った。

「まったく彩《あや》は、何考《なにかんが》えてるのかしらね。あんなにドンクサくて、学校《がっこう》で大丈夫《だいじょうぶ》なのかしら。成《せい》績《せき》だってパッとしないし。」

果《は》てしないママの愚痴《ぐち》が始《はじ》まる気配《けはい》だった。

パパとお兄《にい》ちゃんは、我関《われかん》せずで、自分《じぶん》たちの話《はなし》に熱中《ねっちゅう》している。

私《わたし》は、あわてて立《た》ち上《あ》がった。

「先《さき》に、お風呂入《ふろはい》っとくね。」

ママの返事《へんじ》も聞《き》かずにダイニングから出《で》て、電話《でんわ》で話《はな》しているお姉《ねえ》ちゃんを見《み》ながら2階《かい》に上《あ》がる。

お姉《ねえ》ちゃんは、かなり沈《しず》んだ表情《ひょうじょう》で、言葉少《ことばすく》なく話《はな》していた。

私《わたし》はお風呂《ふろ》の用意《ようい》をしてから下《した》に降《お》りてきたんだけれど、その時《とき》もまだ話《はな》していたし、お風呂《ふろ》から出《で》て2階《かい》に上《あ》がっていこうとした時《とき》も、話《はなし》は続《つづ》いていた。

いったい何《なに》があったんだろう。

気《き》になったけれど、どうすることもできないので、自分《じぶん》の部屋《へや》に入《はい》り、明日《あした》の学校《がっこう》の教科書《きょうかしょ》をそろえたり、寝《ね》る支度《したく》をしたりしていた。

やがてお姉《ねえ》ちゃんが部屋《へや》に入《はい》ってくる。

私《わたし》は様子《ようす》を見《み》るためにカーテンを開《あ》け、昼間聞《ひるまき》いてみようと思《おも》っていたことを口《くち》にした。

「お姉《ねえ》ちゃん、早川浩史先生《はやかわこうじせんせい》って知《し》ってる?」

お姉《ねえ》ちゃんは、こっちを向《む》いた。

その顔《かお》は、さっき電話《でんわ》に出《で》ていた時《とき》よりずっと和《やわ》らいでいた。

「知《し》らない。秀明《しゅうめい》でも学校《がっこう》でも、そんな名前《なまえ》の先生《せんせい》に会《あ》ったことないよ。どこの先生《せんせい》？」

あれ、若武《わかたけ》・上杉両《うえすぎりょう》先輩《せんぱい》や小塚《こづか》さんまで知《し》ってるのに、お姉《ねえ》ちゃんだけ知《し》らないんだ。

「あのね、浩史先生《こうじせんせい》は、」

そう言《い》いかけて、はっとした。

妖精《ようせい》プロジェクトについては、お姉《ねえ》ちゃんには秘密《ひみつ》だったんだ。

「あ、の。」

私《わたし》はまごまごしながら、その場《ば》を取《と》りつくろった。

「だったら、いいんだ。ごめんね。」

お姉《ねえ》ちゃんは不思議《ふしぎ》そうな顔《かお》をしながらもうなずいたけれど、その時《とき》、私《わたし》は、自分《じぶん》がとても危険《きけん》な立場《たちば》に立《た》たされていることに気付《きづ》いてギョッとした。

小塚《こづか》さんが、アシスタントとしてお姉《ねえ》ちゃんに協力《きょうりょく》を頼《たの》むことになってたんだ。

お姉《ねえ》ちゃんがG教室《ジェイきょうしつ》に来《く》れば、すべてがバレる。

どーしようっ⁉

「奈子《なこ》、どっか悪《わる》いの。顔色冴《かおいろさ》えないけど。」

私《わたし》は、あわててカーテンを閉《し》めた。

「全然《ぜんぜん》そんなことないから。お姉《ねえ》ちゃんこそ、大丈夫《だいじょうぶ》？　黒木君《くろきくん》、何度《なんど》も電話《でんわ》くれたって、ママが言《い》ってたよ。」

お姉《ねえ》ちゃんの、含《ふく》み笑《わら》いが聞《き》こえる。

「いろいろと相談《そうだん》してたんだ。でも解決《かいけつ》しそうだから、ほっとしてるとこ。」

希望《きぼう》が持《も》てたといった感《かん》じだったので、私《わたし》も胸《むね》をなでおろした。

何《なに》があったかわからないけれど、とりあえずよかったな。

後《あと》は・・・浩史先生《こうじせんせい》が、お姉《ねえ》ちゃんの採用《さいよう》に反対《はんたい》してくれることを祈《いの》るばかりだった。

10 私《わたし》たちの希望《きぼう》

その翌日《よくじつ》、学校《がっこう》では、とてもびっくりすることがあった。

それは、お昼休《ひるやす》みの時間《じかん》。

給食《きゅうしょく》が終《お》わって、私《わたし》は食器《しょっき》を返《かえ》し、歯磨《はみが》きをするために教室《きょうしつ》を出《で》たんだ。

廊下《ろうか》は、私《わたし》みたいに洗面所《せんめんじょ》に行《い》く子《こ》や、あちこちに固《かた》まって話《はな》している子《こ》、ふざけ合《あ》っている男子《だんし》なんかで混《こ》み合《あ》っていた。

渡《わた》り廊下《ろうか》のそばまで来《き》た時《とき》、向《む》こうから体育《たいいく》の大川先生《おおかわせんせい》がやってきて、私《わたし》とすれ違《ちが》いざまにこう言《い》ったんだ。

「おい、美織響《みおりきょう》。」

美織《みおり》って、めったにないめずらしい名前《なまえ》だったから、私《わたし》は思《おも》わず振《ふ》り向《む》いた。

「おまえ、口紅《くちべに》つけてんのか。」

渡《わた》り廊下《ろうか》の柱《はしら》のそばに固《かた》まっていた数人《すうにん》の女子《じょし》の中《なか》から、1人《ひとり》の女《おんな》の子《こ》が進《すす》み出《で》て、先生《せんせい》に向《む》かってニッコリした。

「やだ、先生《せんせい》、古《ふる》い。これ、グロスっていうんですよ。」

それはなんと、昨日《きのう》、土屋《つちや》さんたちに囲《かこ》まれていたあの子《こ》だった。

私《わたし》は、目《め》が、まん丸《まる》。

この子《こ》・・・美織《みおり》って苗字《みょうじ》だってことは、年齢《ねんれい》から考《かんが》えて、もしかして美織君《みおりくん》の妹《いもうと》？

「そうか。」

大川先生《おおかわせんせい》は苦笑《くしょう》しながら、剃《そ》り上《あ》げた自分《じぶん》の頭《あたま》に手《て》を当《あ》てて、つるっとなでた。

「まぁ、とにかくやめろよ。似合《にあ》うけどな、やめとけ。」

そう言《い》い残《のこ》して歩《ある》き出《だ》す。

その後《うし》ろ姿《すがた》を見《み》ながら、女《おんな》の子《こ》たちはクスクス笑《わら》った。

「大川《おおかわ》ってさぁ、響《きょう》みたいな子《こ》が好《この》みかも、ね。」

「やっだ、それ、犯罪《はんざい》じゃん。」

「私《わたし》、大川《おおかわ》、わりと好《す》きだよ。」

「えっ、マジ？」

私《わたし》は、しばらくそこに立《た》っていたけれど、勇気《ゆうき》を奮《ふる》い起《お》こして近寄《ちかよ》った。

もし美織君《みおりくん》の妹《いもうと》なら、美織君《みおりくん》が悩《なや》んでいることついて、家族《かぞく》がどう考《かんが》えているのか聞《き》いてみたかったから。

「あの、美織響《みおりきょう》さんって、美織鳴君《みおりめいくん》の妹《いもうと》さんですか。」

響《きょう》さんは、すっと微笑《ほほえ》みを消《け》し、こっちを見《み》た。

「そうだけど、」

美織君《みおりくん》によく似《に》た、鋭《するど》い光《ひかり》のまたたく目《め》だった。

メイクをしていたから、遠《とお》くからは丸《まる》い目《め》に見《み》えたんだけれど、近《ちか》くでよく見《み》ると、目尻《めじり》が切《き》れ上《あ》がっていて、本当《ほんとう》に美織君《みおりくん》にそっくりだった。

「あなた、誰《だれ》？」

にらまれて、私《わたし》はゾクッとした。

でも話《はなし》を聞《き》きたかったから、頑張《がんば》って踏《ふ》み止《とど》まったんだ。

「私《わたし》は、立花奈子《たちばななこ》と言《い》います。美織鳴君《みおりめいくん》とは塾《じゅく》の仲間《なかま》で、一緒《いっしょ》に活動《かつどう》したりしてて、」

そこまで言《い》った瞬間《しゅんかん》、響《きょう》さんがいきなり手《て》を伸《の》ばし、私《わたし》の二《に》の腕《うで》をつかんで女《おんな》の子《こ》たちを振《ふ》り返《かえ》った。

「ちょっと、この子《こ》に用事《ようじ》あるから。行《い》ってくる。」

そう言《い》って私《わたし》をつかんだまま、グイグイと歩《ある》いて、離《はな》れた所《ところ》まで連《つ》れていった。

「ダメじゃん、鳴《めい》と一緒《いっしょ》に動《うご》いてるみたいな言《い》い方《かた》しちゃ。」

は？

「鳴《めい》は昔《むかし》、不良《ふりょう》で有名《ゆうめい》だったんだ。あなた、その頃《ころ》の仲間《なかま》だって噂《うわさ》、立《た》つよ。それでいいわけ？」

あ、そうか。

これ、かばってくれたんだよね。

「ありがとう。」

そう言《い》うと、響《きょう》さんは、いまいましそうに私《わたし》をにらんだ。

「これから注意《ちゅうい》しなよ。じゃあね。」

戻《もど》っていこうとするところを、あわてて呼《よ》びとめる。

「あの美織君《みおりくん》は、いつ頃《ごろ》から不良《ふりょう》だったんですか。」

響《きょう》さんは、ちょっと首《くび》を傾《かし》げた。

「たぶん昔《むかし》っから、かな。曲《ま》がりやすいから。」

結構《けっこう》、冷静《れいせい》に見《み》てるんだなと思《おも》った。

でも私《わたし》も、お兄《にい》ちゃんに対《たい》して、そういうところがある。

兄妹《きょうだい》って、そうなのかもしれないな。

「感《かん》じやすくて繊細《せんさい》なのに、妙《みょう》に強気《つよき》で大胆《だいたん》で、しかも短気《たんき》なんだ。バトル好《す》きだし。」

そういえば、3歳《さい》からケンカしてたって聞《き》いた気《き》がした。

「でもひどくなったのは、3年《ねん》くらい前《まえ》かな。両親《りょうしん》が毎日《まいにち》、離婚《りこん》に向《む》けて話《はな》し合《あ》ってたから、それが嫌《いや》で、家《いえ》に寄《よ》りつかなくなったんだ。」

その時《とき》の美織君《みおりくん》の気持《きも》ちを考《かんが》えて、私《わたし》は胸《むね》が痛《いた》んだ。

壊《こわ》れていく家庭《かてい》を見《み》ていることに、耐《た》えられなかったんだよね、きっと。

「友《とも》だちの家《いえ》を泊《と》まり歩《ある》いたり、コンビニとか公園《こうえん》で夜《よる》を明《あ》かすようになって、周《まわ》りにその手《て》の仲間《なかま》が増《ふ》えていって、いつの間《ま》にか不良《ふりょう》になってってたわけ。ピアスの穴《あな》も、その頃《ころ》、開《あ》けたんだ。」

私《わたし》は、その時《とき》の美織君《みおりくん》の様子《ようす》を想像《そうぞう》した。

家《いえ》にいたたまれなくて外《そと》に出《で》て、そう毎日《まいにち》は友《とも》だちの家《いえ》にも行《い》かれなくて、でも行《い》く所《ところ》がなくて、コンビニで雑誌《ざっし》見《み》たり何《なに》か飲《の》んだり、公園《こうえん》に行《い》ってベンチに座《すわ》ったりして、じいっと時間《じかん》を過《す》ごしているその姿《すがた》を。

美織君《みおりくん》はきっと、恐《おそ》ろしいほど深《ふか》い孤独《こどく》の中《なか》にいたんだ。

そこに同《おな》じような環境《かんきょう》の子《こ》が寄《よ》ってきたり、あるいは不良《ふりょう》グループが近《ちか》づいてきたりするのは、ごく自然《しぜん》なことだったのに違《ちが》いない。

1人《ひとり》でいるよりずっと心《こころ》が休《やす》まるから、美織君《みおりくん》も相手《あいて》を選《えら》ばなかったんだ。

「私《わたし》みたいに軽《かる》く、あつかましくしてればいいのに、根《ね》が真面目《まじめ》だから真剣《しんけん》に考《かんが》えこんじゃうんだ。でも離婚《りこん》が成立《せいりつ》して両親《りょうしん》が別居《べっきょ》してからは、母《はは》を助《たす》けて暮《く》らすようになって、仲間《なかま》からも離《はな》れたし、今《いま》は私《わたし》も一緒《いっしょ》に住《す》んでるから、もう普通《ふつう》の人《ひと》だよ。」

あっさり言《い》った響《きょう》さんは、本人《ほんにん》の言《い》う通《とお》り、やっぱり軽《かる》い人《ひと》なのかもしれなかった。

だって美織君《みおりくん》は、まだ普通《ふつう》じゃないよ、苦《くる》しんでるもの。

「ただ噂《うわさ》は、消《け》せないからさ。」

目《め》を伏《ふ》せた響《きょう》さんは、哀《かな》しそうに見《み》えた。

それは美織君《みおりくん》に対《たい》する愛情《あいじょう》だよね。

気質《きしつ》は違《ちが》っても、お兄《にい》さんのことを心配《しんぱい》してるんだ。

そう思《おも》いながら私《わたし》は、思《おも》い切《き》って打《う》ち明《あ》けた。

「お父《とう》さんが亡《な》くなったことは、聞《き》いています。ご愁傷様《しゅうしょうさま》でした。美織君《みおりくん》は、ヴァイオリンを続《つづ》けるかどうか悩《なや》んでいるみたいに見《み》えるんですが、ご家族《かぞく》はどう考《かんが》えていますか。」

響《きょう》さんは、信《しん》じられないといったような顔《かお》つきになった。

「その言葉遣《ことばづか》い、何《なん》とかなんない？　まどろっこしくて、イライラする。」

だって親《した》しい関係《かんけい》じゃないから、敬語《けいご》は当然《とうぜん》でしょ。

「同《おな》い年《どし》くらいじゃん。もっと気楽《きらく》に話《はな》そう。私《わたし》・・・鳴《めい》が悩《なや》んでるのは、知《し》ってる。でも私《わたし》も母《はは》も、鳴《めい》にはヴァイオリンを続《つづ》けてほしいって思《おも》ってるんだ。先生《せんせい》から才能《さいのう》があるって言《い》われてるし、コンクールに出《で》てもかなりいい線《せん》いくし、きっと有名《ゆうめい》なヴァイオリニストになれると思《おも》う。それが、私《わたし》や母《はは》の自慢《じまん》なんだ。私《わたし》は、特《とく》にいいとこない子《こ》だし、母《はは》も体《からだ》が弱《よわ》いから、鳴《めい》のヴァイオリンは、私《わたし》たちの希望《きぼう》なんだよ。」

話《はなし》を聞《き》いてよかったと、私《わたし》は思《おも》った。

だって聞《き》かなかったら、美織君《みおりくん》のヴァイオリンが家族《かぞく》の心《こころ》を支《ささ》えているってことがわからなかったもの。

これで自信《じしん》を持《も》って、サポートできる！

「わかりました。私《わたし》にできるだけのことをすると、ここに約束《やくそく》します。美織君《みおりくん》がヴァイオリンの道《みち》を進《すす》むことができるよう、精一杯《せいいっぱい》サポートします。」

響《きょう》さんは、ついに笑《わら》い出《だ》した。

「あなたって、変《へん》な人《ひと》だね。」

あ、兄妹《きょうだい》から、同《おな》じこと言《い》われた・・・。

「超《ちょう》、変《へん》かな。でも感《かん》じは、悪《わる》くないけどね。」

やっぱ、そこも同《おな》じなんだぁ。

私《わたし》は、溜《た》め息《いき》をついて思《おも》った。

美織兄妹《みおりきょうだい》は今夜《こんや》、超変《ちょうへん》だった私《わたし》のことを話《はなし》の種《たね》にして、笑《わら》うかもしれないって。

でもまぁ、いいや。

とにかく私《わたし》は、自分《じぶん》のすべきことをするんだ！

そう心《こころ》を固《かた》めていたこの時《とき》、私《わたし》は、知《し》らなかった。

響《きょう》さんと話《はな》している私《わたし》を、少《すこ》し離《はな》れた所《ところ》から土屋《つちや》さんがじっと見《み》ていたってことを。

11 失《うしな》う痛《いた》み

響《きょう》さんと別《わか》れて、私《わたし》は洗面所《せんめんじょ》に行《い》き、その後《ご》、教室《きょうしつ》に戻《もど》った。
お昼休《ひるやす》みは、まだ少《すこ》し残《のこ》っていたから、教室内《きょうしつない》はザワザワしていた。
自分《じぶん》の席《せき》につこうとして机《つくえ》の間《あいだ》を歩《ある》いていると、後《うし》ろから名前《なまえ》を呼《よ》ばれたんだ。
「立花《たちばな》さん、ちょっと。」
振《ふ》り返《かえ》ると、教室《きょうしつ》の出入《でい》り口《ぐち》から土屋《つちや》さんが入《はい》ってくるところだった。
強張《こわば》った顔《かお》で、こっちに向《む》かってくる。
あれ、どうしたんだろう。
そう思《おも》っていると、そばまで来《き》て、いきなり手《て》を振《ふ》り上《あ》げ、私《わたし》の頬《ほお》をぶった。
一瞬《いっしゅん》、意識《いしき》が飛《と》ぶくらい、激《はげ》しかった。
その音《おと》で、教室《きょうしつ》の中《なか》にいた皆《みんな》がこっちを見《み》たんだ。
注目《ちゅうもく》を浴《あ》びながら私《わたし》は、ただあっけにとられ、目《め》をパチパチしていた。
「あなたが、あの子《こ》と親《した》しかったなんて知《し》らなかったよ。」

私《わたし》の前《まえ》で土屋《つちや》さんは肩《かた》を大《おお》きく上下《じょうげ》させ、あえぐような息《いき》をくり返《かえ》す。

「だから私《わたし》に、あの子《こ》をかばうようなこと言《い》ったんだね。化粧《けしょう》してもズルくないとか、取《と》り囲《かこ》むなとか。あの子《こ》とグルになって、私《わたし》をだましてたんだ。」

ものすごく興奮《こうふん》していたので、何《なに》を言《い》ってもきっとはねつけられるだろうと思《おも》い、私《わたし》は黙《だま》っていた。

「卑怯者《ひきょうもの》っ！　私《わたし》とほんとの友《とも》だちだって言《い》ったくせに、あの子《こ》とくっついたりして約束破《やくそくやぶ》って！」

そう叫《さけ》んで、土屋《つちや》さんは絶句《ぜっく》した。

それでようやく話《はな》す隙《すき》ができたんだ。

「今《いま》の、全部《ぜんぶ》、誤解《ごかい》だから。」

私《わたし》がそう言《い》うと、土屋《つちや》さんはしっかりと首《くび》を横《よこ》に振《ふ》った。

「何《なに》を言《い》っても、もう聞《き》かない。絶対《ぜったい》、信《しん》じないし。あんたは他《ほか》の子《こ》に目移《めうつ》りして、私《わたし》のこと裏《うら》切《ぎ》ったんだ。」

にらまれて、私《わたし》は思《おも》った。

話《はな》し合《あ》いを拒否《きょひ》されたら、もう打《う》つ手《て》はないなって。

でも間違《まちが》っていることだけは、はっきりさせておかないと。

私《わたし》は言葉《ことば》を選《えら》びながら、真《ま》っすぐに土屋《つちや》さんを見《み》た。

「もう1度《ど》言うけど、それ全部違《ぜんぶちが》ってるから。中《なか》でも1番大《ばんおお》きな間違《まちが》いは、ほんとの友《とも》だちって、1対《たい》1じゃないとダメだって思《おも》いこんでるところ。たくさんの人《ひと》と同時《どうじ》にほんとの友《とも》だちになることだってできるし、その方《ほう》が楽《たの》しいと思《おも》う。独占欲《どくせんよく》って、友情《ゆうじょう》とは関係《かんけい》ないものだよ。」

それは、私《わたし》から土屋《つちや》さんへの、さよならの言葉《ことば》だった。

会話《かいわ》を拒否《きょひ》する人《ひと》と友《とも》だちでいることって、う〜ん、私《わたし》にはできない。

＊

ぶたれた頬《ほお》は赤《あか》くなって、ヒリヒリした。

でもそれよりも痛《いた》いのは、心《こころ》だった。

この痛《いた》みって、何《なん》だろう。

私《わたし》は、最初《さいしょ》は友《とも》だちなんてほしくなかったし、でもなんとなく、友《とも》だちになってもいいかなって思《おも》っただけだった。

そして今《いま》、これ以上《いじょう》は続《つづ》けられないって状態《じょうたい》までできて、納得《なっとく》して別《わか》れたわけだから、心《こころ》が痛《いた》んだりするのは、おかしなことだった。

私《わたし》は、じっと自分《じぶん》の痛《いた》みを見《み》つめた。

痛《いた》んでいる本当《ほんとう》の原因《げんいん》を見《み》つけようとしたんだ。

そして気付《きづ》いた。

これが、失《うしな》う痛《いた》みだってことに。

自分《じぶん》のものだと思《おも》っていたものを、失《うしな》う痛《いた》み。

友《とも》だちに限《かぎ》らない。

自分《じぶん》から何《なに》かが離《はな》れていく、自分《じぶん》が何《なに》かをなくしていく、その悲《かな》しみが心《こころ》を刺《さ》しているんだ。

私《わたし》は大《おお》きく息《いき》を吐《は》き、憂鬱《ゆううつ》な思《おも》いで、自分《じぶん》に言《い》い聞《き》かせた。

しかたがない、当分《とうぶん》この痛《いた》みと一緒《いっしょ》にいよう。

忘《わす》れられる時《とき》が来《く》るまで。

でも美織君《みおりくん》には、こう言《い》えるよね。

美織君《みおりくん》がお父《とう》さんをなくした時《とき》の気持《きも》ち、少《すこ》しはわかるようになったかもしれないって。

12 大《だい》バトルっ！

学校《がっこう》が終《お》わると、私《わたし》はいったん家《いえ》に帰《かえ》り、いつもの通《とお》りお弁当《べんとう》を持《も》ってZ《ゼータ》ビルに向《む》かった。

Z《ゼータ》ビルには生徒《せいと》専用通用口《せんようつうようぐち》があって、自分《じぶん》の写真《しゃしん》の入《はい》ったID《アイディー》カードをかざして通《とお》る。

ほとんどの生徒《せいと》は、ID《アイディー》カードストラップを首《くび》から下《さ》げ、その先《さき》についているカードケースを胸《むね》ポケットに差《さ》しこんでいるんだ。

それを手早《てばや》く抜《ぬ》き取《と》り、ドアにかざして颯爽《さっそう》と通《とお》っていく。

私《わたし》は、まだ定期入《ていきい》れやパスケースを持《も》っていなかったので、ID《アイディー》カードをお財布《さいふ》の中《なか》に入《い》れていた。

それで、ドアの所《ところ》でモタモタしてしまう。

パスケースがほしいなぁ。

そう思《おも》いながらドアの前《まえ》に秀明《しゅうめい》バッグを置《お》き、中《なか》からお財布《さいふ》を出《だ》していると、後《うし》ろで人《ひと》の気配《けはい》がした。

「邪魔《じゃま》だ、退《ど》け。」

低《ひく》い声《こえ》で言《い》われて、あわててバッグを抱《かか》え上《あ》げて飛《と》びのく。

真《ま》っ黒《くろ》なスタジアム・ジャンパーを着《き》て、編《あ》み上《あ》げの黒革《くろかわ》ブーツをはいた高校生《こうこうせい》が数人《すうにん》、あっという間《ま》にドアを通過《つうか》していった。

ずいぶん急《いそ》いでたけど、何《なに》かあったのかな。

不思議《ふしぎ》に思《おも》いながら私《わたし》は、お財布《さいふ》からＩＤ《アイディー》カードを出《だ》して、ドアにかざそうとした。

すると、また背後《はいご》から声《こえ》をかけられたんだ。

「よう、王様《おうさま》。」

振《ふ》り向《む》くと、ロビンさんのがっちりした体《からだ》が見《み》えた。

私《わたし》はあわててバッグを抱《かか》え上《あ》げ、またもやドアの前《まえ》を譲《ゆず》る。

「何《なに》か、あったんですか。」

ＩＤ《アイディー》カードをかざしながらロビンさんは、ちょっと顔《かお》をしかめた。

「隼風《はやて》さんから、緊急全員集合《きんきゅうぜんいんしゅうごう》がかかったんだ。」

へぇ。

「こういう時《とき》、すぐ駆《か》けつけないとうるさいからさ。それじゃ。」

片手《かたて》を上《あ》げてドアの中《なか》に飛《と》びこみながら、こちらを振《ふ》り返《かえ》る。

「星形《ほしがた》クッキー、G教室《ジェイきょうしつ》が作《つく》るんだって？　頑張《がんば》れよ。俺《おれ》たちは処理部隊《しょりぶたい》だ。」

処理部隊《しょりぶたい》？

「投《な》げたクッキーを全部拾《ぜんぶひろ》って、片付《かたづ》けるんだ。隼風《はやて》さんは完璧主義《かんぺきしゅぎ》だからな。じゃ。」

その後《うし》ろ姿《すがた》を見送《みおく》りながら私《わたし》は、隼風《はやて》さんの彫《ほ》りの深《ふか》い顔《かお》と、心《こころ》の奥《おく》まで見通《みとお》すような2つの目《め》を思《おも》い浮《う》かべた。

まるで美《うつく》しい森《もり》の中《なか》みたいだったクラブZ《ゼータ》の事務局《じむきょく》のことも。

「お、ミニサイズ。」

若武先輩《わかたけせんぱい》も、やってきた。

「おまえ、これからメンバーがドンドンやってくるから、入《はい》る隙《すき》がなくなって遅《おく》れるぞ。」

ドアを開《あ》けて片手《かたて》で押《お》さえ、私《わたし》をうながす。

「さっさと入《はい》れ。」

それで入《い》れてもらったんだ。

「ありがとうございます。何《なに》があったんですか。」

若武先輩《わかたけせんぱい》は、クセのない髪《かみ》をサラッと揺《ゆ》すって首《くび》を横《よこ》に振《ふ》った。

「さぁな。そのうちわかるだろ。じゃな。」

言《い》い捨《す》てて、階段《かいだん》を2段飛《だんと》ばしで駆《か》け上《あ》がっていく。

すごく速《はや》くて、機敏《きびん》だった。

やっぱクラブZ《ゼータ》に選《えら》ばれるだけあって、運動神経《うんどうしんけい》バツグンなんだ。

感心《かんしん》しながら私《わたし》は、エレベーターのボタンを押《お》した。

階段《かいだん》の上《うえ》の方《ほう》から、あわただしい足音《あしおと》が聞《き》こえてくる。

Z《ゼータ》ビル全体《ぜんたい》が、どことなくザワザワしていた。

私《わたし》は首《くび》を傾《かし》げながら、6階《かい》のG教室《ジェイきょうしつ》に向《む》かう。

ドアを開《あ》けると、中《なか》には、3人《にん》がそろっていた。

若王子君《わかおうじくん》の机《つくえ》の前《まえ》に火影君《ひかげくん》が立《た》ち、隣《となり》の机《つくえ》の上《うえ》に美織君《みおりくん》が腰《こし》かけて、皆《みんな》で、開《ひら》いたノートパソコンをのぞきこんでいる。

美織君《みおりくん》の姿《すがた》を見《み》て、私《わたし》は、ほっとした。

来《き》てくれていて、よかったと思《おも》って。

美織君《みおりくん》は、他《ほか》の2人《ふたり》にわからないように、こっそり私《わたし》にウィンクして見《み》せた。

それは、昨日《きのう》のことは黙《だま》ってろよという合図《あいず》だった。

私《わたし》は了解《りょうかい》の気持《きも》ちを伝《つた》えるために、ウィンクを返《かえ》そうかと思《おも》ったけれど、うまくできそうもないからやめておいた。

「王様《おうさま》、」

そう言《い》いながら火影君《ひかげくん》がこちらに向《む》き直《なお》る。

「星形《ほしがた》クッキーだけどさ、何枚焼《なんまいや》けばいいわけ？」

へっ⁉

「Ζ《ゼータ》メンバーが1人《ひとり》1枚《まい》ずつ投《な》げるとしたら、補欠《ほけつ》も含《ふく》めて今《いま》は100人《にん》くらいいるから、100枚前後《まいぜんご》ってことになるけど。クッキーアドバイザーは、なんて言《い》ってた？」

ああ、まだ相談《そうだん》してないんだ。

「クッキー100枚《まい》なら、簡単《かんたん》だ。」

そう言《い》ったのは、若王子君《わかおうじくん》だった。

パソコンの脇《わき》には、色《いろ》とりどりの小《ちい》さなマカロンをつめたタッパーが置《お》いてある。

そこに手《て》を突《つ》っこみ、桜色《さくらいろ》のマカロンだけを摘《つま》み上《あ》げて口《くち》に運《はこ》んでいた。

「薄力粉《はくりきこ》が100グラムあれば、大型《おおがた》クッキーが100枚焼《まいや》ける。焼《や》き時間《じかん》は、1天《てん》パンにつき、たった15分《ふん》。」

いつも食《た》べているだけあって、さすがお菓子《かし》にはくわしいよね。

「だけど、単純《たんじゅん》すぎておもしろ味《み》がない。」

そう言《い》いながらパソコンの画面《がめん》に視線《しせん》を落《お》とした。

「これで、どう？」

私《わたし》は若王子君《わかおうじくん》に近寄《ちかよ》り、画面《がめん》に目《め》をやった。

その瞬間《しゅんかん》、思《おも》わず、わぁっと声《こえ》を出《だ》してしまった。

だってそこには、キラキラ輝《かがや》く星《ほし》がいくつも浮《う》かび上《あ》がっていたんだもの。

「すごい！　これ、何《なに》!?」

まるで本当《ほんとう》の星《ほし》みたいだった。

「これはディアマンっていう名前《なまえ》のシュガーサブレ。ディアマンは、フランス語《ご》でダイヤモンドのこと。キラキラ輝《かがや》くから、そういう名前《なまえ》が付《つ》いてるんだ。キラキラの正体《しょうたい》は、グラニュー糖《とう》の粒《つぶ》。」

へぇ！

「本来《ほんらい》のディアマンは丸《まる》く焼《や》くんだけれど、星形《ほしがた》に作《つく》ってみた。」

私《わたし》は、Z《ゼータ》メンバーたちが次々《つぎつぎ》とこの星《ほし》を投《な》げる様子《ようす》を想像《そうぞう》した。

キラキラ光《ひか》りながら飛《と》んでいく星《ほし》は、本当《ほんとう》の流《なが》れ星《ぼし》みたいに見《み》えるだろう。

それを思《おも》い描《えが》いてみた後《あと》では、ただのクッキーの星《ほし》なんて、まるで子供《こども》だましのように感《かん》じられた。

すっかりディアマンに心《こころ》を奪《うば》われてしまったんだ。

「だけどディアマンは、クッキーじゃなくてサブレなんだ。フランスじゃ、クッキーもサブレも区別《くべつ》しないけど、日本《にほん》では、バターの量《りょう》が多《おお》いものをサブレって呼《よ》んでる。俺《おれ》は、サブレの方《ほう》が好《この》み。でも作《つく》った後《あと》で、クラブZ《ゼータ》事務局《じむきょく》からイチャモンつけられるのは嫌《や》だから、やめといた方《ほう》がいいかもな。」

ちょっと残念《ざんねん》そうに言《い》った若王子君《わかおうじくん》に、私《わたし》は急《いそ》いで首《くび》を横《よこ》に振《ふ》った。

「私《わたし》、ディアマンに賛成《さんせい》。だってすごくきれいで豪華《ごうか》だもの。サブレでも構《かま》わないかって、クッキーアドバイザーに聞《き》いてみる。オーケーが出《で》たら、このディアマンでいきたい。皆《みんな》は、どう？」

火影君《ひかげくん》と美織君《みおりくん》が、一緒《いっしょ》にうなずいた。

「異議《いぎ》なし。」

「いいってことで。」

よし、まず若武先輩《わかたけせんぱい》か上杉先輩《うえすぎせんぱい》に相談《そうだん》してみよう。

そう考《かんが》えながら私《わたし》は、「クリスマスケーキは知《し》っている」の中《なか》で、ケーキを作《つく》った時《とき》の手順《てじゅん》を思《おも》い出《だ》した。

設備利用申請書《せつびりようしんせいしょ》と、冷蔵庫内《れいぞうこない》、貯蔵庫内《ちょぞうこない》の消耗品使用申請書《しょうもうひんしようしんせいしょ》を出《だ》すんだっけ。

離団式《りだんしき》は今週末《こんしゅうまつ》の土曜日《どようび》だから、急《いそ》がなきゃ。

「火影君《ひかげくん》、若武先輩《わかたけせんぱい》か上杉先輩《うえすぎせんぱい》の携帯《けいたい》に電話《でんわ》してみて。」

私《わたし》がそう言《い》うと、火影君《ひかげくん》は、ズボンの後《うし》ろポケットから携帯《けいたい》を引《ひ》き抜《ぬ》いた。

携帯電話《けいたいでんわ》は、パスケースと同《おな》じで、私《わたし》の持《も》っていないものの1つ。

手早《てばや》く画面《がめん》をタップする火影君《ひかげくん》を、私《わたし》はうらやましく思《おも》いながら見《み》つめた。

ほしいなぁ・・・。

その時《とき》いきなり、ノックもなしでドアが開《ひら》いたんだ。

クラブZ《ゼータ》の漆黒《しっこく》のスタジャンを着《き》たメンバーが10人《にん》ほど、ドッと入《はい》ってきて、ドアの近《ちか》くに横《よこ》一列《れつ》に立《た》ち並《なら》んだ。

胸《むね》の刺繍《ししゅう》は、全員《ぜんいん》、銀色《ぎんいろ》。

クラブZ《ゼータ》の補欠《ほけつ》メンバーらしかった。

「美織鳴《みおりめい》は、どいつだ。」

真《ま》ん中《なか》に位置《いち》した体《からだ》の大《おお》きな上級生《じょうきゅうせい》が、私《わたし》たちを見回《みまわ》す。

「クラブZ《ゼータ》事務局《じむきょく》まで来《こ》い。」

美織君《みおりくん》は、びっくりしたように自分《じぶん》を指《ゆび》さし、目《め》をパチクリした。

「俺《おれ》？」

私《わたし》はとっさに、あのことじゃないか、と思《おも》った。

隼風《はやて》さんが、緊急全員集合《きんきゅうぜんいんしゅうごう》をかけたって件《けん》。

根拠《こんきょ》はなかったんだけれど、なんとなく。

でも美織君《みおりくん》が呼《よ》ばれるって・・・、それに関係《かんけい》してるってこと？

「なんすか？」

美織君《みおりくん》の質問《しつもん》を無視《むし》し、上級生《じょうきゅうせい》は顎《あご》でドアを指《さ》す。

「とにかく来《く》ればいいんだ。さ、行《い》くぞ。」

そう言《い》って、ドアに向《む》かって歩《ある》き出《だ》す。

でも美織君《みおりくん》は、その場《ば》に立《た》ったままだった。

腕《うで》を組《く》み、上級生《じょうきゅうせい》の背中《せなか》を見《み》すえている。

「行《い》けないっすね。」

上級生《じょうきゅうせい》は、美織君《みおりくん》を振《ふ》り返《かえ》った。

美織君《みおりくん》は、ちょっと笑《わら》う。

反抗的《はんこうてき》で、かみつくような、挑《いど》みかかるような笑《わら》い方《かた》だった。

「俺《おれ》、忙《いそが》しいし、その態度《たいど》、気《き》に入《い》らねーし。だいたいG教室《ジェイきょうしつ》の俺《おれ》たちは、てめーらの部下《ぶか》じゃないから。」

神経《しんけい》をモロに逆《さか》なでするようなその台詞《せりふ》に、私《わたし》は青《あお》ざめた。

確《たし》かに、この人《ひと》たちの態度《たいど》はよくない。

けれど、私《わたし》たちよりずっと前《まえ》からこのビルにいるんだし、歳《とし》だってずっと上《うえ》なんだから、多少《たしょう》はいばっててても、しかたがない。

そう思《おも》ったんだけれど、でも美織君《みおりくん》は今《いま》、荒《あ》れてて、誰《だれ》にでも突《つ》っかかりたい心境《しんきょう》なんだろうから、やむを得《え》ないかもなぁ。

これが大事《おおごと》に発展《はってん》しないように、私《わたし》は祈《いの》るような気持《きも》ちで見《み》つめていた。

そこに、若王子君《わかおうじくん》の声《こえ》が飛《と》んだんだ。

「よし、鳴《めい》、よく言《い》った！　行《い》くことない、行《い》くことない。」

上級生《じょうきゅうせい》の頬《ほお》が引《ひ》きつり、私《わたし》は息《いき》を呑《の》む。

G教室《ジェイきょうしつ》は、クラブZ《ゼータ》とうまくやってかなくちゃいけないんだ。

特《とく》に今《いま》は浩史先生《こうじせんせい》がいないんだし、問題《もんだい》を起《お》こさない方《ほう》がいいのに。

「おい、ガキども。俺《おれ》は、来《こ》いと言《い》ったんだぜ。聞《き》こえなかったらしいな。」

上級生《じょうきゅうせい》の顔《かお》は、次第《しだい》に険悪《けんあく》になっていく。

美織君《みおりくん》は、おもしろそうにそれをながめていた。

2つの目《め》には、いつもよりいっそう鋭《するど》い光《ひかり》がある。

「俺《おれ》が行《い》けないって言《い》ったのも、聞《き》こえなかったみたいっすね。」

私《わたし》は、頭《あたま》を抱《かか》えこみたくなった。

上級生《じょうきゅうせい》は、自分《じぶん》の左右《さゆう》にいるメンバーに視線《しせん》を流《なが》す。

「あいつ、連《つ》れてけ。」

メンバーは、さっと美織君《みおりくん》を取《と》り囲《かこ》み、中《なか》の1人《ひとり》が手《て》を伸《の》ばして美織君《みおりくん》の腕《うで》をつかもうとした。

その手《て》の下《した》を、美織君《みおりくん》はとっさにかいくぐり、素早《すばや》く背後《はいご》に出《で》るなり、そこからパンチを1発《ぱつ》。

頬《ほお》を直撃《ちょくげき》されたメンバーは、後《うし》ろによろめいた。

「あ、ごめん、当《あ》たっちゃった。」

美織君《みおりくん》は拳《こぶし》を握《にぎ》りしめ、構《かま》えながら自信《じしん》に満《み》ちた微笑《ほほえ》みを浮《う》かべる。

「俺《おれ》、行《い》く気《き》ないんで。怪我《けが》したくなかったら、おとなしく帰《かえ》った方《ほう》がいいっすよ。」

上級生《じょうきゅうせい》は、見《み》る間《ま》に顔《かお》を真《ま》っ赤《か》にした。

「きっさま、後悔《こうかい》させてやる。」

そう言《い》うなり、メンバーを見回《みまわ》して叫《さけ》ぶ。

「躾《しつけ》だ。かかれ！」

メンバーはいっせいに美織君《みおりくん》に飛《と》びかかり、美織君《みおりくん》は応戦《おうせん》、その間《あいだ》に火影君《ひかげくん》が割《わ》りこんで、止《と》めにかかった。

「ちょっと待《ま》ってください。」

ところが、少《すこ》し離《はな》れた所《ところ》から若王子君《わかおうじくん》が、

「鳴《めい》、ドンドン行《い》けっ！　俺《おれ》はレジスタンスの味方《みかた》だ‼」

そう言《い》うなり両手《りょうて》につかんだマカロンをつかみつぶして次々《つぎつぎ》と投《な》げつけたものだから、その場《ば》は大混乱《だいこんらん》。

マカロンの粉《こな》が目《め》に入《はい》ったり、足元《あしもと》に落《お》ちたのを踏《ふ》んですべるメンバーが出《で》て、そのうちには止《と》めようとしていた火影君《ひかげくん》も殴《なぐ》られ、ムッとしたらしく殴《なぐ》り返《かえ》して、収拾《しゅうしゅう》がつかなくなった。

私《わたし》は、頭《あたま》がパニックだったけれど、こんな時《とき》に役《やく》に立《た》たなかったら国王《キング》の資格《しかく》がないと思《おも》い、夢中《むちゅう》で考《かんが》えた。

そして教室《きょうしつ》の隅《すみ》に並《なら》んでいた洗面台《せんめんだい》に走《はし》り寄《よ》ると、その水道《すいどう》の蛇口《じゃぐち》を思《おも》いっきり開《ひら》き、ものすごい勢《いきお》いで出始《ではじ》めた水《みず》に指《ゆび》を当《あ》てて、皆《みんな》の方《ほう》へと飛《と》ばしたんだ。

皆《みんな》は次々《つぎつぎ》と悲鳴《ひめい》を上《あ》げ、全身《ぜんしん》ずぶぬれになりながら、何《なに》が起《お》こったのかといった表情《ひょうじょう》で殴《なぐ》り合《あ》いをやめた。

それを見《み》て、私《わたし》は、大声《おおごえ》で宣言《せんげん》した。

「ここはG《ジェイ》の教室《きょうしつ》です。担任《たんにん》がいない今《いま》、代表者《だいひょうしゃ》は私《わたし》なので、すべてのことには私《わたし》の許可《きょか》を取《と》ってください。今《いま》、美織君《みおりくん》が呼《よ》び出《だ》されましたが、本人《ほんにん》が行《い》かないと言《い》っているので、G教室《ジェイきょうしつ》の代《だい》表者《ひょうしゃ》として行《い》かせるわけにはいきません。」

そこまで一気《いっき》に言《い》ってから、ちょっと息《いき》をついた。

そしてその後《あと》を、自分《じぶん》の恐怖《きょうふ》と戦《たたか》いながら、決意《けつい》を固《かた》めて言葉《ことば》にした。

「代《か》わりに、代表者《だいひょうしゃ》である私《わたし》が行《い》きます。」

13 美《うつく》しい鹿《しか》たちの森《もり》

「1人《ひとり》で行《い》かせられないよ。一緒《いっしょ》に行《い》く。」

火影君《ひかげくん》がそう言《い》ったけれど、2人《ふたり》でなんか行《い》ったら、隼風《はやて》さんに皮肉《ひにく》を言《い》われそうだった。

「1人《ひとり》で大丈夫《だいじょうぶ》。行《い》ってくる。ここ、掃除《そうじ》しといてね。」

私《わたし》は、Z《ゼータ》メンバーに囲《かこ》まれて教室《きょうしつ》を出《で》た。

まるで囚人《しゅうじん》みたいだった。

エレベーターで7階《かい》に上《のぼ》り、クラブZ《ゼータ》事務局《じむきょく》の前《まえ》まで行《い》って、上級生《じょうきゅうせい》がドアをノックする。

それがわずかに開《ひら》き、中《なか》から顔《かお》を出《だ》したメンバーが上級生《じょうきゅうせい》の顔《かお》を確認《かくにん》した。

「入《はい》れ。」

私《わたし》を連《つ》れてきた人《ひと》たちは、廊下《ろうか》に留《とど》まり、ただ1人《ひとり》上級生《じょうきゅうせい》だけが先《さき》に立《た》って部屋《へや》の中《なか》に入《はい》る。

私《わたし》は、緊張《きんちょう》しながらその後《うし》ろに続《つづ》いた。

短《みじか》い廊下《ろうか》の突《つ》き当《あ》たりにある事務局《じむきょく》は、前《まえ》に来《き》た時《とき》と少《すこ》しも変《か》わっていなかった。

中央《ちゅうおう》に大《おお》きな楕円形《だえんけい》のテーブルがあり、壁《かべ》のそばに2つの机《つくえ》、あちらこちらに明《あか》るい色《いろ》のソファがいくつも置《お》いてあって、床《ゆか》には、細《こま》やかな模様《もよう》を織《お》り出《だ》した濃紺《のうこん》の厚《あつ》い絨毯《じゅうたん》が敷《し》かれている。

壁《かべ》は、世界地図《せかいちず》や日本地図《にほんちず》で飾《かざ》られていて、ダーツの的《まと》もかけてあった。

椅子《いす》やソファに腰《こし》かけている十数人《じゅうすうにん》のメンバーは、誰《だれ》もが金《きん》の刺繍《ししゅう》の入《はい》ったクラブZ《ゼータ》の黒《くろ》いジャケットや、T《ティー》シャツを着《き》て、黒革《くろかわ》のブーツをはいている。

ここには、クラブZ《ゼータ》のトップクラスが集《あつ》まっているのだった。

男子《だんし》ばかりの部屋《へや》だったけれど、きれいな森《もり》と、そこに棲《す》む美《うつく》しい鹿《しか》の群《む》れを連想《れんそう》させる優雅《ゆうが》な雰囲気《ふんいき》が漂《ただよ》っている。

「隼風《はやて》さん、到着《とうちゃく》しました。」

メンバーの1人《ひとり》が奥《おく》のドアをたたく。

やがて、そこから隼風《はやて》さんが精悍《せいかん》な姿《すがた》を見《み》せた。

私《わたし》を見《み》て、足《あし》を止《と》める。

「美織鳴《みおりめい》は、いつから女《おんな》になったんだ。」

部屋《へや》にいたメンバーが、どっと笑《わら》った。

「すみません。あの、」

上級生《じょうきゅうせい》があせった口調《くちょう》で、事情《じじょう》を説明《せつめい》しようとする。

「あの、G教室《ジェイきょうしつ》に行《い》き、美織鳴《みおりめい》に、」

そこまで言《い》ったとたん、隼風《はやて》さんが威圧感《いあつかん》のある眼差《まなざし》を向《む》けた。

「帰《かえ》っていいぞ。」

上級生《じょうきゅうせい》はビクッとし、体《からだ》を強張《こわば》らせて立《た》ちつくしていたけれど、メンバーの1人《ひとり》に肩《かた》をたたかれて、しかたなさそうに部屋《へや》から出《で》ていった。

ドアが閉《し》まり、隼風《はやて》さんは、ソファでくつろいでいたメンバーの1人《ひとり》に目《め》を向《む》ける。

「あいつ、実行隊《じっこうたい》のリストから外《はず》せ。」

メンバーはうなずき、立《た》ち上《あ》がってパソコンを置《お》いた机《つくえ》に歩《あゆ》み寄《よ》ると、作業《さぎょう》を始《はじ》めた。

それを横目《よこめ》で見《み》ながら隼風《はやて》さんは、私《わたし》の方《ほう》に向《む》き直《なお》る。

「君《きみ》が来《き》たってことは、G《ジェイ》を代表《だいひょう》して、だな。美織《みおり》のやったことの責任《せきにん》は、G全体《ジェイぜんたい》で取《と》る気《き》だと思《おも》っていいわけか。」

踏《ふ》みこむように見《み》すえられて、私《わたし》はゾクッとした。

隼風《はやて》さんの目《め》は、切《き》れるように鋭《するど》い光《ひかり》をたたえている。

とても美《うつく》しいけれど、どことなく暗《くら》くて、危険《きけん》な感《かん》じがするんだ。

「あのぅ、美織君《みおりくん》は、何《なに》をやったんですか。」

私《わたし》が聞《き》くと、隼風《はやて》さんはふっと息《いき》をついた。

両腕《りょううで》を組《く》んで天井《てんじょう》を仰《あお》ぎ、憂鬱《ゆううつ》そうな表情《ひょうじょう》で口《くち》を開《ひら》く。

「化学準備室《かがくじゅんびしつ》から薬品《やくひん》を持《も》ち出《だ》した。」

私《わたし》は、信《しん》じられなかった。

でも心《こころ》のどこかに、美織君《みおりくん》は今《いま》、荒《あ》れてるから、何《なに》かやらかすかもしれないっていう気持《きも》ちがないわけでもなかった。

「廊下《ろうか》の監視《かんし》カメラの1つが、美織《みおり》の姿《すがた》をとらえている。」

そう言《い》いながら隼風《はやて》さんは、メンバーの方《ほう》を振《ふ》り返《かえ》った。

「映像《えいぞう》、出《だ》してやれ。」

メンバーが、パソコンにケーブルをつなぎながら私《わたし》を手招《てまね》きする。

近寄《ちかよ》ると、パソコンの画面《がめん》に監視《かんし》カメラの映像《えいぞう》が流《なが》れていた。

手前《てまえ》に、化学準備室《かがくじゅんびしつ》と書《か》かれたプレートが映《うつ》っていて、美織君《みおりくん》がドアを開《あ》けて入《はい》っていくのが見《み》える。

時間《じかん》も表示《ひょうじ》されており、昨日《きのう》の夕方《ゆうがた》だった。

間《ま》もなく美織君《みおりくん》は部屋《へや》から出《で》てきて、監視《かんし》カメラの撮影範囲外《さつえいはんいがい》に立《た》ち去《さ》っていく。

「薬品《やくひん》の紛失《ふんしつ》が発覚《はっかく》したのは、ついさっきだ。すぐZ《ゼータ》メンバーに緊急招集《きんきゅうしょうしゅう》をかけ、全員《ぜんいん》に問《と》いただすと同時《どうじ》に、昨日《きのう》の朝《あさ》の時点《じてん》では薬品《やくひん》がそろっていたことを確認《かくにん》した。そこで5階《かい》の廊下《ろうか》にある監視《かんし》カメラの、昨日《きのう》から今日《きょう》にかけての映像《えいぞう》を点検《てんけん》した結果《けっか》、美織《みおり》を見《み》つけたんだ。化学準備《かがくじゅんび》室前《しつまえ》の廊下《ろうか》に映《うつ》っていた人物《じんぶつ》は、美織《みおり》だけだ。」

昨日《きのう》の夕方《ゆうがた》、私《わたし》は、美織君《みおりくん》と一緒《いっしょ》だった。

その後《ご》、美織君《みおりくん》は家《いえ》に帰《かえ》っていったんだから、化学準備室《かがくじゅんびしつ》に出入《でい》りしているこの映像《えいぞう》は、それより前《まえ》ってことになるよね。

美織君《みおりくん》は、このことが頭《あたま》にあったから、Z事務局《ゼータじむきょく》の呼《よ》び出《だ》しに抵抗《ていこう》したんだろうか。

でも、さっきの美織君《みおりくん》に、そんな後《うし》ろ暗《ぐら》さや、疾《やま》しい感《かん》じは全然《ぜんぜん》なかった。

むしろ果敢《かかん》で挑戦的《ちょうせんてき》で、ちょっと反抗的《はんこうてき》すぎたけれど、まぁカッコよかったもん。

「美織《みおり》に、持《も》ち出《だ》した物《もの》をすぐ元《もと》に戻《もど》すように伝《つた》えろ。」

隼風《はやて》さんは、いらだちのこもったその目《め》を底《そこ》から光《ひか》らせた。

「化学準備室《かがくじゅんびしつ》に鍵《かぎ》を設置《せっち》してないのは、メンバーを信頼《しんらい》してのことだ。それが裏切《うらぎ》られたとあっては、放《ほう》っておけない。このことは、クラブZ事務局《ゼータじむきょく》のメンツにかけて、内輪《うちわ》で決着《けっちゃく》を付《つ》ける。

G教室《ジェイきょうしつ》が連帯責任《れんたいせきにん》を取《と》るつもりなら、それでもいい。きっちり後始末《あとしまつ》をつけてもらおう。だがそれより前《まえ》に、とにかく物《ブツ》の返還《へんかん》だ。さっさと返《かえ》させろ。今日中《きょうじゅう》にだ。わかったな。」

凄《すさ》まじい力《ちから》のこもったその目《め》の前《まえ》で、私《わたし》はすくみ上《あ》がり、恐《おそ》ろしさのあまり、うなずく以外《いがい》に何《なに》もできなかった。

14　基本《きほん》は、5W《ダブリュー》1H《エイチ》

私《わたし》がG教室《ジェイきょうしつ》に戻《もど》ると、掃除《そうじ》はすっかりすんでいた。

洗面台《せんめんだい》の下《した》に張《は》られた洗濯《せんたく》ロープに、雑巾《ぞうきん》が3枚《まい》ヒラヒラしている。

「王様《おうさま》、大丈夫《だいじょうぶ》か。どうだった？」

火影君《ひかげくん》に聞《き》かれて、私《わたし》はすべての事情《じじょう》を説明《せつめい》し、今日中《きょうじゅう》に薬品《やくひん》を戻《もど》すように言《い》われたことも伝《つた》えた。

火影君《ひかげくん》は、クルッと美織君《みおりくん》に向《む》き直《なお》る。

「おまえさぁ、やったの？」

美織君《みおりくん》の第一声《だいいっせい》は、

「へっ⁉」

だった。

いかにも不意打《ふいう》ちを食《く》らったという感《かん》じで、それを見《み》た瞬間《しゅんかん》に、私《わたし》は、美織君《みおりくん》が薬品《やくひん》を持《も》ち出《だ》したというのは、何《なに》かの間違《まちが》いだと確信《かくしん》した。

「俺《おれ》、何《なん》もやってねーぜ。だいたい化学準備室《かがくじゅんびしつ》に行《い》ったことなんか、」

そう言《い》いながら、ふと思《おも》い出《だ》したような顔《かお》つきになる。

「あーっ、昨日《きのう》行《い》ったんだ。」

そうでしょ、廊下《ろうか》の監視《かんし》カメラに映像《えいぞう》が残《のこ》ってるよ。

「美織《みおり》、おまえ。」

若王子君《わかおうじくん》がツカツカとやってきて、美織君《みおりくん》の襟元《えりもと》をつかみ上《あ》げた。

「持《も》ち出《だ》した薬品《やくひん》、さっさと返《かえ》せ。ついでに俺《おれ》のマカロンも、弁償《べんしょう》しろ。」

美織君《みおりくん》は、即《そく》、若王子君《わかおうじくん》の胸元《むなもと》をつかみ返《かえ》す。

「ドンドン行《い》けってマカロン投《な》げたの、確《たし》かおまえだったよな。」

火影君《ひかげくん》が2人《ふたり》の間《あいだ》に入《はい》り、腕《うで》で左右《さゆう》に引《ひ》き離《はな》した。

「美織《みおり》さぁ、なんで化学準備室《かがくじゅんびしつ》なんて行《い》ったの？」

聞《き》かれて美織君《みおりくん》は、クサクサするといったように髪《かみ》をかき上《あ》げる。

「いいじゃん、別《べつ》に。放《ほ》っとけよ。」

瞬間《しゅんかん》、火影君《ひかげくん》が叫《さけ》んだ。

「よくない！」

私《わたし》たちは皆《みんな》、びっくり。

理性的《りせいてき》な火影君《ひかげくん》が声《こえ》を荒立《あらだ》てるなんて、滅多《めった》にないことだったから。

「おまえ、今《いま》、疑《うたが》われてんだぞ。」

言葉《ことば》には、怒《いか》りがこもっていた。

「そのせいで、国王《こくおう》がZ事務局《ゼータじむきょく》に連《つ》れていかれたんじゃないか。おまえをかばって、1人《ひとり》で行《い》ったんだぜ。どんなに心細《こころぼそ》かったか、考《かんが》えてみろよ。」

美織君《みおりくん》は、はっとして私《わたし》を見《み》る。

その目《め》の中《なか》に、苦《くる》しげな影《かげ》が浮《う》かび上《あ》がった。

「おまえは、僕《ぼく》たちに話《はな》す義務《ぎむ》があるんだよ。」

火影君《ひかげくん》の口調《くちょう》は、次第《しだい》に荒々《あらあら》しさを失《うしな》い、説得《せっとく》するかのように静《しず》かになっていく。

「国王《こくおう》から報告《ほうこく》があった通《とお》り、このことはG全体《ジェイぜんたい》の責任《せきにん》になったんだからな。しかもタイムリミットが付《つ》いている。全員《ぜんいん》で団結《だんけつ》して解決《かいけつ》するためにも、おまえは本当《ほんとう》のことを話《はな》すべきだ。」

美織君《みおりくん》は口《くち》をへの字《じ》に曲《ま》げ、伏《ふ》せた視線《しせん》を落《お》ち着《つ》きなくあちらこちらに動《うご》かしていたけれど、やがて観念《かんねん》したらしく、大《おお》きな息《いき》をついて私《わたし》たちに向《む》き直《なお》った。

「キラキラ星《ぼし》を上杉先輩《うえすぎせんぱい》と一緒《いっしょ》に練習《れんしゅう》してたら、若武先輩《わかたけせんぱい》が呼《よ》びに来《き》て、俺1人《おれひとり》になったんだ。

そしたら急《きゅう》にやる気《き》がなくなって・・・俺《おれ》、ヴァイオリンやめようと思《おも》ってるからさ、それでなんとなく部屋《へや》を出《で》て、あたりを徘徊《はいかい》っていうか、ウロウロしてたんだ。廊下《ろうか》の突《つ》き当《あ》たりまで行《い》ったら、そこが化学準備室《かがくじゅんびしつ》だったから、ちょっと入《はい》ってみたわけ。薬品棚《やくひんだな》とか実験器具《じっけんきぐ》とか見《み》回《まわ》して、それで出《で》てきて、また個人練習室《こじんれんしゅうしつ》に戻《もど》った。それだけだよ。」

私《わたし》は、うなずいた。

美織君《みおりくん》の心境《しんきょう》から考《かん》えても、それはありそうなことだった。

「薬品《やくひん》なんか、持《も》ち出《だ》してない。」

でも隼風《はやて》さんは、化学準備室前《かがくじゅんびしつまえ》の監視《かんし》カメラには、美織君《みおりくん》しか映《うつ》っていないって言《い》ってたんだ。

美織君《みおりくん》じゃないとすると、いったい誰《だれ》⁉

「Z《ゼータ》事務局《じむきょく》は、美織本人《みおりほんにん》の話《はなし》だけじゃ信用《しんよう》しないんだろうな。」

火影君《ひかげくん》の言葉《ことば》に、私《わたし》はうなずいた。

「たぶんね。隼風《はやて》さん、ムキになって怒《おこ》ってたし。」

火影君《ひかげくん》は、ふと私《わたし》を見《み》る。

「珍《めずら》しいな。」

え？

「隼風《はやて》さんって、あんまり感情《かんじょう》を表《おもて》に出《だ》さないタイプだと思《おも》ってたけど。」

ん、私《わたし》もそう思《おも》ってたけどね、今日《きょう》は、すごくいらだってたんだ。

緊急全員集合《きんきゅうぜんいんしゅうごう》をかけたくらいだし。

「たぶん、信頼《しんらい》を裏切《うらぎ》られたからじゃないかな。」

私《わたし》がそう言《い》うと、美織君《みおりくん》は口《くち》を尖《とが》らせた。

「俺《おれ》じゃねーって。だけど証人《しょうにん》なんて、いねーよ。ずっと、1人《ひとり》だったからな。」

火影君《ひかげくん》がすかさず口《くち》を開《ひら》く。

「おまえが化学準備室《かがくじゅんびしつ》に入《はい》った時《とき》、薬品棚《やくひんだな》、どうだった？　荒《あ》らされてたとか？」

美織君《みおりくん》は、不貞腐《ふてくさ》れた様子《ようす》で首《くび》を横《よこ》に振《ふ》った。

「普通《ふつう》だった。」

若王子君《わかおうじくん》が、思《おも》いついたように声《こえ》を上《あ》げる。

「その監視《かんし》カメラ、手《て》の部分《ぶぶん》は、どう映《うつ》ってた？」

は？

「薬品《やくひん》を持《も》ち出《だ》したんなら、手《て》に持《も》っていたはずだし、持《も》ち出《だ》してないんなら手《て》には何《なに》も持《も》ってないだろ。それが美織《みおり》の証明《しょうめい》になるじゃん。」

そうだねっ！

私《わたし》は勢《いきお》いづき、さっき見《み》た画面《がめん》を思《おも》い出《だ》そうとした。

「確《たし》か化学準備室《かがくじゅんびしつ》っていうプレートが手前《てまえ》に映《うつ》っていて、その向《む》こうに別《べつ》の部屋《へや》のプレートが並《なら》んでて、美織君《みおりくん》が近《ちか》づいてきて部屋《へや》に入《はい》っていったと思《おも》ったな。見《み》おろすような角度《かくど》で、手《て》の部《ぶ》分《ん》は・・・う～ん、記憶《きおく》にない。」

若王子君《わかおうじくん》が、ガッカリしたように肩《かた》を落《お》とす。

「室名《しつめい》を表示《ひょうじ》するプレートは、ドアより上《うえ》にあるんだ。たぶん廊下《ろうか》のカメラは、そのあたりに設《せっ》置《ち》されてるんだろ。となると手《て》の部分《ぶぶん》は、当然《とうぜん》、画面《がめん》の外《そと》だ。元々《もともと》が廊下用《ろうかよう》の監視《かんし》カメラで、部《へ》屋《や》の出入《でい》りを記録《きろく》するものじゃないんだ、きっと。」

ダメかぁ・・・。

「それなら、」

火影君《ひかげくん》が目《め》を輝《かがや》かせる。

「逆《ぎゃく》に考《かんが》えたら、どうかな。」

逆《ぎゃく》？

「美織側《みおりサイド》から潔白《けっぱく》の証明《しょうめい》ができないなら、逆《ぎゃく》に真犯人《しんはんにん》を見《み》つけることで、美織《みおり》の潔白《けっぱく》を証明《しょうめい》するってこと。美織《みおり》が持《も》ち出《だ》したんじゃないのなら、他《ほか》の人物《じんぶつ》がやったに決《き》まってるからさ。」

美織君《みおりくん》は、ようやく捨《す》て鉢《ばち》な態度《たいど》を捨《す》て、私《わたし》たちの方《ほう》に身《み》を乗《の》り出《だ》した。

「それ、どうやんの？　どうやって薬品《やくひん》を持《も》ち出《だ》した奴《やつ》をあぶり出《だ》すわけ？」

若王子君《わかおうじくん》が自信《じしん》たっぷりな笑《え》みを浮《う》かべる。

「すべての調査《ちょうさ》の基本《きほん》は、５Ｗ《ダブリュー》１Ｈ《エイチ》だ。」

はぁ・・・。

私《わたし》がキョトンとしていると、火影君《ひかげくん》がクスッと笑《わら》った。

「５Ｗ《ダブリュー》は、when《ウエン》、where《ウエア》、what《ワッツ》、why《ワイ》、who《フー》の５つ。１Ｈ《エイチ》は、how《ハウ》。つまり、いつ、どこで、何《なに》を、なぜ、誰《だれ》が、どうやってしたのか。この世《よ》のすべての事象《じしょう》は、この６つから成《な》り立《た》っている。」

ふうん。

「今回《こんかい》の場合《ばあい》、時間《じかん》と場所《ばしょ》と物《もの》は、はっきりしている。時間《じかん》は昨日《きのう》、場所《ばしょ》は化学準備室《かがくじゅんびしつ》、物《もの》は薬品《ひん》。わかっていないのは、なぜ、どうやって、誰《だれ》が、だ。このうちの２つ、なぜと、どうやって。これは言《い》いかえれば動機《どうき》と手順《てじゅん》だけど、この２つをはっきりさせれば、３つ目《め》の、誰《だれ》が、はかなり絞《しぼ》れてくるはずなんだ。」

なるほどね。

「書《か》き出《だ》して整理《せいり》しよう。」

立《た》ち上《あ》がった火影君《ひかげくん》がホワイトボードに寄《よ》り、ペンを取《と》り上《あ》げる。

「今《いま》のところ謎《なぞ》は、3つ。1、薬品《やくひん》を持《も》ち去《さ》った目的《もくてき》は何《なに》か、2、監視《かんし》カメラに映《うつ》らずにどうやって持《も》ち出《だ》したのか、3、誰《だれ》がやったのか、だ。」

ペンを走《はし》らせる火影君《ひかげくん》を見《み》ながら、若王子君《わかおうじくん》が言《い》った。

「監視《かんし》カメラには、死角《しかく》がある。それをわかっていた人物《じんぶつ》が、うまくくぐり抜《ぬ》けたのかもしれない。」

美織君《みおりくん》が首《くび》を傾《かし》げる。

「そんな細《こま》けーこと知《し》ってるのは、内部《ないぶ》の奴《やつ》だけだぜ。あの階《かい》には、外部《がいぶ》の人間《にんげん》はほとんど入《はい》らないし。」

じゃ薬品《やくひん》を持《も》ち去《さ》ったのは、クラブZ《ゼータ》のメンバーってこと?

「昨日《きのう》の何時《なんじ》に犯行《はんこう》が行《おこな》われたかを調《しら》べて、Z《ゼータ》メンバーのアリバイと照合《しょうごう》すれば、誰《だれ》がやったのかは、かなり絞《しぼ》れるんじゃね?」

ん、いいアイディア！

そう思《おも》う私《わたし》の隣《となり》で、火影君《ひかげくん》が残念《ざんねん》そうに首《くび》を横《よこ》に振《ふ》った。

「化学準備室《かがくじゅんびしつ》には鍵《かぎ》がないし、出入《でい》りするのに使用申請書《しようしんせいしょ》も必要《ひつよう》ない。誰《だれ》がいつ入《はい》ったかなんて、調《しら》べようがないだろ。」

ああ、ダメだ。

「おい、」

若王子君《わかおうじくん》が、ふいに真剣《しんけん》な声《こえ》を出《だ》す。

「俺《おれ》たち、さっきから薬品《やくひん》、薬品《やくひん》って言《い》ってるけど、それって具体的《ぐたいてき》に何《なん》なんだ。」

それは、これまで誰《だれ》も問題《もんだい》にしなかったことだった。

「持《も》ち出《だ》された薬品《やくひん》の名前《なまえ》は？」

私《わたし》たちは、急《きゅう》にシーンとした。

「さっき火影《ひかげ》が言《い》ったよな。」

若王子君《わかおうじくん》の声《こえ》は恐《おそ》ろしいほど澄《す》んで、冷《つめ》たくなっていく。

「感情《かんじょう》を表《おもて》に出《だ》さない隼風《はやて》が、怒《おこ》るのは珍《めずら》しいって。それと、薬品《やくひん》の名前《なまえ》が明《あき》らかにされていないことを結《むす》んでみろよ。答《こた》えは簡単《かんたん》だ。」

そう言《い》いながらきれいなその唇《くちびる》に、不敵《ふてき》な感《かん》じのする笑《え》みを含《ふく》んだ。

「それは、持《も》ち去《さ》られた薬品《やくひん》が相当《そうとう》ヤバいものだったからだ。だから隼風《はやて》は薬品名《やくひんめい》を言《い》えないし、早《はや》く取《と》り返《かえ》そうと、あせってムキになってるんだ。」

私《わたし》は、コクンと息《いき》を呑《の》んだ。

確《たし》かに隼風《はやて》さんは、すぐ返《かえ》せと何度《なんど》も言《い》っていた。

持《も》ち出《だ》されたのは、いったい何《なん》だったんだろう。

「化学準備室《かがくじゅんびしつ》に置《お》かれている薬品名《やくひんめい》は、リスト化《か》されているはずだ。若王子《わかおうじ》、Z《ゼータ》ビルの検索《けんさく》エンジン出《だ》して。」

火影君《ひかげくん》が言《い》い、若王子君《わかおうじくん》がパソコンを打《う》った。

「化学準備室《かがくじゅんびしつ》、で入力《にゅうりょく》して。」

私《わたし》たちは、若王子君《わかおうじくん》の机《つくえ》の周《まわ》りに集《あつ》まる。

「ヤバい薬《くすり》って、麻薬《まやく》とか、か？」

興味深《きょうみぶか》そうにつぶやいた美織君《みおりくん》に、若王子君《わかおうじくん》が、侮蔑《ぶべつ》の視線《しせん》を流《なが》す。

「やめろよ、不良的発想《ヤンキーてきはっそう》。」

美織君《みおりくん》はムッとし、後《うし》ろから若王子君《わかおうじくん》の頭《あたま》を小突《こづ》いた。

「何《なに》すんだっ！」

怒《おこ》って突《つ》っ立《た》った若王子君《わかおうじくん》の肩《かた》を、火影君《ひかげくん》が抱《だ》いてなだめ、なんとか座《すわ》らせる。

「ああ、そこ、もっと中《なか》に入《はい》れ。オッケイ、止《と》めて。」

画面《がめん》に化学準備室《かがくじゅんびしつ》の薬品《やくひん》リストが浮《う》かび上《あ》がった。

「ゆっくりスクロールして。」

次々《つぎつぎ》と現《あらわ》れては消《き》えていく薬品名《やくひんめい》を、私《わたし》たちは、目《め》を皿《さら》のようにして見《み》つめた。

でもそれは、私《わたし》の学校《がっこう》の理科《りか》の実験《じっけん》でも使《つか》うような、塩酸《えんさん》とか硫酸《りゅうさん》とか、そんな薬品《やくひん》ばかりだった。

「確《たし》かに劇物《げきぶつ》もあるけど、どれも量《りょう》が少《すく》ないし、隼風《はやて》さんがカッカするほどすげぇものは、ねーよな。」

美織君《みおりくん》が大《おお》きく息《いき》をついて背中《せなか》を伸《の》ばし、火影君《ひかげくん》もメガネを取《と》って、片手《かたて》で両目《りょうめ》を覆《おお》う。

「見当違《けんとうちが》いか。」

若王子君《わかおうじくん》が、ピシャリと言《い》った。

「バカ言《い》え。俺《おれ》に、見当違《けんとうちが》いなんかあってたまるか。持《も》ち出《だ》されたのは、絶対《ぜったい》にヤバいものだ。」

美織君《みおりくん》がうっすらと笑《わら》う。

「だから、このリストのどこに、それがあんだよ。」

若王子君《わかおうじくん》はムッとし、一気《いっき》にパソコンの電源《でんげん》を落《お》とすと、蓋《ふた》を閉《し》めて抱《かか》え上《あ》げた。

「俺《おれ》、もう帰《かえ》る。」

ああ、分裂《ぶんれつ》だぁ・・・。

私《わたし》は、どうしてよいのかわからず、出《で》ていく若王子君《わかおうじくん》をただ見送《みおく》った。

美織君《みおりくん》は、言《い》いすぎたと思《おも》ったのか黙《だま》りこみ、部屋《へや》の空気《くうき》は重《おも》くなる。

「現場《げんば》を歩《ある》いてみようか。」

火影君《ひかげくん》が、私《わたし》たちを励《はげ》ますように言《い》った。

「美織《みおり》の当日《とうじつ》の動線《どうせん》をたどってみれば、何《なに》かわかるかもしれない。」

それで3人《にん》でG教室《ジエイきょうしつ》のドアを出《で》たんだ。

そこに、若王子君《わかおうじくん》がパソコンを抱《かか》えて立《た》っていた。

「なんで誰《だれ》も、俺《おれ》を止《と》めないんだ。」

不満《ふまん》げに、こっちをにらむ。

「普通《ふつう》、止《と》めるだろ、さっきみたいな場合《ばあい》。」

火影君《ひかげくん》がクスッと笑《わら》い、若王子君《わかおうじくん》の肩《かた》を抱《だ》き寄《よ》せた。

「ああ悪《わる》かったよ。おまえは、僕《ぼく》たちにとって必要《ひつよう》な存在《そんざい》だ。さ、現場《げんば》を見《み》に行《い》こう。」

若王子君《わかおうじくん》はツンと横《よこ》を向《む》きながら、でも、おとなしく火影君《ひかげくん》と一緒《いっしょ》に歩《ある》き出《だ》した。

その後《うし》ろ姿《すがた》を見《み》ながら、美織君《みおりくん》があきれたようにつぶやく。

「若《わか》って・・・もろ、ガキだな。」

まぁね、でもかわいいじゃない。

15 G《ジェイ》チーム、始動《しどう》！

「私《わたし》たちも、行《い》こ。」

火影君《ひかげくん》と若王子君《わかおうじくん》の後《あと》に続《つづ》いて、私《わたし》は美織君《みおりくん》と一緒《いっしょ》に化学準備室《かがくじゅんびしつ》に向《む》かった。

エレベーターを5階《かい》で降《お》り、黙《だま》って歩《ある》いていると、急《きゅう》に美織君《みおりくん》が言《い》ったんだ。

「Z事務局《ゼータじむきょく》、恐《こわ》かったか？」

いきなりだったから、私《わたし》は驚《おどろ》いて美織君《みおりくん》の顔《かお》を見《み》た。

そこに、切《き》れ上《あ》がった2つの目《め》があって、真剣《しんけん》な光《ひかり》を浮《う》かべてじっとこちらを見《み》つめていた。

「1人《ひとり》で行《い》かせて、ごめんな。」

気《き》にしてたんだ・・・。

私《わたし》はなんだか照《て》れてしまい、あわててうつむいた。

「2度目《どめ》だったから慣《な》れてたし、平気《へいき》。」

昨日《きのう》の約束《やくそく》を思《おも》い出《だ》したのは、その時《とき》だった。

ヴァイオリンを続《つづ》けていていいのかって悩《なや》んでいた美織君《みおりくん》への答《こた》えを1日《にち》待《ま》ってもらったこ

と。

「私《わたし》、昨日《きのう》の返事《へんじ》、見《み》つけてきたよ。」

美織君《みおりくん》は、目《め》を見開《みひら》いた。

「おまえ、マジで考《かんが》えてたわけ？」

うん！

「あのさぁ、ああいう時《とき》に答《こた》えを保留《ほりゅう》するって、普通《ふつう》は、話《はなし》から逃《に》げるためだろ。それをマジ考《かんが》えてたって・・・ありかよ。信《しん》じらんね。」

首《くび》を横《よこ》に振《ふ》りながらうっすらと笑《わら》う美織君《みおりくん》は、とても軽《かる》い感《かん》じで、どこにでも流《なが》されていくような男《おとこ》の子《こ》に見《み》えた。

今《いま》の不幸《ふこう》や環境《かんきょう》の変化《へんか》にあっさり負《ま》けてしまいそうで、私《わたし》は浩史先生《こうじせんせい》が言《い》っていた言葉《ことば》を思《おも》い出《だ》した。

「美織《みおり》に、自尊心《プライド》を持《も》たせたい。ここでヴァイオリンを捨《す》てさせず、努力《どりょく》させ、成功《せいこう》につなげてやりたい。」

私《わたし》は、心《こころ》からそれに共感《きょうかん》しながら、押《お》しつけるように強《つよ》く言《い》った。

「ヴァイオリンは、続《つづ》ける方《ほう》がいいと思《おも》う。」

美織君《みおりくん》は一瞬《いっしゅん》、息《いき》を呑《の》む。

でもすぐ、その目《め》に、きつい光《ひかり》をまたたかせた。

ちょっと話《はな》したくらいで、おまえに何《なに》がわかるんだよ。

そう言《い》いたげで、でも、それも面倒《めんどう》そうで、このまま話《はなし》を切《き》り上《あ》げてしまうかに見《み》えた。

私《わたし》は、あわてて言《い》った。

「美織君自身《みおりくんじしん》も楽《たの》しいって感《かん》じてるわけだし、それは、家族《かぞく》を照《て》らす光《ひかり》みたいなものだと思《おも》うから。」

その時《とき》、先《さき》を歩《ある》いていた火影君《ひかげくん》が立《た》ち止《ど》まり、こちらを振《ふ》り向《む》いたんだ。

「美織《みおり》、おまえが昨日歩《きのうある》いた動線《どうせん》、教《おし》えてくれ。」

美織君《みおりくん》は、私《わたし》から顔《かお》をそむけるようにして駆《か》け出《だ》していく。

私《わたし》の言葉《ことば》をどう受《う》け取《と》ったのか、全然《ぜんぜん》わからなかった。

しかたなく私《わたし》もその後《あと》を追《お》い、1番端《ばんはし》の個人練習室《こじんれんしゅうしつ》の前《まえ》に立《た》ったんだ。

「昨日《きのう》は、ここから出《で》て、ブラブラっと歩《ある》いて、」

美織君《みおりくん》の説明通《せつめいどお》りに、私《わたし》たちは練習室《れんしゅうしつ》の前《まえ》を通《とお》る廊下《ろうか》を進《すす》み、突《つ》き当《あ》たりまで行《い》った。

そこは、非常用《ひじょうよう》の出口《でぐち》になっていた。

「ここで引《ひ》き返《かえ》して、練習室《れんしゅうしつ》の前《まえ》を通《とお》って、エレベーターホールから反対側《はんたいがわ》に歩《ある》いて、突《つ》き当《あ》たりまで行《い》くと、化学準備室《かがくじゅんびしつ》があったから、なんとなく入《はい》ってみたんだ。」

そう言《い》いながら、化学準備室《かがくじゅんびしつ》のドアを開《あ》け、電気《でんき》を点《つ》ける。

部屋《へや》の中央《ちゅうおう》に木《き》の机《つくえ》がいくつかあり、周囲《しゅうい》の壁《かべ》に沿《そ》って薬品棚《やくひんだな》や器具《きぐ》の入《はい》った棚《たな》が並《なら》んでいた。

「へぇ、中《なか》はこうなってるのかって思《おも》って、ずらっと見回《みまわ》して、一周《しゅう》して、それから出《で》て、個人《こじん》練習室《れんしゅうしつ》に戻《もど》った。」

その話《はなし》に沿《そ》って、私《わたし》たちは部屋《へや》の中《なか》を歩《ある》いた。

ただ1人若王子君《ひとりわかおうじくん》だけが、薬品棚《やくひんだな》の前《まえ》に立《た》ち、腕組《うでぐ》みをしたまま動《うご》かない。

「あいつ、協調性《きょうちょうせい》ゼロだな。」

ぼやくように言《い》った美織君《みおりくん》に、火影君《ひかげくん》が笑《わら》った。

「いいから、放《ほう》っておけよ。構《かま》うんじゃないぞ、またモメるからな。」

火影君《ひかげくん》は、ほんとに、まとめ役《やく》が板《いた》についている。

野球部《やきゅうぶ》で養《やしな》われた力《ちから》なんだろうなぁ。

そう思《おも》いながら歩《ある》いていて、私《わたし》は、床《ゆか》に何《なに》かが落《お》ちていることに気付《きづ》いた。

拾《ひろ》い上《あ》げてみると、それは、埃《ほこり》の固《かた》まりだった。

ここって、掃除《そうじ》してないのかな。

そう思《おも》いながら部屋《へや》の隅々《すみずみ》を見回《みまわ》してみたけれど、埃《ほこり》がたまっているような所《ところ》はまったくなく、どこもきれいだった。

壁《かべ》にかけてある掃除点検表《そうじてんけんひょう》によれば、一昨日《おととい》、掃除《そうじ》がしてある。

それから今日《きょう》までの2日間《ふつかかん》で、埃《ほこり》がこんな固《かた》まりになるなんて、ありえないことだった。

ありえないのに、ここにある・・・不思議《ふしぎ》だ。

「なるほどね。」

若王子君《わかおうじくん》が納得《なっとく》したような声《こえ》を上《あ》げ、わずかに体《からだ》を反《そ》らせた。

「わかったぜ、ここから持《も》ち出《だ》された薬品《やくひん》の名前《なまえ》。」

私《わたし》たちはびっくりし、先《さき》を争《あらそ》うように若王子君《わかおうじくん》に駆《か》け寄《よ》った。

「さっきのリストにあって、ここにない薬品《やくひん》が3種類《しゅるい》あるんだ。」

私《わたし》は舌《した》を巻《ま》く。

それがわかるってことは、さっきのリストにあったたくさんの薬品名《やくひんめい》を全部《ぜんぶ》、覚《おぼ》えていたってことだった。

「すげぇ、若《わか》。」

さっきまでボヤいていた美織君《みおりくん》が素直《すなお》に感嘆《かんたん》し、火影君《ひかげくん》もうれしそうにうなずく。

「なくなってるのは、」

若王子君《わかおうじくん》の声《こえ》も、どことなく弾《はず》んでいた。

「硫酸《りゅうさん》、硝酸《しょうさん》、それにグリセリンの瓶《びん》だ。」

瞬間《しゅんかん》、美織君《みおりくん》がパカンと若王子君《わかおうじくん》の頭《あたま》をたたいた。

「おまえ、さっき自信持《じしんも》って、絶対《ぜったい》にヤバいものだって言《い》ったろ。どこが絶対《ぜったい》にヤバいんだ。まぁ硫酸《りゅうさん》、硝酸《しょうさん》はともかく、グリセリンなんて普通《ふつう》じゃん。劇物《げきぶつ》じゃないし、薬局《やっきょく》で簡単《かんたん》に買《か》えんだろ。」

若王子君《わかおうじくん》は、とっさに美織君《みおりくん》を殴《なぐ》り返《かえ》そうとし、火影君《ひかげくん》に押《お》さえられた。

「いや、若《わか》の言《い》う通《とお》りだよ。これ、かなりヤバい。」

え？

「その3つが、一緒《いっしょ》に持《も》ち去《さ》られたってことが問題《もんだい》なんだ。」

はぁ・・・。

「それらを反応《はんのう》させれば、ニトロになる。」

美織君《みおりくん》が、すっと青《あお》ざめた。

「マジか!?」

私《わたし》は話《はなし》についていけず、オロオロしてしまった。

「あの、ニトロって、何《なに》？」

聞《き》くには、勇気《ゆうき》が必要《ひつよう》だった。

だって3人《にん》の間《あいだ》には、ものすごく張《は》りつめた空気《くうき》が漂《ただよ》っていたんだもの。

若王子君《わかおうじくん》も美織君《みおりくん》も、このアホ、と言《い》わんばかりの顔《かお》つきになり、目《め》の端《はし》でこっちをにらんだ。

ただ火影君《ひかげくん》だけがやさしくて、私《わたし》に教《おし》えてくれたんだ。

「ニトロって、ニトログリセリンの略《りゃく》だよ。ダイナマイトの原料《げんりょう》だ。」

わっ！

それで私《わたし》もようやく、皆《みんな》と同《おな》じ張《は》りつめた気持《きも》ちになることができた。

「その3つをここから持《も》ち出《だ》したってことは、やっぱりダイナマイトを作《つく》るつもりなんだ、よ、ね？」

念《ねん》を押《お》したのは、あまりにも話《はなし》が大《おお》きくなってしまって、まるでテレビか映画《えいが》の中《なか》の出来事《できごと》みたいで現実感《げんじつかん》がなかったからだった。

美織君《みおりくん》が、まいったといったような大《おお》きな息《いき》をつく。

「だろーな。ついでに言《い》えば、それを作《つく》るのは、使《つか》うつもりがあるからだぜ。」

これが謎《なぞ》の1、薬品《やくひん》を持《も》ち出《だ》した目的《もくてき》は何《なに》か、の答《こた》えだった。

隼風《はやて》さんがいらだっていたのは、信頼《しんらい》を裏切《うらぎ》られたというだけではなく、これを予想《よそう》していたからに違《ちが》いない。

「今《いま》に必《かなら》ず、どこかで爆破事件《ばくはじけん》が起《お》こる。」

若王子君《わかおうじくん》が、挑《いど》むような笑《え》みを浮《う》かべた。

「ってことは、俺《おれ》たち、犯罪消滅特殊部隊《はんざいしょうめつとくしゅぶたい》の出番《でばん》だ。この爆破計画《ばくはけいかく》、G《ジェイ》チームの力《ちから》で消《け》してみせようぜ。」

美織君《みおりくん》がニヤッと笑《わら》う。

「おもしれーじゃん。ブッつぶしてやるよ。」

私《わたし》も俄然《がぜん》やる気《き》になり、大《おお》きくうなずいた。

「爆破《ばくは》を防《ふせ》ぐために、力《ちから》を合《あ》わせて頑張《がんば》ろっ!」

16 いないっ⁉

「だけどさ。」

火影君《ひかげくん》が、どうも腑《ふ》に落《お》ちないといったようにつぶやく。

「リストの記載《きさい》によれば、各薬品《かくやくひん》の量《りょう》は多《おお》くない。３つを反応《はんのう》させても、たいした量《りょう》のダイナマイトはできないよ。」

たいした量《りょう》ができなくて、いいっ！

できたら、恐《こわ》いから。

「テロには、とても無理《むり》だ。」

だから、無理《むり》でいいんだってば！

「ドアだけとか、簡単《かんたん》な壁《かべ》くらいなら飛《と》ばせるかもしれないけど。」

美織君《みおりくん》がうなずく。

「持《も》ち出《だ》した奴《やつ》はさ、それ、わかってて持《も》ってったってことだよな。いったい何《なに》を吹《ふ》き飛《と》ばすつもりなんだろ。」

さぁ・・・。

私《わたし》たちは考《かんが》えこんだけれど、答《こた》えを見《み》つけることができなかった。

「これは、謎《なぞ》の4だな。」

あーあ、せっかく謎《なぞ》の1が解決《かいけつ》したのに、4ができてしまった・・・。

「これ以上《いじょう》、ここで立《た》っていてもしかたがない。いったん教室《きょうしつ》に戻《もど》ろう。」

火影君《ひかげくん》の提案《ていあん》で、私《わたし》たちはエレベーターホールへと移動《いどう》した。

「もう小塚《こづか》さんが来《き》てるかもしれない。謝《あやま》らなくっちゃ。」

それを聞《き》いて、私《わたし》は、ドキン！

お姉《ねえ》ちゃんをアシスタントにするって話《はなし》は、どうなっているだろう。

浩史先生《こうじせんせい》が、断《ことわ》ってくれているといいけれど。

「王様《おうさま》、Z事務局《ゼータじむきょく》には、なんて返事《へんじ》するの。」

あ、今日中《きょうじゅう》だったんだ。

どうしよう⁉

「そういえばさ。」

歩《ある》きながら美織君《みおりくん》が、ちらっとキッチンの室名《しつめい》プレートに目《め》をやった。

「星形《ほしがた》クッキーは、何枚《なんまい》焼《や》けばいいのか、聞《き》いたかよ。」

ああ、それも、まだやってないっ！

いろいろなことが心《こころ》に積《つ》み重《かさ》なり、私《わたし》は髪《かみ》をかきむしりたいような気分《きぶん》で、キッチンの前《まえ》を通《とお》り過《す》ぎた。

その時《とき》、はっとしたんだ。

「クリスマスケーキは知《し》っている」の中《なか》で、このドアの前《まえ》には、クリスマス鳥《バード》が集《あつ》まっていた。

それで私《わたし》と若王子《わかおうじ》君《くん》は、ドアを通《とお》らずにキッチンに入《はい》ることにしたんだ。

このビルのすべての部屋《へや》は、電気系統《でんきけいとう》の点検《てんけん》のために、天井《てんじょう》の一部《いちぶ》が開《ひら》くようになっている。

同《おな》じ階《かい》ならば、天井裏《てんじょううら》を通《とお》って、どこへでも移動《いどう》できるんだ。

つまり化学準備室《かがくじゅんびしつ》に入《はい》るためには、この階《かい》のどこかの部屋《へや》の天井裏《てんじょううら》に上《のぼ》り、化学準備室《かがくじゅんびしつ》の天井《てんじょう》裏《うら》まで行《い》って、部屋《へや》に降《お》りればいい。

そして同《おな》じ方法《ほうほう》で帰《かえ》ってくれば、廊下《ろうか》の監視《かんし》カメラに映《うつ》らずにすむんだ。

そこまで考《かんが》えたとたん、さっき拾《ひろ》った埃《ほこり》の固《かた》まりのことが、思《おも》い出《だ》された。

あれは、誰《だれ》かが天井《てんじょう》を通《とお》って化学準備室《かがくじゅんびしつ》に降《お》りた時《とき》に、天井裏《てんじょううら》から落《お》ちた埃《ほこり》だ、きっと！

「わかったっ！」

私《わたし》が大声《おおごえ》を出《だ》したので、皆《みんな》がビクッとした。

「天井裏《てんじょううら》に入《はい》ってみようよ。」

息《いき》を弾《はず》ませて私《わたし》は、その理由《りゆう》を説明《せつめい》した。

「これこそ謎《なぞ》の2、監視《かんし》カメラに映《うつ》らずにどうやって持《も》ち出《だ》したか、の証明《しょうめい》だよ。」

それで皆《みんな》で、化学準備室《かがくじゅんびしつ》に引《ひ》き返《かえ》したんだ。

「机《つくえ》、移動《いどう》して。上《うえ》に載《の》せれば、たぶん届《とど》くよ。」

火影君《ひかげくん》の号令《ごうれい》で私《わたし》たちは机《つくえ》を積《つ》み上《あ》げ、1番背《ばんせ》の低《ひく》い若王子君《わかおうじくん》がまず天井裏《てんじょううら》に入《はい》った。

若王子君《わかおうじくん》は、フランス国防省管轄《こくぼうしょうかんかつ》のエコール・ポリテクニークで軍事教練《ぐんじきょうれん》をしたことがあるらしい。

階級《かいきゅう》は少佐《しょうさ》だったとかで、さすがに運動神経《うんどうしんけい》は抜群《ばつぐん》、身《み》のこなしは、うっとりするほどあざやかだった。

「ほら、手《て》、出《だ》して。」

天井裏《てんじょううら》から伸《の》ばしてくれた手《て》に、私《わたし》がつかまり、引《ひ》き上《あ》げてもらう。

次《つぎ》に美織君《みおりくん》と火影君《ひかげくん》が、自力《じりき》で上《あ》がってきた。

「見《み》ろよ、そこ。」

若王子君《わかおうじくん》が、床《ゆか》を指《ゆび》さす。

でも暗《くら》くて、何《なに》も見《み》えなかった。

私《わたし》たちがマゴマゴしていると、若王子君《わかおうじくん》が舌打《したう》ちする。

「暗闇《くらやみ》でも、物《もの》くらい見《み》えるように訓練《くんれん》しとけよ。」

私《わたし》たち、普通《ふつう》の日本人《にほんじん》だからっ！

「あ、俺《おれ》、ライト持《も》ってる。」

美織君《みおりくん》が、胸《むね》ポケットに差《さ》していたペンを引《ひ》き抜《ぬ》き、スイッチを入《い》れた。

小《ちい》さな明《あ》かりが灯《とも》り、あたりをほんのり照《て》らし出《だ》す。

「この間《あいだ》、買《か》ったんだ、ライト付《つ》きのやつ。」

よく見《み》るとそれは、片刃《かたは》のナイフだった。

こういうの、持《も》ってるなんて・・・。

それは、それで恐《こわ》いと思《おも》うのは、私《わたし》だけ？

「そこ、照《て》らせよ。」

若王子君《わかおうじくん》に言《い》われて美織君《みおりくん》が明《あ》かりを向《む》けると、うっすらと積《つ》もった埃《ほこり》の中《なか》に、なんと、足跡《あしあと》がついていた。

しかも、往復《おうふく》している。

「つけてみようぜ。」

若王子君《わかおうじくん》が先《さき》に立《た》ち、美織君《みおりくん》の明《あ》かりを頼《たよ》りに私《わたし》と火影君《ひかげくん》が続《つづ》いた。

「ここまでだ。」

足跡《あしあと》が消《き》えた所《ところ》に、天井裏《てんじょううら》の開口部《かいこうぶ》がある。

火影君《ひかげくん》がそれを開《あ》け、下《した》の部屋《へや》に人《ひと》がいないのを確認《かくにん》した。

「ここ、個人練習室《こじんれんしゅうしつ》だ。ピアノがある。」

美織君《みおりくん》が真《ま》っ先《さき》に飛《と》び降《お》りていく。

若王子君《わかおうじくん》と火影君《ひかげくん》がそれに続《つづ》き、残《のこ》った私《わたし》は、皆《みんな》が机《つくえ》を移動《いどう》してきて、その上《うえ》に椅子《いす》を置《お》いて下《お》ろしてくれた、ほっ！

「個人練習室《こじんれんしゅうしつ》は、確《たし》か全部《ぜんぶ》で5室《しつ》だけど。」

そう言《い》いながら火影君《ひかげくん》が出入《でい》り口《ぐち》のドアを開《あ》け、室名《しつめい》を確認《かくにん》する。

「ここは、第《だい》4練習室《れんしゅうしつ》だ。昨日《きのう》の使用者《しようしゃ》を調《しら》べよう。」

美織君《みおりくん》が、パチンと指《ゆび》を鳴《な》らした。

「超《ちょう》・簡単《かんたん》。個人練習室《こじんれんしゅうしつ》を使《つか》うには、利用申請簿《りようしんせいぼ》に書《か》きこんで予約《よやく》を取《と》るんだ。申請簿《しんせいぼ》は、Ζ《ゼータ》ビル事務局《じむきょく》にある。」

私《わたし》たちはいっせいにドアに飛《と》びつき、そこから走《はし》り出《だ》してエレベーターホールに駆《か》けつけた。

夢中《むちゅう》で2階《かい》まで行《い》き、事務局《じむきょく》に入《はい》る。

「あの、個人練習室《こじんれんしゅうしつ》を使用《しよう》したいんですが。」

美織君《みおりくん》がそう言《い》うと、事務《じむ》の女《おんな》の人《ひと》が申請簿《しんせいぼ》を出《だ》してくれた。

「申請《しんせい》は、使用日《しようび》の3日前《みっかまえ》までね。あっちのカウンターで記入《きにゅう》して、終《お》わったらここに持《も》ってきて。」

美織君《みおりくん》の手《て》に渡《わた》った申請簿《しんせいぼ》を、私《わたし》たちは注視《ちゅうし》した。

その中《なか》に、薬品《やくひん》を持《も》ち去《さ》った人物《じんぶつ》の名前《なまえ》が書《か》かれているんだ。

これで、謎《なぞ》の3が解《と》ける！

そう考《かんが》えると、心臓《しんぞう》がドキドキした。

美織君《みおりくん》も緊張《きんちょう》したのか、それをカウンターに載《の》せて目《め》をつぶり、大《おお》きな息《いき》をつく。

「ページ、捲《めく》れよ。」

火影君《ひかげくん》にうながされて、ようやくページを開《ひら》いた。

それは横書《よこが》きで、まず最初《さいしょ》にタイトルのように日付《ひづけ》が書《か》かれていて、その下《した》に各練習室《かくれんしゅうしつ》の名前《なまえ》が縦《たて》に並《なら》んでいた。

使用希望者《しようきぼうしゃ》は、自分《じぶん》の使《つか》いたい練習室《れんしゅうしつ》の右隣《みぎどなり》に、名前《なまえ》と使用《しよう》する楽器《がっき》を書《か》き入《い》れるようになっている。

私《わたし》たちが見守《みまも》る中《なか》、美織君《みおりくん》は、昨日《きのう》の申請欄《しんせいらん》にたどりついた。

第《だい》1練習室《れんしゅうしつ》が、ちょうどページの1番下《ばんした》にあって、上杉先輩《うえすぎせんぱい》と美織君《みおりくん》の名前《なまえ》が並《なら》び、ヴァイオリンと書《か》かれている。

その字《じ》が、すごく几帳面《きちょうめん》できれいなことに感心《かんしん》しながら、私《わたし》は次《つぎ》のページに思《おも》いを馳《は》せた。

次《つぎ》のページの第《だい》4練習室《れんしゅうしつ》の欄《らん》に書《か》いてあるのが、あの足跡《あしあと》の人間《にんげん》、あの3つの薬品《やくひん》を持《も》ち出《だ》した人物《じんぶつ》、の名前《なまえ》なんだ。

いよいよ、それがはっきりする！

美織君《みおりくん》がページを捲《めく》り、私《わたし》は、鼓動《こどう》がいっそう高《たか》くなるのを感《かん》じながら紙面《しめん》に視線《しせん》を落《お》とした。

瞬間《しゅんかん》、思《おも》わず叫《さけ》んでしまった。

「あっ！」

美織君《みおりくん》も声《こえ》を上《あ》げた。

「マジかっ⁉」

そこには、第《だい》2から第《だい》5までの各練習室《かくれんしゅうしつ》の名前《なまえ》が並《なら》び、その右隣《みぎどなり》に、使用者《しようしゃ》の名前《なまえ》と、使用楽《しようがっ》器《き》が書《か》きこまれていた。

でも、第《だい》4練習室《れんしゅうしつ》の右側《みぎがわ》だけは空欄《くうらん》で、誰《だれ》の名前《なまえ》も書《か》いてなかったんだ。

17 俺《おれ》でいい

「空欄《くうらん》！」

事務局《じむきょく》を出《で》てエレベーターに乗《の》り、6階《かい》で降《お》りながら火影君《ひかげくん》がくやしそうに言《い》った。

「つまり昨日《きのう》は、第《だい》4練習室《れんしゅうしつ》を使《つか》った人間《にんげん》はいないいんだ。」

私《わたし》には、信《しん》じられなかった。

だって、そんなはずはない。

確《たし》かに足跡《あしあと》がついていたんだし、一昨日《おととい》、掃除《そうじ》したはずの化学準備室《かがくじゅんびしつ》には、天井《てんじょう》の埃《ほこり》が落《お》ちていたんだから。

第《だい》4練習室《れんしゅうしつ》から天井裏《てんじょううら》を歩《ある》いて化学準備室《かがくじゅんびしつ》に侵入《しんにゅう》した誰《だれ》かが、絶対《ぜったい》にいる。

3つの薬品《やくひん》を持《も》ち去《さ》り、ダイナマイトを作《つく》ろうとしている人間《にんげん》が、間違《まちが》いなくいるんだ！

「5階《かい》の部屋《へや》は、」

そう言《い》いながら若王子君《わかおうじくん》が腕《うで》を組《く》み、長《なが》い睫毛《まつげ》を伏《ふ》せて考《かんが》えこむ。

「どこも外鍵《そとかぎ》がない。個人練習室《こじんれんしゅうしつ》にもだ。申請《しんせい》せずに使《つか》おうと思《おも》えば、できなくはない。申請《しんせい》は

「3日前《みっかまえ》までだから、申請簿《しんせいぼ》を見《み》れば、その日《ひ》に使《つか》われていない練習室《れんしゅうしつ》がひと目《め》でわかる。そこに入《はい》って内側《うちがわ》から鍵《かぎ》をかけてしまえば、誰《だれ》も入《はい》ってこられない。名前《なまえ》も書《か》かずにすむ。」

きっと、そうだ。

その人物《じんぶつ》は、自分《じぶん》の名前《なまえ》を出《だ》すまいとして、それに成功《せいこう》したんだ。

「ちきしょう、行《ゆ》き詰《づ》まりか。」

美織君《みおりくん》が、いまいましそうに吐《は》き捨《す》てる。

「俺《おれ》たちは、そいつにたどりつけないのかよ。」

その時《とき》、私《わたし》の頭《あたま》の中《なか》にふっと1つの顔《かお》が浮《う》かび上《あ》がり、目《め》の前《まえ》の美織君《みおりくん》の顔《かお》と重《かさ》なったのだった。

昨日《きのう》、第《だい》1練習室《れんしゅうしつ》の前《まえ》の廊下《ろうか》で私《わたし》が美織君《みおりくん》と話《はな》していた時《とき》、向《む》こうから歩《ある》いてきた高校生《こうこうせい》。

美織君《みおりくん》は、とてもうれしそうに、石田満彦《いしだみつひこ》さん、と声《こえ》をかけていた。

私《わたし》たちが立《た》っていたあの場所《ばしょ》から奥《おく》にあるのは、個人練習室《こじんれんしゅうしつ》だけだ。

そこから歩《ある》いてきた石田《いしだ》さんは、練習室《れんしゅうしつ》から出《で》てきたとしか考《かんが》えられないのに、さっき見《み》た昨日《きのう》の申請簿《しんせいぼ》に石田《いしだ》さんの名前《なまえ》はなかった。

つまり無断《むだん》で練習室《れんしゅうしつ》に入《はい》っていたってことになるんだ。

これ絶対《ぜったい》、怪《あや》しい！

「美織君《みおりくん》」

そう言《い》って私《わたし》は息《いき》を吸《す》い、力《ちから》を溜《た》めてからその名前《なまえ》を口《くち》に出《だ》した。

「石田《いしだ》さんって昨日《きのう》、無断《むだん》で練習室《れんしゅうしつ》を使《つか》ってたよね。」

美織君《みおりくん》の吊《つ》り上《あ》がった目《め》の中《なか》を、光《ひかり》が駆《か》け抜《ぬ》ける。

美織君《みおりくん》は身震《みぶる》いし、黙《だま》りこんだ。

「誰《だれ》だ、それ。」

若王子君《わかおうじくん》に聞《き》かれて、私《わたし》は昨日《きのう》のことを全部《ぜんぶ》話《はな》した。

耳《みみ》を澄《す》ませていた若王子君《わかおうじくん》が、やがてきっぱりとつぶやく。

「じゃ、そいつで決《き》まりだろ。」

瞬間《しゅんかん》、美織君《みおりくん》がものすごい勢《いきお》いで口《くち》を開《ひら》いた。

「石田《いしだ》さんは、そんなことしねーよ。ヴァイオリンは全身全霊《ぜんしんぜんれい》を使《つか》って弾《ひ》くから、少《すこ》しでも心《こころ》に動揺《どうよう》や疾《やま》しさがあれば、必《かなら》ず音《おと》に出《で》るんだ。あの人《ひと》の音《おと》は繊細《せんさい》で、純粋《じゅんすい》で澄《す》みきった音《おと》だ。不純《ふじゅん》なことを考《かんが》える心《こころ》を持《も》っていたら、あんな音《おと》は絶対《ぜったい》に作《つく》れねぇよ。」

私《わたし》は、胸《むね》を打《う》たれた。

美織君《みおりくん》のヴァイオリンへの理解《りかい》と愛情《あいじょう》が、痛《いた》いほど感《かん》じられたから。

でも若王子君《わかおうじくん》は、皮肉《ひにく》な笑《え》みを浮《う》かべただけだった。

「その音聴《おとき》いたの、いつだよ。その後《ご》、変《か》わってるかもしれないだろ。」

美織君《みおりくん》は、強《つよ》く首《くび》を横《よこ》に振《ふ》る。

「石田《いしだ》さんは、もう留学《りゅうがく》も決《き》まってて、前途《ぜんと》が洋々《ようよう》としてる人《ひと》なんだ。それなのに、ここで少《すこ》しばかりの薬品《やくひん》を持《も》ち出《だ》して、自分《じぶん》の未来《みらい》に傷《きず》をつける必要《ひつよう》なんかねーだろ。」

それは確《たし》かにそうだった。

クラブＺ《ゼータ》でも、今週末《こんしゅうまつ》に離団式《りだんしき》を予定《よてい》して留学《りゅうがく》を祝福《しゅくふく》することになってるんだし、本人《ほんにん》も準備《じゅんび》で忙《いそが》しいって言《い》ってたものね。

「ヴァイオリン持《も》ってたからさ、きっと急《きゅう》に練習《れんしゅう》が必要《ひつよう》になって空《あ》いてる部屋《へや》を使《つか》ったんだ。留《りゅう》学前《がくまえ》って、いろんなことがありそうじゃん。」

うなずきながら私《わたし》は、あの時《とき》の石田《いしだ》さんの、無愛想《ぶあいそう》な感《かん》じを思《おも》い出《だ》した。

すごく迷惑《めいわく》そうで、冷《つめ》たかった。

でも、それでも美織君《みおりくん》の尊敬《そんけい》は、冷《さ》めてないんだ。

それは石田《いしだ》さんがヴァイオリンの名手《めいしゅ》で、そして美織君《みおりくん》がヴァイオリンを愛《あい》しているからだよね。

「化学準備室《かがくじゅんびしつ》から薬品《やくひん》を持《も》ち去《さ》った人物《じんぶつ》は、」

火影君《ひかげくん》が、静《しず》かに口《くち》を開《ひら》く。

「何《なに》かを爆破《ばくは》するつもりなんだ。たとえ小規模《しょうきぼ》だとしても、放置《ほうち》しておけない。少《すこ》しでも関《かか》わりのありそうな人間《にんげん》は、クラブZ《ゼータ》に報告《ほうこく》すべきだよ。」

美織君《みおりくん》は、ほとんど叫《さけ》ぶような声《こえ》になった。

「ダメだ。今回《こんかい》のことで隼風《はやて》さんは、メンツをつぶされたと思《おも》ってる。見《み》せしめのためにも、厳《きび》しい処分《しょぶん》をするに決《き》まってってだろ。石田《いしだ》さんがはっきりしたアリバイを持《も》っていなかったら、問《と》いつめるだろうし、圧力《あつりょく》をかけて自主退塾《じしゅたいじゅく》に追《お》いこみかねない。今《いま》そんなことになったら、石田《いしだ》さんは留学先《りゅうがくさき》から受《う》け入《い》れを拒否《きょひ》される可能性《かのうせい》がある。ヴァイオリン人生《じんせい》がメチャクチャになるじゃん。」

息《いき》が荒《あら》くなるほど力《ちから》のこもった声《こえ》には、美織君《みおりくん》の気持《きも》ちがにじみ出《で》ていた。

自分《じぶん》は挫折《ざせつ》しそうになっているけれど、石田《いしだ》さんには真《ま》っすぐに進《すす》んでいってほしいと思《おも》っているんだ、きっと。

「留学《りゅうがく》って簡単《かんたん》なように言《い》われてるけど、本当《ほんとう》に有意義《ゆういぎ》な留学《りゅうがく》をするのは、すごく大変《たいへん》なんだぜ。音楽学院《おんがくがくいん》の入学許可《にゅうがくきょか》や未成年《みせいねん》の音楽留学《おんがくりゅうがく》ヴィザを取《と》って、事前《じぜん》に教授《きょうじゅ》にレッスンを受《う》け、推薦《すいせん》を取《と》りつけて留学生枠《りゅうがくせいわく》に入《い》れてもらわなけりゃならない。石田《いしだ》さんは世界《せかい》で優勝《ゆうしょう》した経験《けいけん》を持《も》ってるから、ドイツの有名大学《ゆうめいだいがく》の教授《きょうじゅ》に師事《しじ》することができて、飛行機《ひこうき》でレッスンに通《かよ》ってるって話《はなし》を聞《き》いた。そこまで上《のぼ》れる10代《だい》なんて、めったにいない。その足《あし》を引《ひ》っ張《ぱ》るなんて、ひどいことじゃん。」

そう言《い》いながら、わずかに頰《ほお》をゆがめた。

「どうしてもクラブZ《ゼータ》に報告《ほうこく》するっていうんなら、俺《おれ》でいいよ。」

え？

「俺《おれ》、どうせヴァイオリンやめようと思《おも》ってるし、監視《かんし》カメラにも顔映《かおうつ》っちまってるんだから、俺《おれ》が持《も》ち出《だ》したってことで、いいよ。おまえら、話合《はなしあ》わせろよ。」

火影君《ひかげくん》が、首《くび》を横《よこ》に振《ふ》った。

「ダメだろ、美織《みおり》。もし石田《いしだ》さんが本当《ほんとう》に薬品《やくひん》を持《も》ち出《だ》していたら、クラブZ《ゼータ》がおまえに気《き》を取《と》られている間《あいだ》に、計画《けいかく》を実行《じっこう》するだろう。爆破事件《ばくはじけん》が起《お》こったら、どう責任《せきにん》を取《と》るんだ。」

いつになくきつく言《い》った火影君《ひかげくん》に、美織君《みおりくん》はムキになる。

「だから石田《いしだ》さんじゃないって言《い》ってるだろっ！」

若王子君《わかおうじくん》が突《つ》っこんだ。

「石田《いしだ》じゃないっていう証拠《しょうこ》、ないだろ。感情論《かんじょうろん》なんか通《とお》らないぜ。」

美織君《みおりくん》は、言葉《ことば》を呑《の》む。

しばらく黙《だま》ったまま私《わたし》たちを見回《みまわ》していて、こう言《い》った。

「もういい。頼《たの》まねぇよ。」

身《み》をひるがえし、早足《はやあし》でG教室《ジェイきょうしつ》へと向《む》かう。

追《お》いかけると、中《なか》からバッグを持《も》って出《で》てきた。

「小塚《こづか》さんが、俺《おれ》たちに逃《に》げられたと思《おも》ってオチこんでるぜ。早《はや》く行《い》ってやんなよ。じゃあな。」

私《わたし》たちの脇《わき》をすり抜《ぬ》けて帰《かえ》っていく。

「おい、鳴《めい》っ！」

とっさに火影君《ひかげくん》が、後《あと》を追《お》った。

2人《ふたり》の後《うし》ろ姿《すがた》を見《み》ながら、若王子君《わかおうじくん》がつぶやく。

「短絡的《たんらくてき》な奴《やつ》。もろ、ガキじゃん。」

2人《ふたり》が時間差《じかんさ》で同《おな》じことを言《い》ったので、私《わたし》はちょっとおかしかった。

美織君《みおりくん》と若王子君《わかおうじくん》は、どこか似《に》ているところがあるのかもしれない。

「あ、バカ！」

驚《おどろ》いたような若王子君《わかおうじくん》の声《こえ》が上《あ》がり、私《わたし》が顔《かお》を向《む》けると、こちらに引《ひ》き返《かえ》してくる火影君《ひかげくん》の姿《すがた》が見《み》えた。

「戻《もど》れ！」

若王子君《わかおうじくん》が、あわててエレベーターの方《ほう》を指《さ》す。

「鳴《めい》を見張《みは》れよ。クラブΖ事務局《ゼータじむきょく》に駆《か》けこんで、自首《じしゅ》したらどうすんだ。」

火影君《ひかげくん》は、大丈夫《だいじょうぶ》だといったように両腕《りょううで》で○《マル》を作《つく》りながら、私《わたし》たちのそばまでやってきた。

「とりあえず、脅《おど》しといたから。」

へっ⁉

「おまえがΖ事務局《ゼータじむきょく》に自首《じしゅ》したら、こちらも石田《いしだ》さんの名前《なまえ》をあげるぞって言《い》っといた。鳴《めい》がエレベーターに乗《の》ってから昇降《しょうこう》を見《み》てたんだけど、ちゃんと下《した》に降《お》りていったから、脅《おど》しはきいてる。」

さらっとしたその言《い》い方《かた》に、私《わたし》は、ちょっと冷《ひ》や汗《あせ》。

だってこんな爽《さわ》やかな顔《かお》をしていながら、美織君《みおりくん》の弱点《じゃくてん》をつかんで脅迫《きょうはく》しただけでなく、それを気《き》にする様子《ようす》もないんだもの。

火影君《ひかげくん》って、目的《もくてき》のためなら手段《しゅだん》を選《えら》ばないとこがあるんだ。結構《けっこう》、悪《ワル》かも。

「あいつ、いったい何《なん》だってそんなに石田《いしだ》を大事《だいじ》にしてんだろ。別《べつ》に親《した》しいって訳《わけ》でもないんだろ。」

若王子《わかおうじ》に言《い》われて、私《わたし》はうなずいた。

「美織君《みおりくん》は、石田《いしだ》さんの音《おと》や実力《じつりょく》にあこがれてるんだと思《おも》う。だからそれを守《まも》りたいんだ。自分《じぶん》がうまくいってない分《ぶん》、石田《いしだ》さんには躓《つまず》かないでほしいって願《ねが》ってるんじゃないかな。それってきっと美織君《みおりくん》の、ヴァイオリンへの愛情《あいじょう》なんだよ。私《わたし》たちは、それを大切《たいせつ》にしてあげた方《ほう》がいいんじゃない？　浩史先生《こうじせんせい》から協力《きょうりょく》を頼《たの》まれてるんだし。」

火影君《ひかげくん》が、溜《た》め息《いき》をついた。

「美織《みおり》の気持《きも》ちはわかるよ。それに石田《いしだ》さんには、そんなことをする動機《どうき》もなさそうだしさ。」

ん、恵《めぐ》まれてる人《ひと》だもんね。

「わかんないぜ。」

若王子君《わかおうじくん》が、その目《め》に刺《さ》すような光《ひかり》をきらめかせる。

「調《しら》べてみようか、石田《いしだ》のこと。」

火影君《ひかげくん》がうなずいた。

「頼《たの》む。王様《おうさま》はクラブZ事務局《ゼータじむきょく》に行《い》って、時間《じかん》を稼《かせ》ぎ出《だ》してくれ。持《も》ち出《だ》された薬品《やくひん》に関《かん》しては今《いま》、G《ジェニ》プロジェクトが調査中《ちょうさちゅう》だから、もう少《すこ》し猶予《ゆうよ》をほしいって交渉《こうしょう》するんだ。1人《ひとり》で大丈夫《だいじょうぶ》?」

もちろん、もう3回目《かいめ》だし。

「俺《おれ》は、小塚《こづか》さんを慰《なぐさ》めて、それから浩史先生《こうじせんせい》に連絡《れんらく》してアドバイスをもらうよ。明日《あす》、G教室《ジェイきょうしつ》で報告《ほうこく》し合《あ》おう。」

了解《りょうかい》っ!

18　Ｚ事務局《ゼータじむきょく》に乗《の》りこむ妖精《ようせい》

私《わたし》は、クラブＺ事務局《ゼータじむきょく》に向《む》かった。

さっきは連行《れんこう》されていったんだけれど、今度《こんど》は自主的《じしゅてき》なものだったから、まるで敵地《てきち》に攻《せ》めこむような気分《きぶん》で、強気《つよき》だった。

「隼風《はやて》さん、いますか。」

ドアをノックしてそう言《い》うと、出《で》てきたメンバーは、部屋《へや》の中《なか》を振《ふ》り返《かえ》った。

「隼風《はやて》さん、Ｇ《ジェイ》のチビが面会《めんかい》です。」

私《わたし》は、チビって名前《なまえ》じゃないけど、まぁいいや。

部屋《へや》の中《なか》から指示《しじ》が聞《き》こえ、メンバーは私《わたし》に向《む》き直《なお》った。

「入《はい》れ。」

私《わたし》はドアを通《とお》り、部屋《へや》に踏《ふ》みこむ。

「なんだ。」

隼風《はやて》さんが、ダーツの的《まと》を背《せ》にしてこちらを見《み》た。

大《おお》きな窓《まど》は緑色《みどりいろ》のカーテンで閉《と》ざされていて、部屋《へや》は、ますます深《ふか》い森《もり》のように見《み》える。

私《わたし》は、隼風《はやて》さんのすぐ前《まえ》まで歩《あゆ》み寄《よ》った。

「先《さき》ほど、今日中《きょうじゅう》にということだったので報告《ほうこく》に来《き》ました。G《ジェニ》プロジェクトは、この件《けん》について調査《ちょうさ》をしています。ついては、もう少《すこ》し時間《じかん》をいただきたいのですが、よろしいでしょうか。」

隼風《はやて》さんは、ちょっと笑《わら》った。

「天才《てんさい》チームを名乗《なの》るわりには、頭《あたま》がお粗末《そまつ》だな、チビちゃん。」

え？

「俺《おれ》の言《い》ったことを覚《おぼ》えてないらしい。もう一度《いちど》言《い》おう。物《ブツ》の返還《へんかん》だ。美織《みおり》にまず薬品《やくひん》を返《かえ》させろ。それを持《も》ってこい。以上《いじょう》だ。」

突《つ》きつけるように言《い》い切《き》ってダーツの的《まと》の方《ほう》を向《む》いた隼風《はやて》さんに、私《わたし》はあせり、その体《からだ》の前《まえ》に回《まわ》りこんだ。

「それを今《いま》、捜《さが》しているところなんです。時間《じかん》をください。」

瞬間《しゅんかん》、隼風《はやて》さんの手《て》が伸《の》び、曲《ま》げた人《ひと》さし指《ゆび》が私《わたし》の顎《あご》の下《した》に入《はい》った。

そのままクイッと顎《あご》を持《も》ち上《あ》げられて、私《わたし》は隼風《はやて》さんをまともに仰《あお》ぎ見《み》る。

人《ひと》の心《こころ》の底《そこ》まで見通《みとお》すような目《め》がそこにあって、じっとこちらを見《み》すえていた。

「美織《みおり》をここに、無理矢理《むりやり》引《ひ》っ張《ぱ》ってくることも、できないわけじゃないいんだぜ。」

私《わたし》は、コクンと息《いき》を呑《の》む。

マズいと思《おも》った。

そんなことになったら美織君《みおりくん》は、これ幸《さいわ》いとばかりに、薬品《やくひん》の持《も》ち出《だ》しを認《みと》めてしまうだろう。

何《なん》とかしなくちゃ！

私《わたし》は、必死《ひっし》で考《かんが》えた。

なぜ時間《じかん》が必要《ひつよう》なのかを隼風《はやて》さんに話《はな》して、譲歩《じょうほ》と理解《りかい》を求《もと》めたらどうだろう。

そうも思《おも》ったんだけれど、そのためには、こちらがどんな調査《ちょうさ》をしているのかを打《う》ち明《あ》ける必《ひっ》要《よう》があり、それは、かなり危険《きけん》なことだった。

石田《いしだ》さんの名前《なまえ》を出《だ》さなければならなくなるから。

そうしたら隼風《はやて》さんは即《そく》、石田《いしだ》さんを呼《よ》びつけるだろう。

それを知《し》ったら美織君《みおりくん》は、私《わたし》たちを信用《しんよう》しなくなる。

私《わたし》たちの間《あいだ》は決裂《けつれつ》し、もう元《もと》に戻《もど》れなくなるんだ。

それに隼風《はやて》さんに情報《じょうほう》をもらしたら最後《さいご》、どんなふうに利用《りよう》されるかわからない。

危険《きけん》すぎると思《おも》いながら、私《わたし》は同時《どうじ》に、こうも考《かんが》えていた。

とにかく時間《じかん》を稼《かせ》がなきゃならないんだから、この際《さい》、多少《たしょう》の冒険《ぼうけん》はやむを得《え》ないかもしれない。

あれこれと心《こころ》を揺《ゆ》らせ、迷《まよ》いながら私《わたし》は、なんとか結論《けつろん》を出《だ》した。

石田《いしだ》さんのことを言《い》わないで、ギリギリのところで止《と》めて隼風《はやて》さんの出方《でかた》を見《み》よう。

うまくいかなかったら、その時《とき》にまた考《かんが》えればいい！

私《わたし》は背筋《せすじ》を真《ま》っすぐに伸《の》ばし、隼風《はやて》さんをじっと見上《みあ》げた。

「この責任《せきにん》は、G《ジエニ》プロジェクトの全員《ぜんいん》で取《と》るつもりでいます。また、」

そう言《い》いながら、次《つぎ》の言葉《ことば》を準備《じゅんび》する。

隼風《はやて》さんの威圧感《いあつかん》のある目《め》に、負《ま》けまいとして自分《じぶん》の気持《きも》ちを引《ひ》き締《し》めた。

浩史先生《こうじせんせい》は、美織君《みおりくん》に努力《どりょく》させ、それを成功《せいこう》につなげたいと考《かんが》えて走《はし》り回《まわ》っている。

私《わたし》たちも、そうだ。

美織君《みおりくん》を助《たす》け、ヴァイオリンを捨《す》てずにすむようにサポートするんだ。

そのためには、ここをうまく切《き》り抜《ぬ》けないと。

私《わたし》は大《おお》きく息《いき》を吸《す》い、用意《ようい》した言葉《ことば》を口《くち》から出《だ》した。

「絶対《ぜったい》に爆破《ばくは》は、させません。」

隼風《はやて》さんの顔《かお》に驚《おどろ》きが広《ひろ》がり、その背後《はいご》にいたメンバーたちも驚愕《きょうがく》の声《こえ》をもらす。

私《わたし》は胸《むね》をドキドキさせながら、隼風《はやて》さんの出方《でかた》をうかがった。

どうぞ、うまくいきますように！

口《くち》をギュッと結《むす》んでそう願《ねが》っていると、隼風《はやて》さんが言《い》った。

「どうやって、そこまで調《しら》べた？」

私《わたし》は、その質問《しつもん》を無視《むし》した。

ここで余計《よけい》なことを話《はな》していたら、つい油断《ゆだん》して、これ以上《いじょう》の情報《じょうほう》をもらすかもしれなかったから。

「私《わたし》たちは妖精《ようせい》チームなので、それ相応《そうおう》の力《ちから》を持《も》っています。」

そう言《い》いながら、一気《いっき》に自分《じぶん》の求《もと》める結論《けつろん》に結《むす》びつけた。

「私《わたし》たちを信頼《しんらい》して、時間《じかん》をください。」

隼風《はやて》さんは、しばらくの間《あいだ》じっと私《わたし》を見《み》つめたままだった。

それがすごく長《なが》い時間《じかん》に思《おも》えたので、私《わたし》は自分《じぶん》が隼風《はやて》さんの前《まえ》で、10歳《さい》も20歳《さい》も年《とし》を取《と》っていくような気《き》がした。

やがて響《ひび》きのいい、低《ひく》い声《こえ》が耳《みみ》に入《はい》りこむ。

「いいだろう。」

やった！

思《おも》わず両手《りょうて》の指《ゆび》を組《く》み合《あ》わせずにいられなかった、まるで神様《かみさま》に向《む》かってするみたいに。

「ありがとうございます。」

隼風《はやて》さんは、形《かたち》のいいその頬《ほお》に皮肉《ひにく》な笑《え》みを浮《う》かべる。

「この事件《じけん》にきちんと片《かた》をつけ、処分《しょぶん》すべき人間《にんげん》が出《で》れば処分《しょぶん》して、土曜日《どようび》の離団式《りだんしき》に臨《のぞ》みたい。木曜日《もくようび》まで時間《じかん》をやろう。報告《ほうこく》は、翌日《よくじつ》でいい。」

私《わたし》は、日《ひ》を数《かぞ》えた。

今日《きょう》から木曜日《もくようび》まで、3日《か》だった。

「金曜日《きんようび》には薬品《やくひん》を全部《ぜんぶ》、こちらに返還《へんかん》すること。いいな。」

私《わたし》は大急《おおいそ》ぎでうなずき、お礼《れい》を言《い》ってからクラブZ《ゼータ》事務局《じむきょく》を出《で》た。

とたんに緊張《きんちょう》が途切《とぎ》れて、全身《ぜんしん》が震《ふる》え、その場《ば》にしゃがみこんでしまった。

ああ、恐《こわ》かった！

でも、うまくいってよかった!!

そのままそこに座《すわ》りこみ、胸《むね》に溜《た》まっていた息《いき》を全部《ぜんぶ》吐《は》き出《だ》しながら天井《てんじょう》を仰《あお》ぐ。

浩史先生《こうじせんせい》、私《わたし》、すごく頑張《がんば》ったからね。

心の中《こころのなか》で、そう報告《ほうこく》した。

あまりにもじっと見《み》つめ合《あ》っていたせいで、すっかり目《め》の底《そこ》に焼《や》きついてしまった隼風《はやて》さんの眼差《まなざし》を思《おも》い浮《う》かべながら。

それは深《ふか》く澄《す》んでいて、暗《くら》く、哀《かな》しげな光《ひかり》をたたえていた。

19　早朝《そうちょう》の訪問《ほうもん》

その夜《よる》、私《わたし》はベッドの中《なか》で整理《せいり》してみた。

今《いま》、残《のこ》っている謎《なぞ》は、２つ。

謎《なぞ》の3、誰《だれ》がやったのか、謎《なぞ》の4、何《なに》を爆破《ばくは》しようとしているのか。

3については、今《いま》のところ石田《いしだ》さんがとても怪《あや》しい。

でも明《あか》るい未来《みらい》を持《も》っていて、そこに向《む》かって進《すす》んでいる途中《とちゅう》の石田《いしだ》さんには、薬品《やくひん》を持《も》ち出《だ》したり、爆破《ばくは》を計画《けいかく》したりする理由《りゆう》がなかった。

それに昨日《きのう》、廊下《ろうか》で会《あ》った時《とき》は、薬品《やくひん》なんて持《も》っていなかったし。

さらに謎《なぞ》の4、何《なに》を爆破《ばくは》しようとしているのかについては、もうまったくの闇《やみ》の中《なか》だった。

う〜ん、これはきっと情報不足《じょうほうぶそく》のせいだ。

この状態《じょうたい》で、これ以上考《いじょうかんが》えていても無駄《むだ》だから、寝《ね》よう。

明日《あす》、G教室《ジェイきょうしつ》に行《い》って火影君《ひかげくん》たちから情報《じょうほう》を入手《にゅうしゅ》すれば、きっと新《あたら》しい道《みち》が開《ひら》けるに違《ちが》いない。

そう思《おも》いながら、その夜《よる》は眠《ねむ》った。

でも夜中《よなか》にまた、お姉《ねえ》ちゃんの泣《な》き声《ごえ》を聞《き》いたんだ。

今度《こんど》は夢《ゆめ》じゃなくて、はっきり耳《みみ》にした。

私《わたし》はカーテンをめくり、どうしたのって尋《たず》ねて、慰《なぐさ》めてあげたかった。

でも、やめておいたんだ。

自由《じゆう》に泣《な》きたい時《とき》だって、あるもの。

きっと明日《あす》になったら、お姉《ねえ》ちゃんにも新《あたら》しい道《みち》が見《み》えてくるに違《ちが》いない。

どうか、そうなりますように！

そう祈《いの》りながら眠《ねむ》った。

で、あくる朝《あさ》になったら、ほんとに道《みち》が開《ひら》けていた。

「あ、新聞《しんぶん》、まだ取《と》ってきてないのよ。奈子《なこ》、お願《ねが》い。」

私《わたし》は、まだパジャマのまま歯《は》を磨《みが》いていたんだけれど、ママに言《い》われたからしかたなく階段《かいだん》を降《お》り、玄関《げんかん》を出《で》てポストまで行《い》った。

その時《とき》、植《う》えこみの向《む》こうに、なんとっ！　上杉先輩《うえすぎせんぱい》がいるのが見《み》えたんだ。

両手《りょうて》をポケットに突《つ》っこんで、さりげなく空《そら》を仰《あお》いだりしながら、そこに立《た》っている。

ドアホンを鳴《な》らそうとする様子《ようす》は、まったくなかった。

私《わたし》はびっくりしたけれど、すぐ、これこそ救《すく》いの手《て》なんじゃないかと思《おも》った。

前《まえ》にお姉《ねえ》ちゃんが泣《な》いた時《とき》は、黒木君《くろきくん》の電話《でんわ》で救《すく》われた。

今度《こんど》は上杉先輩《うえすぎせんぱい》が、助《たす》け船《ぶね》を出《だ》しにきたのに違《ちが》いない。

私《わたし》は音《おと》がしないように新聞《しんぶん》を取《と》り出《だ》し、急《いそ》いで玄関《げんかん》に戻《もど》った。

ちょうどお姉《ねえ》ちゃんが階段《かいだん》を降《お》りてくるところだった。

「外《そと》に、上杉先輩《うえすぎせんぱい》、来《き》てるよ。」

お姉《ねえ》ちゃんは一瞬《いっしゅん》、硬直《こうちょく》し、それから目《め》を伏《ふ》せた。

「私《わたし》、出《で》ないから。帰《かえ》ってってって言《い》っといて。」

え・・・いいの?

「早《はや》く言《い》ってきて。」

私《わたし》は、いったん玄関《げんかん》へと歩《ある》きかけたけれど、思《おも》い直《なお》してお姉《ねえ》ちゃんを振《ふ》り返《かえ》った。

「私《わたし》、パジャマだから、上杉先輩《うえすぎせんぱい》に失礼《しつれい》だと思《おも》う。ママに出《で》てもらうから。」

瞬間《しゅんかん》、お姉《ねえ》ちゃんは私《わたし》に飛《と》びついた。

「いいっ! やっぱ、出《で》る。」

そうして玄関《げんかん》から出《で》ていったんだ。

私《わたし》は新聞《しんぶん》を持《も》ってダイニングに入《はい》り、ママに渡《わた》して、また2階《かい》に上《あ》がり歯磨《はみが》きをした。

気《き》になったので、窓《まど》を開《あ》けてみたら、向《む》かい合《あ》っている2人《ふたり》が見《み》えた。

腕組《うでぐ》みをした上杉先輩《うえすぎせんぱい》が言葉少《ことばすく》なく話《はな》していて、お姉《ねえ》ちゃんはずっと黙《だま》っている。

やがて上杉先輩《うえすぎせんぱい》が腕組《うでぐ》みを解《と》きながら何《なに》か言《い》い、お姉《ねえ》ちゃんがようやくうなずいた。

それで2人《ふたり》は別《わか》れて、上杉先輩《うえすぎせんぱい》は自転車《じてんしゃ》に飛《と》び乗《の》って走《はし》り去《さ》り、お姉《ねえ》ちゃんは家《いえ》に入《はい》ってきたんだ。

う〜む、これも謎《なぞ》だなぁ。

歯磨《はみが》きを終《お》えて、私《わたし》が下《した》に降《お》りていくと、ダイニングでは皆《みんな》がテーブルを囲《かこ》んでいた。

「奈子《なこ》、今日《きょう》は、あなたの好《す》きな巣付《すつ》きの蜂蜜《はちみつ》あるよ。」

そう言《い》って私《わたし》の方《ほう》を向《む》いたお姉《ねえ》ちゃんの顔《かお》は、さっきよりずっと明《あか》るかった。

何《なに》がどうなっているのかよくわからないけど、やっぱ上杉先輩《うえすぎせんぱい》は、助《たす》け船《ぶね》だったんだってことだよね、たぶん。

20　売《う》られたヴァイオリン

朝《あさ》ご飯《はん》を終《お》えて、私《わたし》は支度《したく》をし、登校《とうこう》した。

学校《がっこう》は嫌《きら》いじゃないけど、授業《じゅぎょう》は退屈《たいくつ》。

隼風《はやて》さんから与《あた》えられた期限《きげん》を考《かんが》えるにつけても、時間《じかん》の無駄遣《むだづか》いのような気《き》がした。

でも義務教育《ぎむきょういく》だから、しかたがない。

校門近《こうもんちか》くまで行《い》くと、そこに、イライラした様子《ようす》で立《た》っている響《きょう》さんの姿《すがた》が見《み》えた。

美織君《みおりくん》と同《おな》じで背《せ》が高《たか》いから、登校《とうこう》してきた生徒《せいと》たちがたくさん歩《ある》いている中《なか》でも、よく目立《めだ》つ。

私《わたし》と目《め》が合《あ》うと、ものすごい勢《いきお》いで近《ちか》づいてきた。

「待《ま》ってたんだよ。」

今日《きょう》は仲間《なかま》と一緒《いっしょ》じゃなかった。

「どうかしたの。」

私《わたし》が聞《き》くと、響《きょう》さんは眉根《まゆね》を寄《よ》せる。

「鳴《めい》がさ、今朝《けさ》、ヴァイオリン売《う》るって言《い》って、持《も》ち出《だ》してったんだ。」

私《わたし》は、真《ま》っ青《さお》になった。

それは同時《どうじ》に、ヴァイオリンをやめるってことに違《ちが》いないと思《おも》ったから。

「母《はは》も私《わたし》も、反対《はんたい》したんだけど、もうやめる決心《けっしん》したからって言《い》って、聞《き》かなくって。鳴《めい》のヴァイオリンは、死《し》んだ父《ちち》がイタリアで買《か》ってきた物《もの》で、世界中《せかいじゅう》にも数少《かずすく》ない名器《めいき》なんだ。売《う》りに出《だ》したら、もう2度《ど》と鳴《めい》の手《て》になんか戻《もど》ってこないよ。」

大変《たいへん》だ！

「止《と》めてほしいんだけど、大丈夫《だいじょうぶ》？」

よし、引《ひ》き受《う》けた。

「今朝《けさ》、鳴《めい》が家《いえ》を出《で》た時間《じかん》は、いつもと同《おな》じだったから、きっと学校帰《がっこうがえ》りに楽器屋《がっきや》に行《い》くんだと思《おも》う。」

私《わたし》は一瞬《いっしゅん》、美織君《みおりくん》の学校《がっこう》に駆《か》けつけて、出《で》てくるのを待《ま》ち、後《あと》をつけようかと思《おも》った。

でも自分《じぶん》の学校《がっこう》が終《お》わってから美織君《みおりくん》の学校《がっこう》に行《い》っていたんじゃ、間《ま》に合《あ》わないかもしれない。

それより楽器屋《がっきや》に先回《さきまわ》りして、待《ま》ち伏《ぶ》せた方《ほう》がよさそうだった。

「どこの楽器屋《がっきや》に持《も》っていくか、わかる?」

響《きょう》さんは、大《おお》きくうなずいた。

「いつも松脂《まつやに》とか弦《げん》とか買《か》いに行《い》ってるとこだよ。駅前通《えきまえどお》りの大沢楽器店《おおさわがっきてん》。このあたりで1番大《ばんおお》きいし、面倒見《めんどうみ》もいいから楽器《がっき》やってる人《ひと》はたいていは、あそこに行《い》くんだ。古《ふる》い楽器《がっき》も売《う》っていて、裏通《うらどお》りに面《めん》した店《みせ》の方《ほう》で買《か》い取《と》りしてる。」

よし、わかった。

「任《まか》せてください。」

私《わたし》はそう言《い》ったけれど、これといった必勝《ひっしょう》の秘策《ひさく》を考《かんが》えついたわけじゃなかった。

とにかく待《ま》ち伏《ぶ》せて、説得《せっとく》するつもりだっただけ。

「ありがと。」

響《きょう》さんは、ほっとしたように微笑《ほほえ》んだ。

「あなたって変《へん》な人《ひと》だけど、結構《けっこう》、頼《たよ》りになるね。」

ドキンとした。

この先《さき》、私《わたし》が失敗《しっぱい》したら、ちっとも頼《たよ》りになんかならない、って言《い》われるんだろうなと思《おも》って。

そんなことがないように、全力《ぜんりょく》をつくさなくちゃ！

気《き》を引《ひ》き締《し》めていると、ひときわ大《おお》きな声《こえ》が耳《みみ》に入《はい》った。

「それ、超《ちょう》アホくさ。」

目《め》をやると、土屋《つちや》さんたちのグループが校門《こうもん》を通《とお》りかかるところだった。

土屋《つちや》さんは、チラッと私《わたし》を見《み》て、いっそう声《こえ》を大《おお》きくする。

「馬《ば》っ鹿《か》じゃないの。」

笑《わら》いながら通《とお》りすぎていった。

私《わたし》は目《め》を伏《ふ》せて、胸《むね》の痛《いた》みをかみしめる。

痛《いた》くても、妥協《だきょう》なんかしない。

そう思《おも》いながら、じっと耐《た》えていた。

*

授業《じゅぎょう》が終《お》わると、私《わたし》は即行《そっこう》、教室《きょうしつ》を飛《と》び出《だ》し、Z《ゼータ》ビルに向《む》かった。

もう2日《ふつか》しかない、頑張《がんば》らないとっ！

駅前《えきまえ》のロータリーや、それに合流《ごうりゅう》するいくつもの通《とお》りやアーケード街《がい》は、いつもたくさんの車《くるま》や人《ひと》で混《こ》み合《あ》っている。

急《いそ》ぎ足《あし》で私《わたし》は、コンビニの前《まえ》を通《とお》りすぎた。

すると、そこからクラブℤ《ゼータ》のスタジャンを着《き》たメンバーが3、4人《にん》出《で》てきて、私《わたし》の前《まえ》を横《よこ》ぎり、ゲームセンターに入《はい》っていったんだ。

え、何《なん》だろ。

そう思《おも》って見《み》ていると、またすぐに出《で》てきて、今度《こんど》はドラッグストアに入《はい》っていく。

信号《しんごう》の向《む》こうのスーパーからもメンバー数人《すうにん》が出《で》てきて、隣《となり》のカフェに入《はい》っていった。

全員《ぜんいん》が黒《くろ》いユニフォーム姿《すがた》で、体《からだ》も大《おお》きいから、すっごく目立《めだ》つ。

「あ、クラブℤ《ゼータ》だ。」

「かっけーっ！」

そう言《い》う声《こえ》も聞《き》こえたし、足《あし》を止《と》めて見《み》とれている人《ひと》もいたけれど、メンバーは、いっさいの騒音《そうおん》を無視《むし》し、無言《むごん》で、ひたすら機敏《きびん》に行動《こうどう》していた。

私《わたし》は、もしかして隼風《はやて》さんが、繁華街《はんかがい》に爆発物《ばくはつぶつ》が仕《し》かけられてないかどうかをチェックさせているのかもしれないと思《おも》った。

G《ジェニ》プロジェクトの調査《ちょうさ》だけに任《まか》せておけないとの判断《はんだん》なんだ、きっと。

う〜ん、頑張《がんば》らないとっ！

今日《きょう》、G教室《ジェイきょうしつ》に行《い》ったら、すぐ次《つぎ》の作戦《さくせん》を立《た》てよう!!

そう思《おも》いながら、信号《しんごう》のある大通《おおどお》りを渡《わた》った。

大沢楽器店《おおさわがっきてん》は、駅前《えきまえ》のもっとも大《おお》きな通《とお》りに面《めん》した角地《かどち》にある。

店《みせ》の正面《しょうめん》にはショウウィンドーがあって、楽器《がっき》がたくさん飾《かざ》ってあった。

私《わたし》は、裏《うら》の買《か》い取《と》り店《てん》の方《ほう》に行《い》こうとして、店《みせ》の前《まえ》を曲《ま》がる。

すると向《む》こうから1人《ひとり》の高校生《こうこうせい》がやってきて、私《わたし》とすれ違《ちが》ったんだ。

石田《いしだ》さんだった。

私《わたし》は、足《あし》を止《と》めた。

石田《いしだ》さんは大沢楽器店《おおさわがっきてん》のショウウィンドーに目《め》をやりながら歩《ある》いていたけれど、急《きゅう》に立《た》ち止《ど》まり、飛《と》びこむように大沢楽器店《おおさわがっきてん》の自動《じどう》ドアを入《はい》っていった。

私《わたし》は、思《おも》い切《き》ってその後《あと》を追《お》いかける。

店《みせ》の中《なか》には10人《にん》ほどの客《きゃく》がいて、楽器《がっき》を見《み》たり、CD《シーディー》やDVD《ディーブイディー》を手《て》に取《と》ったり、楽譜《がくふ》を探《さが》したりしていた。

石田《いしだ》さんは、その間《あいだ》を縫《ぬ》ってレジカウンターに向《む》かう。

私《わたし》も、商品棚《しょうひんだな》の陰《かげ》に隠《かく》れながら近《ちか》づいた。

「おや石田君《いしだくん》、久《ひさ》しぶり。」

カウンターの向《む》こうで顔《かお》を上《あ》げた男性《だんせい》の店員《てんいん》に、石田《いしだ》さんは軽《かる》くうなずいた。

「あれ、飾《かざ》ったんですね。」

そう言《い》いながらさっき見《み》ていたウィンドーの方《ほう》を振《ふ》り返《かえ》る。

「別《わか》れた恋人《こいびと》と再会《さいかい》したような気分《きぶん》でしたよ。」

その表情《ひょうじょう》は、この間《あいだ》、私《わたし》が出会《であ》った時《とき》とは全然違《ぜんぜんちが》っていた。

気遣《きづか》うようなやさしさに満《み》ちている。

「いつから飾《かざ》ってるんです？　店長《てんちょう》さんは、ここの店頭《てんとう》には出《だ》さないって言《い》ってましたけど。」

店員《てんいん》は苦笑《くしょう》した。

「いいヴァイオリンだから、店《みせ》の自慢《じまん》にしたくなっちゃったんじゃないの。買《か》ってすぐだったから、もう1週間《しゅうかん》になるかな。高《たか》すぎて、どうせ一見《いちげん》の客《きゃく》には売《う》れないから、そのうち東京《とうきょう》の店《みせ》に持《も》ってくと思《おも》うけど。石田君《いしだくん》こそ、大事《だいじ》なヴァイオリン売《う》ったこと後悔《こうかい》してるんじゃない？」

私《わたし》は目《め》を見開《みひら》いた。

石田《いしだ》さんがヴァイオリンを売《う》った⁉

「いいえ、もう弾《ひ》きませんから。」

弾《ひ》かないっ⁉

「正直《しょうじき》、気持《きも》ちは複雑《ふくざつ》ですけど。」

そう言《い》って石田《いしだ》さんは目《め》を伏《ふ》せた。

「あのヴァイオリンとは、ずっと一緒《いっしょ》にきましたから。この店《みせ》に飾《かざ》られてれば、いつでも見《み》に来《こ》られるから、うれしいっていえばうれしいんですけど、楽器《がっき》にとって1番《ばん》の幸《しあわ》せは、やっぱり弾《ひ》いてもらうことだから、早《はや》くいい人《ひと》にもらわれていってほしいとも思《おも》うし、」

店員《てんいん》は、同感《どうかん》だというような表情《ひょうじょう》になった。

「店長《てんちょう》が、いい人《ひと》を見《み》つけてくれると思《おも》うよ。」

石田《いしだ》さんは微笑《ほほえ》み、少《すこ》し言葉《ことば》を交《か》わしてから出《で》ていった。

ウィンドーの前《まえ》で、また立《た》ち止《ど》まってヴァイオリンを見《み》つめ、それから思《おも》い切《き》るように身《み》をひるがえして人混《ひとご》みの中《なか》に消《き》えていく。

まるで、さよならを言《い》ったみたいだった。

その後《うし》ろ姿《すがた》を見送《みおく》って、私《わたし》はウィンドーに近《ちか》づいた。

ずらっと並《なら》んでいる楽器《がっき》の真《ま》ん中《なか》に、特設《とくせつ》コーナーが設《もう》けられていて、1丁《ちょう》のヴァイオリンが置《お》いてある。

とても甘《あま》い感《かん》じの色《いろ》で、輝《かがや》くようなニスが塗《ぬ》られていて、「Grand Amati《グランド アマティ》」と書《か》かれていた。

21　私《わたし》の頭《あたま》は？《はてな》でいっぱい

石田《いしだ》さん、なんで自分《じぶん》のヴァイオリンを売《う》ったんだろう。

留学先《りゅうがくさき》で困《こま》らないのかな。

他《ほか》にも、ヴァイオリンを持《も》ってるとか？

でも、もう弾《ひ》かないって言《い》ってたし。

なんで⁉

ううっ、わかんないよ。

私《わたし》は立《た》ちすくんでいて、後《うし》ろから近《ちか》づいてきた店員《てんいん》に声《こえ》をかけられ、あわてて店《みせ》を出《で》た。

自分《じぶん》が美織君《みおりくん》を待《ま》ち伏《ぶ》せる予定《よてい》だったと思《おも》い出《だ》したのは、その時《とき》だった。

いっけない！

あわてて角《かど》を曲《ま》がり、裏通《うらどお》りに入《はい》って買《か》い取《と》り店《てん》の方《ほう》に向《む》かう。

でも、店《みせ》の前《まえ》まで来《き》た時《とき》、遅《おそ》かったことを知《し》った。

だって私《わたし》が入《はい》ろうと思《おも》っていた店《みせ》の前《まえ》から、美織君《みおりくん》がこっちに向《む》かって歩《ある》いてきたんだもの。

手《て》には、何《なに》も持《も》っていない。

ああ、売《う》ったんだ！

私《わたし》は絶望《ぜつぼう》し、足《あし》を止《と》めた。

美織君《みおりくん》は、2、3歩《ぽ》歩《ある》いてから私《わたし》に気付《きづ》き、びっくりしたようだった。

「王様《おうさま》、こんなとこで何《なに》やってんの。」

私《わたし》は、恨《うら》めしく思《おも》いながら美織君《みおりくん》をにらんだ。

「今《いま》、そこで石田《いしだ》さんに会《あ》ったんだ。石田《いしだ》さんも、ヴァイオリンを売《う》ったみたい。」

美織君《みおりくん》は、すっと真剣《しんけん》な顔《かお》になる。

「いつ？」

私《わたし》は、店員《てんいん》と石田《いしだ》さんの会話《かいわ》を思《おも》い浮《う》かべた。

「1週間前《しゅうかんまえ》って言《い》ってたと思《おも》う。」

美織君《みおりくん》の、きれいな頰《ほお》から血《ち》の気《け》が引《ひ》いていく。

「マジ、っか・・・」

あえぐようにつぶやき、口《くち》を引《ひ》き結《むす》んだ。

やりきれないといったような表情《ひょうじょう》で、しばらく黙《だま》っていたけれど、やがて携帯《けいたい》を出《だ》し、細《ほそ》い指《ゆび》先《さき》でタップしてから耳《みみ》に当《あ》てる。

「ああ火影《ひかげ》？　今《いま》、どこ？　ん、すぐ行《い》く。」

そう言《い》うなりズボンの後《うし》ろポケットに携帯《けいたい》を差《さ》しこみ、足早《あしばや》に歩《ある》き出《だ》した。

私《わたし》は訳《わけ》がわからなかったけれど、とにかくあわてて追《お》いかけたんだ。

美織君《みおりくん》は、ちらっとこっちを見《み》た。

「この1週間《しゅうかん》、石田《いしだ》さんはヴァイオリンを持《も》ってなかったんだ。」

ん、そうなるよね。

「でも俺《おれ》たちが一昨日《おととい》、廊下《ろうか》で会《あ》った時《とき》、石田《いしだ》さんはヴァイオリンケースを持《も》ってたぜ。ヴァイオリンがないのに、何《なん》のためにケースだけ持《も》ち歩《ある》いてたんだ。」

私《わたし》は、息《いき》を呑《の》んだ。

「化学準備室《かがくじゅんびしつ》から持《も》ち出《だ》した薬品《やくひん》を、入《い》れるため？」

そう言《い》うと、美織君《みおりくん》は、ニヤッと笑《わら》った。

「ビンゴ！」

勢《いきお》いよく言《い》ったその顔《かお》に、切《せつ》なげな影《かげ》がある。

信《しん》じていた石田《いしだ》さんを信《しん》じられなくなり、たまらない気持《きも》ちでいながら、それを押《お》し殺《ころ》しているのがよくわかって、私《わたし》までつらくなった。

「石田《いしだ》さんには、きっと何《なに》か、事情《じじょう》があるんだよ。」

そう言《い》うと、美織君《みおりくん》は横《よこ》を向《む》きながら私《わたし》の方《ほう》に人差《ひとさ》し指《ゆび》を突《つ》き出《だ》した。

「ストップ！　そこ、触《ふ》れるな。俺《おれ》、今《いま》、爆発《ばくはつ》しそうだから。」

横顔《よこがお》に、荒《あ》れ狂《くる》う心《こころ》の中《なか》が映《うつ》っている。

怒《いか》りとか、不信《ふしん》とか、悲《かな》しみとか、疑惑《ぎわく》とか、いろいろな思《おも》いが浮《う》かび上《あ》がっては消《き》えていった。

きっと美織君《みおりくん》は、自分《じぶん》の心《こころ》の混乱《こんらん》を整理《せいり》しようとしているんだね。崩《くず》れてしまった尊敬《そんけい》や信頼《しんらい》の思《おも》いを、どう収拾《しゅうしゅう》して自分《じぶん》に納得《なっとく》させるか、その道《みち》を探《さが》してるんだ。

それはきっと、1人《ひとり》でしかできない作業《さぎょう》なんだろうと私《わたし》は思《おも》った。

それで口《くち》をつぐんでいると、美織君《みおりくん》はちょっと息《いき》をつき、駅《えき》の方《ほう》を指《さ》した。

「行《い》こうぜ、カフェにいるってさ。」

22 街頭《がいとう》の、あっち向《む》いてホイ

私《わたし》はてっきり、駅《えき》ビルの中《なか》にあるカフェに行《い》くんだと思《おも》った。

でも美織君《みおりくん》は、駅《えき》ビルの脇《わき》を通《とお》りすぎて真《ま》っすぐZ《ゼータ》ビルに向《む》かい、その3階《がい》で降《お》りたんだ。

私《わたし》は、3階《がい》のことはよく知《し》らなかった。

前《まえ》にスタジオに行《い》ったことがあったけれど、それだけだったから。

まさかそこに、Z《ゼータ》ビル内《ない》にいる生徒《せいと》だけが出入《でい》りできる専用《せんよう》のカフェがあるなんて、思《おも》ってもみなかった。

「カフェZ《ゼータ》」と書《か》かれた緑《みどり》の看板《かんばん》を上《あ》げた店《みせ》の中《なか》は、他《ほか》のカフェとは全然違《ぜんぜんちが》っていて、ちょっと暗《くら》めで落《お》ち着《つ》ける雰囲気《ふんいき》、とても上品《じょうひん》で素敵《すてき》だった。

「こっち。」

奥《おく》のソファで、火影君《ひかげくん》が手《て》を上《あ》げる。

若王子君《わかおうじくん》の顔《かお》も見《み》えた。

隣《となり》の席《せき》との間《あいだ》にはガラスの仕切《しき》りがあり、声《こえ》が聞《き》こえないようになっている。

「G教室《ジェイきょうしつ》には、もう小塚《こづか》さんが来《き》てるんだ。ここで手早《てばや》く話《はな》そう。何《なに》も注文《ちゅうもん》しなくても、使《つか》っていいスペースらしいから。座《すわ》れよ。」

火影君《ひかげくん》が、自分《じぶん》の座《すわ》っているソファの隣《となり》を、手《て》でトントンとたたいた。

私《わたし》はすぐ座《すわ》ったけれど、美織君《みおりくん》は突《つ》っ立《た》ったままで2人《ふたり》を見回《みまわ》していて、やがて体《からだ》を2つ折《お》りにするようにして頭《あたま》を下《さ》げた。

「石田《いしだ》さんのことに対《たい》しての俺《おれ》の言葉《ことば》、撤回《てっかい》する。悪《わる》かった。」

若王子君《わかおうじくん》が、得意《とくい》げにその目《め》を光《ひか》らせる。

「ほぉら、だから俺《おれ》が言《い》ったろ。」

いかにも鼻高々《はなたかだか》だったので、美織君《みおりくん》は、かなり不愉快《ふゆかい》そうな顔《かお》になった。

それで、その場《ば》の雰囲気《ふんいき》が悪《わる》くなりかけた時《とき》、若王子君《わかおうじくん》が急《きゅう》に不思議《ふしぎ》そうな顔《かお》つきになったんだ。

「だけど美織《みおり》、なんで突然《とつぜん》、撤回《てっかい》なの？」

キョトンとしたその表情《ひょうじょう》が、とてもあどけなかったので、私《わたし》と火影君《ひかげくん》は、思《おも》わず苦笑《くしょう》した。

私《わたし》たちの中《なか》では、若王子君《わかおうじくん》が1番幼《ばんおさな》い。

年齢的《ねんれいてき》には私《わたし》と同《おな》じなんだけれど、女子《じょし》より男子《だんし》の方《ほう》が晩熟《ばんじゅく》みたいだから。

美織君《みおりくん》もその様子《ようす》を見《み》て、自分《じぶん》の方《ほう》が2歳《さい》も年上《としうえ》だということを思《おも》い出《だ》したらしく、機嫌《きげん》を直《なお》して訳《わけ》を説明《せつめい》した。

「すごい、王様《おうさま》、石田《いしだ》さんと店員《てんいん》の会話《かいわ》、よく聞《き》いてたね。」

火影君《ひかげくん》にそう言《い》われて、私《わたし》はちょっと照《て》れ、それからはっとした。

石田《いしだ》さんに気《き》を取《と》られていて、すっかり忘《わす》れていたもう1つの大問題《だいもんだい》を思《おも》い出《だ》したんだ。

「美織君《みおりくん》も、ヴァイオリン売《う》ったんだよ。」

火影君《ひかげくん》も若王子君《わかおうじくん》も、絶句《ぜっく》した。

それは浩史先生《こうじせんせい》を始《はじ》めとする私《わたし》たちのこれまでの努力《どりょく》を、無《ゼロ》にしてしまうものだったから。

「嗚《めい》、おまえねぇっ！」

火影君《ひかげくん》が大《おお》きな声《こえ》を出《だ》したとたん、美織君《みおりくん》がつぶやいた。

「売《う》ってねぇよ。」

え？

「売《う》ってねぇって。確《たし》かに今朝《けさ》、家《いえ》を出《で》る時《とき》は売《う》るつもりで、学校《がっこう》の後《あと》、楽器屋《がっきや》に行《い》ったんだ。ところが若武先輩《わかたけせんぱい》と上杉先輩《うえすぎせんぱい》が、どうも後《あと》をつけてきてたみたいで、俺《おれ》が店《みせ》に入《はい》ろうとしたら前《まえ》に立《た》ちふさがってさ、あっち向《む》いてホイをやろうって言《い》うんだよ。」

私《わたし》は、唖然《あぜん》。

店《みせ》の前《まえ》で、いきなりそれ言《い》い出《だ》すのって、常識《じょうしき》を超《こ》えてない？

「おまえが勝《か》ったら、ここを通《とお》してやるって若武先輩《わかたけせんぱい》に言《い》われて、しかたなく相手《あいて》をしてたら、つい力《リキ》が入《はい》ってさ。」

ん、あれは、そういうものだよね。

だからお店《みせ》の前《まえ》でやっちゃ、いけないんだよ、迷惑《めいわく》だからさ。

「夢中《むちゅう》になってた時《とき》、上杉先輩《うえすぎせんぱい》が脇《わき》から手《て》を伸《の》ばして、俺《おれ》のヴァイオリンを盗《と》って逃《に》げたんだ。追《お》いかけようとしたら、若武先輩《わかたけせんぱい》が引《ひ》きとめるからケンカになって、そんで負《ま》けた。」

負《ま》けたんだ・・・。

「若武先輩《わかたけせんぱい》ときたら、これはおまえのための1発《ぱつ》だ、目《め》を覚《さ》ませって言《い》いながら、結局《けっきょく》3発《ぱつ》も殴《なぐ》ったんだぜ。抗議《こうぎ》したけど。」

私《わたし》は、笑《わら》い出《だ》しそうになった。

あの上杉先輩《うえすぎせんぱい》がヴァイオリンを引《ひ》ったくる隙《すき》を狙《ねら》っている姿《すがた》や、1発《ぱつ》と言《い》いながら3発《ぱつ》も殴《なぐ》った若武先輩《わかたけせんぱい》に向《む》かって美織君《みおりくん》が食《く》ってかかり、2人《ふたり》で、1発《ぱつ》だ、いや3発《ぱつ》だと言《い》い合《あ》っているところを想像《そうぞう》したら、すごくおかしかったんだ。

「で、今《いま》は売《う》りたくても売《う》れねー状態《じょうたい》。俺《おれ》のヴァイオリン、上杉先輩《うえすぎせんぱい》のとこにあるから。」

いく分《ぶん》くやしそうな美織君《みおりくん》だったけれど、いらだった感《かん》じはなく、逆《ぎゃく》に自分《じぶん》がヴァイオリンを売《う》れなくなったことに、ほっとしているかのようだった。

それはおそらく、石田《いしだ》さんが実際《じっさい》にヴァイオリンを売《う》ってしまったことで、美織君《みおりくん》が感《かん》じたいろいろな思《おも》いと関連《かんれん》しているのだと思《おも》う。

石田《いしだ》さんの行動《こうどう》を見《み》て、美織君《みおりくん》は、自分《じぶん》が同《おな》じことをするのをためらう気持《きも》ちになったんじゃないかな。

「先輩《せんぱい》たちは、たぶん、」

火影君《ひかげくん》が笑《わら》いをこらえながら、こちらを見《み》る。

「浩史先生《こうじせんせい》の指令《ミッション》を受《う》けたんだよ。昨日《きのう》、僕《ぼく》が電話《でんわ》して報告《ほうこく》したら、じゃ美織《みおり》を尾行《びこう》した方《ほう》がいいから若武《わかたけ》たちに応援《おうえん》を要請《ようせい》するって言《い》ってたもの。」

浩史先生《こうじせんせい》の名前《なまえ》を聞《き》いて、私《わたし》の頭《あたま》には突然《とつぜん》、お姉《ねえ》ちゃんアシスタント説《せつ》が浮《う》かび上《あ》がった。

それが現実《げんじつ》になったら、私《わたし》の家《いえ》は、とても大変《たいへん》なことになるのだった。

「小塚《こづか》さんのアシスタントについて、浩史先生《こうじせんせい》、何《なに》か言《い》ってた？」

ああ、どうかお姉《ねえ》ちゃんがG教室《ジェイきょうしつ》に来《く》るなんてことに、なりませんように！

「1度《ど》に2人《ふたり》も新《あたら》しい人間《にんげん》が入《はい》ると、空気《くうき》が変《か》わりすぎて好《この》ましくないから、当面《とうめん》、小塚《こづか》1人《ひとり》で頑張《がんば》ってもらおうって言《い》ってたよ。」

よかった！

「Gメンバーも、各自《かくじ》が努力《どりょく》して、自分《じぶん》の能力《のうりょく》を自己開発《じこかいはつ》するようにって。」

あ、そうか、そっちも頑張《がんば》らないと！

「さてっと、」

火影君《ひかげくん》が姿勢《しせい》を正《ただ》し、私《わたし》と若王子君《わかおうじくん》を見《み》る。

「謎《なぞ》の3、誰《だれ》がやったのかは、石田《いしだ》さんで、いいよな。」

私《わたし》と若王子君《わかおうじくん》がうなずき、美織君《みおりくん》もしかたなさそうな息《いき》をついた。

「石田《いしだ》さんは、まだ他《ほか》にヴァイオリンを持《も》ってるかもしれない。もう弾《ひ》かないって言《い》ったのも、一時《いちじ》の気《き》の迷《まよ》いかもしれない。だってあんなに才能《さいのう》があるんだから、絶対《ぜったい》にヴァイオリンを捨《す》てられるはずがない。そう思《おも》うことにした。そんで石田《いしだ》さんが薬品《やくひん》を持《も》ち出《だ》した訳《わけ》と、ヴァイオリンを売《う》った理由《りゆう》を探《さぐ》る。何《なに》かトラブルを抱《かか》えてるんだったら、力《ちから》になりたいし。」

私《わたし》は、拍手《はくしゅ》をしそうになった。

美織君《みおりくん》は、この短《みじか》い時間《じかん》で、自分《じぶん》の気持《きも》ちの整理《せいり》をきちんとつけたんだ。

よかったなぁと思《おも》うと同時《どうじ》に、美織君《みおりくん》の心《こころ》に秘《ひ》められている力《ちから》に感心《かんしん》した。

すごく強《つよ》いんだ、偉《えら》いなぁ！

「でも石田《いしだ》さんだとすると、新《あたら》しい謎《なぞ》が生《う》まれる。」

火影君《ひかげくん》が、わずかに眉根《まゆね》を寄《よ》せた。

「謎《なぞ》の5だ。留学《りゅうがく》も決《き》まって前途洋々《ぜんとようよう》の石田《いしだ》さんが、なぜ薬品《やくひん》を持《も》ち出《だ》すようなことをしたのか。いまだに解決《かいけつ》していない謎《なぞ》の4、何《なに》を爆破《ばくは》するつもりなのかと併《あわ》せて調査《ちょうさ》しよう。王様《おうさま》、隼風《はやて》さんの方《ほう》は、どうなってる？」

私《わたし》は意気《いき》ごんで身《み》を乗《の》り出《だ》した。

「明日《あした》まで、時間《じかん》をくれるって。」

火影君《ひかげくん》は、愁眉《しゅうび》を開《ひら》く。

「よくやった！」

わーい、2度《ど》もほめられたっと。

「だけどさ。」

若王子君《わかおうじくん》が不満《ふまん》げに口《くち》を尖《とが》らせた。

「クラブZ《ゼータ》は、かなりのメンバーを街《まち》に出《だ》してるぜ。」

あ、若王子君《わかおうじくん》も、あれを見《み》たんだ。

「ああ、僕《ぼく》も出《で》くわしたよ。」

火影君《ひかげくん》の爽《さわ》やかな感《かん》じのする2つの目《め》に、考《かんが》え深《ぶか》げな光《ひかり》がまたたいた。

「きっと隼風《はやて》さんの指示《しじ》で、爆発物《ばくはつぶつ》を当《あ》たってるんだ。」

若王子君《わかおうじくん》が舌打《したう》ちする。

「金曜日《きんようび》までに薬品《やくひん》を取《と》り返《かえ》すって俺《おれ》たちが言《い》ってるのに、信用《しんよう》してないわけだ。」

美織君《みおりくん》も、不愉快《ふゆかい》そうだった。

「あいつらに先《さき》を越《こ》されたくねーな。俺《おれ》たちのメンツ、丸《まる》つぶれになるじゃんよ。」

火影君《ひかげくん》が全員《ぜんいん》を見回《みまわ》す。

「よし、謎《なぞ》を解《と》いて、さっさと薬品《やくひん》を取《と》り戻《もど》し、ギャフンと言《い》わせてやろうぜ。」

その顔《かお》には、いかにも男《おとこ》の子《こ》らしい負《ま》けん気《き》がキラキラしていた。

火影君《ひかげくん》がそんな顔《かお》をすることはめったになかったから、私《わたし》はちょっと見《み》とれてしまった、カッコいいなって思《おも》って。

「俺《おれ》さぁ、気《き》になってることがあんだよな。」

美織君《みおりくん》が、急《きゅう》に慎重《しんちょう》な口調《くちょう》になる。

「隼風《はやて》さんは、街《まち》にメンバーを出《だ》してるだけじゃない。各《かく》ガソリンスタンドに張《は》り付《つ》けて、見張《みは》らせてるんだ。」

ガソリンスタンドを見張《みは》る？

「爆発物《ばくはつぶつ》がスタンドに仕《し》かけられる可能性《かのうせい》があるって、考《かんが》えてんのかな。確《たし》かにスタンドなら、ちょっとの爆発物《ばくはつぶつ》でも引火《いんか》して大爆発《だいばくはつ》になるけどさ。でも、こっちには石田《いしだ》さんって人物《じんぶつ》が見《み》えてるじゃん。石田《いしだ》さんがスタンドを爆破《ばくは》するって、あんま考《かんが》えられねぇんだよなぁ。」

確《たし》かに、結《むす》びつかないよね。

今《いま》まで出《で》てきた情報《じょうほう》は、石田《いしだ》さんがヴァイオリンエリートで、近々留学《ちかぢかりゅうがく》するってことだけで、それらとガソリンスタンドは、てんで関係《かんけい》がないんだもの。

「だけど隼風《はやて》さんは、Z事務局《ゼータじむきょく》のトップクラスだろ。判断《はんだん》を間違《まちが》うとは思《おも》えないよ。」

火影君《ひかげくん》の口調《くちょう》はきっぱりとしていて、私《わたし》たちの疑問《ぎもん》を切《き》り落《お》とすかのようだった。

「きっと僕《ぼく》たちが知《し》らない情報《じょうほう》をつかんでるんだ。」

若王子君《わかおうじくん》が、真剣《しんけん》な顔《かお》つきになる。

「じゃ俺《おれ》たちも、ガソリンスタンドを見張《みは》ろう。」

その頭《あたま》を、美織君《みおりくん》が小突《こづ》いた。

「どうやってだよ。あっちは補欠《ほけつ》も合《あ》わせて100人《にん》もの人間《にんげん》を動《うご》かせるんだぜ。機動力《きどうりょく》、超《ちょう》グンバツじゃん。それに比《くら》べて俺《おれ》たち、3人《にん》だろ。」

うん、弱小《じゃくしょう》だよねぇ。

「しかたがない。」

火影君《ひかげくん》が踏《ふ》み切《き》るように言《い》った。

「僕《ぼく》たちは、僕《ぼく》たちで調査《ちょうさ》を進《すす》めよう。せっかく石田《いしだ》っていう人物《じんぶつ》にたどりついてるんだから、そこを基点《きてん》にして。」

瞬間《しゅんかん》、若王子君《わかおうじくん》が口《くち》を開《ひら》く。

「俺《おれ》、昨日《きのう》、石田《いしだ》を調《しら》べたぜ。」

早《はや》い！

目《め》を見張《みは》る私《わたし》の前《まえ》で、若王子君《わかおうじくん》は自分《じぶん》の脇《わき》に置《お》いてあったタブレットを取《と》り上《あ》げ、操作《そうさ》してテーブルに載《の》せた。

「あいつの父親《ちちおや》、被害者遺族《ひがいしゃいぞく》の1人《ひとり》なんだ。」

はっ!?

23 深《ふか》まる謎《なぞ》

「なんだ、それ。」

美織君《みおりくん》が言《い》い、私《わたし》も首《くび》を傾《かし》げた。

若王子君《わかおうじくん》は、目《め》でタブレットを指《さ》す。

「見《み》ろよ。」

その画面《がめん》には、いくつかの新聞《しんぶん》の記事《きじ》が並《なら》んでいた。

「腹腔鏡手術《ふくくうきょうしゅじゅつ》、相次《あいつ》ぐ死亡《しぼう》」

「術後死亡者《じゅつごしぼうしゃ》、6か月《げつ》で11人《にん》」

「厚労省《こうろうしょう》、内部告発《ないぶこくはつ》を放置《ほうち》」

私《わたし》は、それらを読《よ》んでみたけれど、あまりよくわからなかった。

美織君《みおりくん》も同様《どうよう》だったようで、あきらめたように両手《りょうて》を上《あ》げ、頭《あたま》の上《うえ》で組《く》みながら若王子君《わかおうじくん》を見《み》る。

「若《わか》、説明《せつめい》してくれ。」

若王子君《わかおうじくん》は、私《わたし》たちに向《む》かって、思《おも》いっ切《き》り軽蔑《けいべつ》の視線《しせん》を投《な》げてから口《くち》を開《ひら》いた。

「腹腔鏡手術《ふくくうきょうしゅじゅつ》っていうのは、腹部《ふくぶ》を切《き》らずに、小《ちい》さな穴《あな》を開《あ》けて中《なか》にカメラを入《い》れ、それを見《み》ながらする手術《しゅじゅつ》のこと。」

あ、それって聞《き》いたことがある。

「腹部《ふくぶ》を大《おお》きく切《き》らないから患者《かんじゃ》への負担《ふたん》が少《すく》なくて、このところ急速《きゅうそく》に広《ひろ》まったんだ。だけどカメラの視野《しや》が狭《せま》いから、高度《こうど》な技術《ぎじゅつ》が必要《ひつよう》とされている。」

ん、難《むずか》しそうだものね。

「ここで問題《もんだい》になっているのは、県立病院《けんりつびょういん》でこの手術《しゅじゅつ》を行《おこな》った消化器外科《しょうかきげか》の医師《いし》だ。この外科医《げかい》が、半年《はんとし》で11人《にん》の死亡者《しぼうしゃ》を出《だ》した。これは多《おお》すぎる数字《すうじ》で、以前《いぜん》に内部告発《ないぶこくはつ》もされている。当《とう》時《じ》、手術《しゅじゅつ》に立《た》ち会《あ》った麻酔医《ますいい》が、病院《びょういん》を辞《や》めてから告発《こくはつ》したもので、その内容《ないよう》は、この外科医《げかい》が、高難度《こうなんど》の手術《しゅじゅつ》に対《たい》し事前検査《じぜんけんさ》をせず、内規《ないき》で定《さだ》める臨床審査委員会《りんしょうしんさいいんかい》の審査《しんさ》も受《う》けなかった上《うえ》に、技術的《ぎじゅつてき》に未熟《みじゅく》で再手術《さいしゅじゅつ》も多《おお》く、医療事故《いりょうじこ》に含《ふく》まれるような術後《じゅつご》の合併症《がっぺいしょう》も多々《たた》引《ひ》き起《お》こしており、腹腔鏡手術《ふくくうきょうしゅじゅつ》の施術者《しじゅつしゃ》として適任《てきにん》ではないというものだ。ところが病院側《びょういんがわ》が、これを無視《むし》したため、麻酔医《ますいい》は厚労省《こうろうしょう》に告発《こくはつ》した。しかし厚労省《こうろうしょう》では、管轄外《かんかつがい》だという回答《かいとう》を出《だ》して調査《ちょうさ》せず、その間《あいだ》にもこの外科医《げかい》は腹腔鏡手術《ふくくうきょうしゅじゅつ》を続《つづ》け、死亡者《しぼうしゃ》が増《ふ》えていったんだ。」

そんなひどいことって・・・あるんだ！

「一般的《いっぱんてき》に言《い》って、外科《げか》の医者《いしゃ》は、高度《こうど》な手術《しゅじゅつ》をたくさん手《て》がけることによって実力者《じつりょくしゃ》として認《みと》められ、病院《びょういん》の中《なか》で出世《しゅっせ》できるんだ。数《かず》をこなしたいって外科医《げかい》は多《おお》いよ。」

恐《こわ》いなぁ。

「問題《もんだい》の外科医《げかい》は、厚労省《こうろうしょう》の官僚《かんりょう》の息子《むすこ》だ。父方《ちちかた》の叔父《おじ》には、国会議員《こっかいぎいん》がいる。」

火影君《ひかげくん》が驚《おどろ》いたように若王子君《わかおうじくん》を見《み》た。

「若《わか》、よく調《しら》べたね。どこで？」

若王子君《わかおうじくん》は、何《なん》でもないといったように肩《かた》をすくめる。

「俺《おれ》んち、探偵雇《たんていやと》ってるから。」

私《わたし》たちは、顔《かお》を見合《みあ》わせた。

確《たし》かショコラティエも雇《やと》ってたよね。

どーゆー家《いえ》なんだろ、若王子君《わかおうじくん》ちって。

「死亡《しぼう》した11人《にん》の患者《かんじゃ》の家族《かぞく》は、県立病院《けんりつびょういん》と国《くに》を相手《あいて》にして調査《ちょうさ》と処罰《しょばつ》を求《もと》め、裁判《さいばん》を起《お》こす手《て》続《つづ》きを進《すす》めてる。そのうちの1人《ひとり》が、」

そう言《い》いながら若王子君《わかおうじくん》は画面《がめん》を操作《そうさ》し、そのリストを浮《う》かび上《あ》がらせた。

「ほら、石田満成《いしだみつなり》。」

私《わたし》はリストに目《め》を通《とお》し、それを確認《かくにん》した。

年齢《ねんれい》も書《か》いてあって、職業欄《しょくぎょうらん》には、会社経営《かいしゃけいえい》とある。

「名前《なまえ》と年齢《ねんれい》からして、石田《いしだ》の父親《ちちおや》だろう。」

きっとそうだよ。

「手術《しゅじゅつ》で亡《な》くなったのは、石田《いしだ》の母親《ははおや》だ。1年前《ねんまえ》の話《はなし》。」

石田《いしだ》さん、お母《かあ》さんを亡《な》くしたんだ。

しかもこんな状態《じょうたい》で死《し》なれたら、すごく心残《こころのこ》りだよね。

お気《き》の毒《どく》だと思《おも》いながら、私《わたし》は美織君《みおりくん》を見《み》た。

父親《ちちおや》を亡《な》くした美織君《みおりくん》なら、私よりずっと石田《いしだ》さんの気持《きも》ちがわかるんじゃないかと思《おも》って。

でも美織君《みおりくん》は、もう自分《じぶん》の内側《うちがわ》に感情《かんじょう》を閉《と》じこめてしまっていて、私《わたし》には何《なに》も読《よ》み取《と》ることができなかった。

「ただ、わかんないのは、」

若王子君《わかおうじくん》が、憂鬱《ゆううつ》そうなため息《いき》をつく。

「このことと、石田《いしだ》が化学準備室《かがくじゅんびしつ》から薬品《やくひん》を持《も》ち出《だ》したことの2つが、どう関係《かんけい》するのかってこと。もう1年《ねん》も前《まえ》の話《はなし》だし、告訴《こくそ》手続《てつづ》きが進《すす》んでるんだから、それと別《べつ》に行動《こうどう》を起《お》こすって、あまり考《かんが》えられない。無関係《むかんけい》かもな。」

そうかぁ。

「それに火影《ひかげ》も前《まえ》に言《い》ってたけど、あの程度《ていど》の量《りょう》じゃ、たいした爆薬《ばくやく》はできないんだ。作《つく》るのには設備《せつび》も必要《ひつよう》だし。Ｚ《ゼータ》ビルの化学室《かがくしつ》は、申請《しんせい》しないと使《つか》えないから証拠《しょうこ》が残《のこ》るし。かといって売《う》るにしても、量《りょう》が少《すく》なすぎる。いったい何《なに》をするつもりなんだろ。まぁガソリンスタンドで小《ちい》さな爆発《ばくはつ》を起《お》こして引火《いんか》させるってセンならありだけどさ。でも石田《いしだ》がここで、スタンド爆破《ばくは》に走《はし》る意味《いみ》がわかんないし。」

う〜ん、この謎《なぞ》は、奥《おく》が深《ふか》いよね。

「よし、」

火影君《ひかげくん》が言《い》った。

「引《ひ》き続《つづ》き石田《いしだ》を追《お》おう。今《いま》は、彼《かれ》の動《うご》きだけが手《て》がかりだ。じゃＧ教室《ジェイきょうしつ》に行《い》くぞ。小塚《こづか》さんが泣《な》いてるかもしれない。」

私《わたし》は、やさしそうだった小塚《こづか》さんの顔《かお》を思《おも》い出《だ》し、急《いそ》いで立《た》ち上《あ》がった。

その時《とき》、美織君《みおりくん》が思《おも》い出《だ》したように言《い》ったんだ。

「あ、若武先輩《わかたけせんぱい》と殴《なぐ》り合《あ》ってる時《とき》に聞《き》いたんだけど、星形《ほしがた》クッキーは、600枚《まい》くらい必要《ひつよう》だって。」

ものすごい数《かず》っ！

私《わたし》はびっくりしながらも、思《おも》わず笑《わら》ってしまった。

だって殴《なぐ》り合《あ》いながらクッキーの話《はなし》をするなんて・・・すごくおかしかったんだもの。

24　600個《こ》の流《なが》れ星《ぼし》

「Ｚ《ゼータ》メンバーと補欠《ほけつ》を合《あ》わせて、今《いま》は100人《にん》くらいいて、離団式《りだんしき》にはその全員《ぜんいん》とＺ《ゼータ》ビル事務局《じむきょく》の職員《しょくいん》や講師《こうし》も参加《さんか》するから、全員《ぜんいん》で200名《めい》くらい。その全員《ぜんいん》が3枚《まい》ずつ投《な》げるから、合計《ごうけい》600枚《まい》だって。サブレでも構《かま》わないってさ。」

私《わたし》は、600枚《まい》ものキラキラ星形《ほしがた》クッキーが次々《つぎつぎ》と投《な》げられる様子《ようす》を想像《そうぞう》した。

それは、どんな立派《りっぱ》なプラネタリウムでも見《み》られない、素晴《すば》らしい流星群《りゅうせいぐん》だった。

すっごい素敵《すてき》！

うっとりする私《わたし》の隣《となり》で、若王子君《わかおうじくん》が、テーブルの上《うえ》に置《お》いてあったタブレットを引《ひ》き寄《よ》せる。

猛烈《もうれつ》な勢《いきお》いでキーをタップし続《つづ》け、やがてそこに視線《しせん》を落《お》としたままで言《い》った。

「薄力粉《はくりきこ》300グラム、バター200グラム、粉砂糖《こなざとう》100グラム、卵黄《らんおう》1個《こ》で、80枚《まい》の星形《ほしがた》クッキーが焼《や》ける。では、600枚《まい》焼《や》くには、どれだけの材料《ざいりょう》が必要《ひつよう》か。王様《おうさま》、答《こた》えは？」

わっ、いきなり直撃《ちょくげき》！

「早《はや》くしろ。」

横目《よこめ》でジロッとにらまれ、あせる私《わたし》の前《まえ》に、火影君《ひかげくん》が携帯電話《けいたいでんわ》を置《お》いた。

「ほら、計算器《けいさんき》。」

私《わたし》はそれを借《か》り、材料別《ざいりょうべつ》に出《だ》した方《ほう》がいいと思《おも》って、薄力粉《はくりきこ》から取《と》りかかった。

えっと300グラムで80枚焼《まいや》けるから、300を80で割《わ》ると、1枚当《まいあ》たりの薄力粉《はくりきこ》のグラム数《すう》が出《で》る。

それを600枚焼《まいや》けばいいんだから、300÷80×600で、2250グラム。

同《おな》じようにバターや粉砂糖《こなざとう》、それに卵黄《らんおう》も計算《けいさん》した。

「えっと薄力粉《はくりきこ》が2キロ250グラム、バターが1キロ500グラム、卵黄《らんおう》が、」
7.5個《こ》と言《い》いそうになって、あわてて直《なお》した。
「8個《こ》。」

若王子君《わかおうじくん》は、タブレットの画面《がめん》に目《め》を向《む》けたままでうなずく。

「キラキラ星形《ぼしがた》クッキーは、棒状《ぼうじょう》にして焼《や》く。直径《ちょっけい》3センチ、長《なが》さ20センチくらいの棒《ぼう》にすると、80枚《まい》のクッキーは、だいたい4本《ほん》の棒《ぼう》になる。では600枚《まい》のクッキーは、何本《なんぼん》になるか。」

私《わたし》は、また必死《ひっし》で考《かんが》えた。

一瞬《いっしゅん》、円周率《えんしゅうりつ》を使《つか》って体積《たいせき》から出《だ》さないとダメかと思《おも》ったんだけれど、よく考《かんが》えたら、80枚《まい》のクッキーが4本《ほん》の棒《ぼう》になるなら、1本《ぽん》の棒《ぼう》からは、80÷4で、20枚《まい》のクッキーができる計算《けいさん》だった。

だったら600枚《まい》のクッキーは、600÷20で、本数《ほんすう》が出《で》てくる。

「30本《ぽん》です。」

若王子君《わかおうじくん》は、当《あ》たり前《まえ》のことでも聞《き》いているかのように、まるで表情《ひょうじょう》を動《うご》かさない。

その横顔《よこがお》は、氷《こおり》の彫像《ちょうぞう》みたいに透明感《とうめいかん》があって、きれいだった。

「棒《ぼう》は、それぞれを1センチの厚《あつ》さの輪切《わぎ》りにし、天《てん》パンに並《なら》べて15分焼《ふんや》く。キッチンの天《てん》パンだと、1度《ど》に60枚焼《まいや》ける。では焼《や》き時間《じかん》は、全部《ぜんぶ》で何分《なんぷん》か。」

棒《ぼう》が30本《ぽん》あって、それぞれが20枚《まい》になるなら、総数《そうすう》は30×20で、予定通《よていどお》りの600枚《まい》。

1度《ど》に60枚焼《まいや》けるから、600枚焼《まいや》くには、600÷60で、10回焼《かいや》けばいい。

1回《かい》が15分《ふん》だから、15×10で、60分《ぷん》は1時間《じかん》だから、60で割《わ》る。

「えっと、2時間《じかん》と、」

その後《ご》を、5分《ふん》です、と言《い》いそうになった。

だって150を60で割《わ》ると、2.5なんだもの。

でも、この2.5の単位《たんい》は、時間《じかん》。

2.5時間《じかん》を分解《ぶんかい》すると、2時間《じかん》と0.5時間《じかん》ということになって、0.5時間《じかん》を今度《こんど》は分《ふん》に戻《もど》さないとダメ。

時間《じかん》から分《ふん》に単位《たんい》を直《なお》す時《とき》には、60を掛《か》ければいいから、0.5×60＝30で、30分《ぷん》だった。

「2時間《じかん》30分《ぷん》です。」

私《わたし》が答《こた》えると、若王子君《わかおうじくん》はようやくタブレットの画面《がめん》から視線《しせん》を上《あ》げた。

「その他《ほか》に生地《きじ》を練《ね》ったり、棒状《ぼうじょう》にして星形《ほしがた》に削《そ》いだり、グラニュー糖《とう》をまぶしたり、輪切《わぎ》りにする手間《てま》がかかるし、生地《きじ》を寝《ね》かせる時間《じかん》もいる。離団式《りだんしき》は3時《じ》からだから、土曜《どよう》は朝《あさ》から始《はじ》めた方《ほう》が安全《あんぜん》だな。」

火影君《ひかげくん》がうなずく。

「ちょうどG《ジェイ》の授業《じゅぎょう》がないから、全員《ぜんいん》でかかろう。王様《おうさま》、キッチンの利用申請《りようしんせい》と消耗品《しょうもうひん》の使用申《しようしん》請《せい》を出《だ》しといてよ。」

それは、前《まえ》にもやったことだったから簡単《かんたん》だった。

「任《まか》せて。でもそれより前《まえ》に、薬品《やくひん》の行方《ゆくえ》を突《つ》きとめないと。今日《きょう》も入《い》れて、あと2日《ふつか》しかないんだよ。」

そう言《い》いながら、私《わたし》は急《きゅう》に不安《ふあん》になった。

できるんだろうか⁉

「薬品《やくひん》の返還《へんかん》は、G《ジエニ》プロジェクトとして約束《やくそく》したことだ。」

火影君《ひかげくん》が、きっぱりと言《い》った。

「何《なに》が何《なん》でも、やり遂《と》げなきゃならない。でないとクラブZ《ゼータ》事務局《じむきょく》は今後《こんご》、僕《ぼく》らを信用《しんよう》しなくなる。クラブZ《ゼータ》とうまくいかなくなって、その原因《げんいん》は、G教室《ジエイきょうしつ》が約束《やくそく》を反故《ほご》にしたせいだなんてことが浩史先生《こうじせんせい》に知《し》れたら、僕《ぼく》らは先生《せんせい》の信頼《しんらい》を失《うしな》うぜ。」

その恐《おそ》ろしさに、私《わたし》はブルッと体《からだ》を震《ふる》わせた。

大《おお》きく息《いき》を吸《す》いこみながら考《かんが》える。

2日《ふつか》でやるしかないんだ、よし、やろう!

「石田《いしだ》さんを脅《おど》して吐《は》かせるってのは?」

美織君《みおりくん》が、いかにも気《き》が進《すす》まないといった様子《ようす》でそう言《い》うと、火影君《ひかげくん》は首《くび》を横《よこ》に振《ふ》った。

「脅《おど》したって、トボけて逃《に》げられたら終《お》わりだ。そうさせないためにも、先《さき》に証拠《しょうこ》を固《かた》めた方《ほう》がいい。手分《てわ》けして当《あ》たろう。若《わか》は、引《ひ》き続《つづ》きその病院《びょういん》を調《しら》べてくれ。訴訟手続《そしょうてつづ》きを進《すす》めている被《ひ》害者《がいしゃ》や、病院《びょういん》の医師《いし》の身辺《しんぺん》を探《さぐ》っていけば、石田《いしだ》さんの薬品持《やくひんも》ち出《だ》しとの関係《かんけい》が見《み》えてくるかもしれない。俺《おれ》と美織《みおり》は、石田《いしだ》さんの尾行《びこう》をする。謎《なぞ》の4、何《なに》を爆破《ばくは》するつもりなのかを突《つ》きとめるんだ。爆破《ばくは》に走《はし》るようだったら、もちろん阻止《そし》する。王様《おうさま》は、星形《ほしがた》クッキー作《づく》りの準備《じゅんび》。」

それ、私《わたし》だけ冒険感《ぼうけんかん》がないよ、つまんないの。

そう思《おも》ったけれど、言《い》わなかった。

誰《だれ》かがやらなくちゃいけない仕事《しごと》だし、私《わたし》たちはチームだから、全体《ぜんたい》で1つの成果《せいか》を上《あ》げるために、各自《かくじ》がそれぞれの役目《やくめ》を果《は》たさなければならない。

これは、遊《あそ》びじゃないんだ。

犯罪消滅特殊部隊《はんざいしょうめつとくしゅぶたい》としての責任《せきにん》のある、神聖《しんせい》な任務《にんむ》だから。

「わかった。」

私《わたし》がそう言《い》うと、火影君《ひかげくん》は微笑《ほほえ》んで立《た》ち上《あ》がった。

「じゃ行《い》こう。小塚《こづか》さんを安心《あんしん》させてやらないとね。」

25 僕《ぼく》たちの宝物《たからもの》

私《わたし》たちがG教室《ジェイきょうしつ》に行《い》くと、そこでは小塚《こづか》さんが、1人《ひとり》で呆然《ぼうぜん》としていた。

どうしていいのかわからないといったようなその様子《ようす》を見《み》て、私《わたし》は、なんだか気《き》の毒《どく》になってしまった。

「遅《おく》れて、すみませんでした。」

私《わたし》たちは、しおしおと教室《きょうしつ》に入《はい》り、大急《おおいそ》ぎで自分《じぶん》のテキストを出《だ》して学習《がくしゅう》を始《はじ》めた。

小塚《こづか》さんはほっとした様子《ようす》で、私《わたし》たちの邪魔《じゃま》をしないようにそっと教卓《きょうたく》につき、そこで自分《じぶん》のテキストを広《ひろ》げていた。

わからないところがあって手《て》を上《あ》げると、それを見《み》つけてそばに寄《よ》ってきて教《おし》えてくれるんだ。

浩史先生《こうじせんせい》は、英語《えいご》でないと質問《しつもん》を受《う》けつけてくれなかったし、回答《かいとう》も英語《えいご》だったけれど、小塚《こづか》さんは日本語《にほんご》で大丈夫《だいじょうぶ》だった。

どうしてなのか私《わたし》が聞《き》いたら、こっそりこう言《い》った。

「僕《ぼく》のためだよ。前《まえ》にも言《い》ったと思《おも》うけど、僕《ぼく》、語学系《ごがくけい》がてんで苦手《にがて》でさ。」

私《わたし》は、くふっと笑《わら》った。

小塚《こづか》さんは正直《しょうじき》で、かわいい人《ひと》だった。

*

授業開始《じゅぎょうかいし》が遅《おく》れたので、いつもの時間《じかん》より延長《えんちょう》して学習《がくしゅう》をし、その日《ひ》はかなり遅《おそ》くに終《お》わった。

「今日《きょう》は遅《おそ》いから、僕《ぼく》が順番《じゅんばん》に送《おく》っていこう。」

そう言《い》った小塚《こづか》さんに、若王子君《わかおうじくん》が愛想《あいそ》もなく答《こた》える。

「俺《おれ》、迎《むか》えの車《くるま》、来《き》てるから。」

それで私《わたし》には、ようやくわかった、いつもいつも若王子君《わかおうじくん》が、ラッピングもしてないお菓子《かし》を抱《かか》えている訳《わけ》がっ！

ずっと不思議《ふしぎ》だったんだ、あれを持《も》って駅《えき》の人混《ひとご》みを通《とお》ったり、電車《でんしゃ》やバスに乗《の》ったりしたら、埃《ほこり》や雑菌《ざっきん》がついたり、人《ひと》にぶつかられてばらまいたり、あるいは揺《ゆ》れてこぼしたりするんじゃないかと思《おも》って。

車《くるま》で通塾《つうじゅく》してるから、全然《ぜんぜん》オーケイなんだ。

「ああ、そうか。じゃ残《のこ》りの3人《にん》は？」

こちらを向《む》いた小塚《こづか》さんを横目《よこめ》で見《み》ながら、火影君《ひかげくん》がこっそり私《わたし》に耳打《みみう》ちする。

「あの人《ひと》、引《ひ》き受《う》けてくれ。僕《ぼく》と美織《みおり》は、石田《いしだ》さんを捜《さが》す。もしZ《ゼータ》ビル内《ない》もしくは寮《りょう》にいて、そこから出《で》ないようなら今日《きょう》は帰《かえ》るけど、どこかに出《で》かけるなら尾行《びこう》するし。」

私《わたし》はうなずき、小塚《こづか》さんに向《む》かって手《て》を上《あ》げた。

「では、すみません、私《わたし》を送《おく》ってください。」

小塚《こづか》さんは、うれしそうに微笑《ほほえ》んだ。

「わかった。じゃ帰《かえ》ろう。火影君《ひかげくん》たちは、ここで待《ま》ってて。すぐ戻《もど》ってくるから。」

美織君《みおりくん》があきれたようにつぶやく。

「そんな、待《ま》ってられないっすよ。俺《おれ》たち男《おとこ》だし、勝手《かって》に帰《かえ》るからいいっす。」

小塚《こづか》さんは、あっけにとられたような顔《かお》になった。

「そうか。そうだね。じゃ気《き》をつけて。」

そう言《い》ったものの、心情的《しんじょうてき》についていけなかったのか、私《わたし》と2人《ふたり》になると、しみじみとこう言《い》った。

「今《いま》の中《ちゅう》1は、僕《ぼく》らの頃《ころ》より大人《おとな》なんだね。まだ子供《こども》だとばかり思《おも》っていたのに、当《あ》たり前《まえ》のように、男《おとこ》だし、なんて言《い》われてびっくりした。」

私《わたし》は、クスクス笑《わら》った。

小塚《こづか》さんが中《ちゅう》1の頃《ころ》っていえば、お姉《ねえ》ちゃんもそうだったんだよね。

「その頃《ころ》、うちのお姉《ねえ》ちゃんは、どうでしたか。」

小塚《こづか》さんは、懐《なつ》かしそうな笑顔《えがお》になる。

「アーヤは真面目《まじめ》で、純粋《じゅんすい》で、ちょっと硬《かた》くて、女《おんな》の子《こ》らしい正義感《せいぎかん》の持《も》ち主《ぬし》だったよ。」

へえ!

「その頃《ころ》、僕《ぼく》たちは皆《みんな》、アーヤを大切《たいせつ》にしてた。誰《だれ》も口《くち》に出《だ》しては言《い》わなかったけれど、自分《じぶん》たちが守《まも》らなきゃならない宝物《たからもの》みたいに思《おも》ってたんだ。でもアーヤには、それが気《き》に入《い》らない時期《じき》があってさ。つまりアーヤは、人間《にんげん》としてのプライドを持《も》ってたんだ。」

そう言《い》いながら小塚《こづか》さんは、ちょっと息《いき》をついた。

「それって、すごいことだと思《おも》うよ。僕《ぼく》は、アーヤを評価《ひょうか》してる。」

私《わたし》は、すごくうれしかった。

家《いえ》でお姉《ねえ》ちゃんの話《はなし》になると、ママはいつも暗《くら》い顔《かお》になって、嘆《なげ》いてばかりいる。

でも、これを聞《き》いたら、きっと心《こころ》が軽《かる》くなるだろうと思《おも》って。

「だけど僕《ぼく》たち、当時《とうじ》は、それが理解《りかい》できなくって、モメたりしてたな。」

私《わたし》は、この間《あいだ》からのお姉《ねえ》ちゃんの様子《ようす》を思《おも》い出《だ》して聞《き》いてみた。

「今《いま》は、もうモメないんですか。」

小塚《こづか》さんは苦笑《くしょう》した。

「いや、ちょっとガタガタしてるね。高校生《こうこうせい》になると、高校生《こうこうせい》なりの問題《もんだい》が出《で》てくるから。」

そうなんだ。

「でも、僕《ぼく》らがぶつかるのは、心《こころ》を結《むす》び合《あ》うためだよ。」

その言葉《ことば》は、まるで光《ひかり》みたいに、私《わたし》の胸《むね》に射《さ》しこんだ。

その時《とき》、私《わたし》は、ぶつかるっていう言葉《ことば》に、衝突《しょうとつ》するとかケンカをするって意味《いみ》の他《ほか》に、真剣《しんけん》に取《と》りくむって意味《いみ》もあることを、思《おも》い出《だ》したんだ。

そうか、ぶつかるのは、心《こころ》を結《むす》び合《あ》うためなんだね。

「そして僕《ぼく》たちは、きっとここを乗《の》り越《こ》えていく。僕《ぼく》たちの友情《ゆうじょう》は永遠《えいえん》だ。皆《みんな》が大学《だいがく》に入学《にゅうがく》して、卒業《そつぎょう》して、就職《しゅうしょく》して、結婚《けっこん》して、子供《こども》を持《も》って、歳《とし》を取《と》って老人《ろうじん》になって死《し》ぬその時《とき》まで、お互《たが》いにお互《たが》いを忘《わす》れず、たとえ遠《とお》くに離《はな》れていても助《たす》け合《あ》って生《い》きていく。そのためには、たくさんの障害《しょうがい》を突破《とっぱ》しなきゃならないだろうけれど、僕《ぼく》は、あらゆる努力《どりょく》をするよ。」

私《わたし》は、小塚《こづか》さんを見上《みあ》げた。

なんてロマンティックで、強《つよ》い意志《いし》を持《も》ってる人《ひと》なんだろう。

素敵《すてき》、かも・・・♡

こんな友《とも》だちのいるお姉《ねえ》ちゃんが、うらやましいな。

「あれ、」

そう言《い》いながら小塚《こづか》さんが、急《きゅう》に足《あし》を止《と》める。

「なんか、挙動不審《きょどうふしん》な奴《やつ》がいる。」

私《わたし》は、小塚《こづか》さんの視線《しせん》の方向《ほうこう》を追《お》い、そこに見《み》つけた、建物《たてもの》と建物《たてもの》の間《あいだ》の暗《くら》がりに身《み》をひそめている石田《いしだ》さんの姿《すがた》を。

手《て》には、ビニールのバッグを持《も》っている。

よく見《み》れば、その向《む》こうは煌々《こうこう》と明《あ》かりのついたガソリンスタンドで、そこには黒《くろ》いスタジャンを着《き》たクラブＺ《ゼータ》のメンバーがうろついているのだった。

あ、石田《いしだ》さんがガソリンスタンドに行《い》こうとして、隙《すき》を狙《ねら》ってるっ！

26 思《おも》いがけない買《か》い物《もの》

それは、私《わたし》たちG《ジェイ》チームが、ずっと気《き》にしていたことだった。

私《わたし》は息《いき》をつめ、石田《いしだ》さんの様子《ようす》をうかがった。

その時《とき》、小塚《こづか》さんが私《わたし》の手《て》をつかんだんだ。

「避《さ》けて通《とお》ろう。あっち側《がわ》に渡《わた》るよ。おいで。」

私《わたし》の手《て》を引《ひ》いて道路《どうろ》を横断《おうだん》しようとした小塚《こづか》さんに、私《わたし》は急《いそ》いで言《い》った。

「あの人《ひと》、知《し》り合《あ》いなんです。何《なに》か困《こま》ってるのかもしれないから、ちょっと聞《き》いてきます。」

小塚《こづか》さんがうなずくのを確認《かくにん》して、私《わたし》は石田《いしだ》さんに近寄《ちかよ》った。

こんな所《ところ》で会《あ》うなんて思《おも》わなかったけれど、会《あ》った以上《いじょう》は、何《なに》かをつかみたい。

期限《きげん》まであと1日《にち》ちょっとしかないんだし、今《いま》のところこの人《ひと》だけが手《て》がかりなんだから、何《なん》でもいいから引《ひ》き出《だ》そう。

私《わたし》は心《こころ》を固《かた》め、不自然《ふしぜん》でないようにそばを通《とお》り過《す》ぎながら声《こえ》をかけた。

「あ、石田《いしだ》さん。」

石田《いしだ》さんは、ギョッとしたようにこちらを振《ふ》り返《かえ》る。

「おまえ、誰《だれ》だ。」

覚《おぼ》えていないらしかった。

「この間《あいだ》、5階《かい》の廊下《ろうか》で美織君《みおりくん》と一緒《いっしょ》にいた立花《たちばな》です。」

それでようやく思《おも》い出《だ》してもらえたんだ。

「ガソリンスタンドに来《き》たんですか。」

石田《いしだ》さんは、ムッとしたように私《わたし》をにらむ。

「関係《かんけい》ないだろ。さっさと行《い》けよ。目立《めだ》ちたくないんだ。」

追《お》い返《かえ》されそうになり、私《わたし》はあせった。

ここで素直《すなお》に引《ひ》き下《さ》がったりしたら、絶対《ぜったい》ダメだ。

私《わたし》は自分《じぶん》を励《はげ》まし、ニッコリ笑《わら》ってみせた。

「ガソリンを買《か》うんですか。よかったら、お手伝《てつだ》いします。」

石田《いしだ》さんは、首《くび》を強《つよ》く横《よこ》に振《ふ》りかけ、ふっと考《かんが》えこんだ。

私《わたし》を見《み》る目《め》の中《なか》に、用心深《ようじんぶか》そうな光《ひかり》がチラチラまたたく。

何《なに》かを考《かんが》えている様子《ようす》だったけれど、やがて思《おも》い切《き》ったように言《い》った。

「あのスタンドで、軽油《けいゆ》を買《か》ってきてくれないか。」

軽油《けいゆ》？

「ここに入《い》れ物《もの》と、特別会員登録購入《とくべつかいいんとうろくこうにゅう》カードがあるから。」

手《て》にしていたビニールバッグを開《あ》け、容器《ようき》を出《だ》す。

「これに8分目《ぶんめ》でいい。」

私《わたし》は、うなずいた。

「わかりました。」

そう言《い》って容器《ようき》を受《う》け取《と》り、石田《いしだ》さんが出《だ》した購入《こうにゅう》カードとお金《かね》を手《て》にして、ガソリンスタンドに向《む》かったんだ。

でも心《こころ》の中《なか》は、もう大混乱《だいこんらん》っ！

爆破《ばくは》なんかじゃ、全然《ぜんぜん》ないじゃん。

軽油買《けいゆか》うのって、別《べつ》に犯罪《はんざい》じゃないし。

でも軽油《けいゆ》なんて買《か》って、どうすんだろ。

あれこれ考《かんが》えながら給油《きゅうゆ》オーダー機《き》の間《あいだ》を歩《ある》いていると、小塚《こづか》さんがそっと寄《よ》ってきた。

「どういう話《はなし》になったの。」

私《わたし》は、ちらっと石田《いしだ》さんの方《ほう》を見《み》る。

相変《あいか》わらず建物《たてもの》の間《あいだ》に隠《かく》れていた。

「軽油《けいゆ》を買《か》ってきてほしいって言《い》われたんです。」

小塚《こづか》さんは不審《ふしん》げにしながらも、1台《だい》の給油《きゅうゆ》オーダー機《き》のそばに行《い》き、画面《がめん》を操作《そうさ》してから私《わたし》が渡《わた》した購入《こうにゅう》カードとお金《かね》を入《い》れ、給油《きゅうゆ》ノズルを外《はず》した。

「容器《ようき》、そこに置《お》いて。」

私《わたし》が容器《ようき》を置《お》き、小塚《こづか》さんがレバーを引《ひ》く。

流《なが》れるように動《うご》いていくオーダー機《き》の画面《がめん》の数字《すうじ》を見《み》ていると、背後《はいご》で、コツコツと革靴《かわぐつ》の音《おと》がした。

振《ふ》り返《かえ》れば、アーク灯《とう》の投《な》げ降《お》ろすオレンジ色《いろ》の光《ひかり》を浴《あ》びながら、黒《くろ》いスタジャン姿《すがた》のクラブZ《ゼータ》メンバーが数人《すうにん》、こちらに近《ちか》づいてくる。

私《わたし》は心臓《しんぞう》をドキドキさせながら、その中《なか》に、自分《じぶん》の知《し》っている顔《かお》がないことを確認《かくにん》した。

それで、気付《きづ》かないふりをしていたんだ。

クラブZ《ゼータ》のメンバーはさりげなく脇《わき》を通《とお》りすぎながら、私《わたし》や小塚《こづか》さんの顔《かお》を見《み》たり、画面《がめん》に目《め》をやって油種《ゆしゅ》をチェックしたりした。

でも、さして気《き》にならなかったらしく、話《はな》しかけもせずに、そのまま遠《とお》ざかっていったんだ。

ほっとした。

「終《お》わったよ。」

小塚《こづか》さんが、容器《ようき》の蓋《ふた》を閉《し》めながらこっちを見上《みあ》げる。

「これを頼《たの》んだ人《ひと》と、どういう知《し》り合《あ》い？」

それはね、えっと、怪《あや》しい知《し》り合《あ》いかも。

「信頼《しんらい》のおける人《ひと》？」

ううん、おけない人《ひと》。

「これ、渡《わた》していいのかな。やめた方《ほう》がいいんじゃない？」

私《わたし》は、あわてた。

だって、これを石田《いしだ》さんに渡《わた》して、その後《あと》を尾行《びこう》するつもりでいたんだもの。

とにかく渡《わた》さないと、話《はなし》が始《はじ》まらない。

「事情《じじょう》は、後《あと》で説明《せつめい》します。」

そう言《い》って私《わたし》は容器《ようき》を受《う》け取《と》り、石田《いしだ》さんがひそんでいる場所《ばしょ》に戻《もど》った。

これを手《て》に入《い》れて、石田《いしだ》さんは、いったいどうするのか⁉

自分《じぶん》がそれを明《あき》らかにするんだと思《おも》うと、胸《むね》が躍《おど》った。

明日《あす》、報告《ほうこく》したら、きっと皆《みんな》、すごく喜《よろこ》んでくれるだろうな。

「買《か》ってきました。」

容器《ようき》とおつり、それに購入《こうにゅう》カードを差《さ》し出《だ》すと、石田《いしだ》さんは素早《すばや》くそれらを仕舞《しま》いこんだ。

「ありがとう。助《たす》かったよ。美織《みおり》によろしく。それじゃ。」

そう言《い》って少《すこ》し離《はな》れた所《ところ》に停《と》めてあった自転車《じてんしゃ》に飛《と》び乗《の》る。

わっ、自転車《じてんしゃ》だったんだっ！

私《わたし》は自分《じぶん》の計算違《けいさんちが》いに愕然《がくぜん》とし、まるで逃《に》げるような猛《もう》スピードで走《はし》り出《だ》す石田《いしだ》さんを見送《みおく》った。

ああ尾行《びこう》できない・・・。

「どうかしたの。」

後《あと》を付《つ》いてきていた小塚《こづか》さんに聞《き》かれて、しかたなく答《こた》えた。

「あの人《ひと》が、あれを持《も》ってどこに行《い》くのかを確《たし》かめたかったんです。」

小塚《こづか》さんはちょっと笑《わら》う。

「簡単《かんたん》だよ。」

そう言《い》いながらズボンの後《うし》ろポケットに差《さ》しこんであった携帯電話《けいたいでんわ》を出《だ》し、一瞬《いっしゅん》で操作《そうさ》して、耳《みみ》に当《あ》てた。

「ああ黒木《くろき》？　僕《ぼく》。今《いま》どこ？　追跡《ついせき》してほしい自転車《じてんしゃ》があるんだ。銀《ぎん》と黒《くろ》で、乗《の》ってるのは太《ふと》めの高校生《こうこうせい》。大田《おおた》ガソリンスタンドから西《にし》に向《む》けて錦通《にしきどお》りを走行中《そうこうちゅう》。よろしく。」

携帯《けいたい》を切《き》って、私《わたし》を見《み》る。

「黒木《くろき》に頼《たの》んだから、すぐわかるよ。ちょっと待《ま》ってて。」

私《わたし》は目《め》を見張《みは》った。

「黒木《くろき》さん、今《いま》、あの方向《ほうこう》にいるんですか。」

小塚《こづか》さんは、クスッと笑《わら》う。

「いや、逆方向《ぎゃくほうこう》だけど、」

じゃ、なんで？

「黒木《くろき》はたぶん、知《し》り合《あ》いに一斉《いっせい》メールを送《おく》るんだ。黒木《くろき》の知《し》り合《あ》いはすごく数《かず》が多《おお》いから、中《なか》には1人《ひとり》くらい、同《おな》じ方向《ほうこう》とか、近《ちか》くにいる奴《やつ》がいるんだよ。」

私《わたし》は、前《まえ》に見《み》た黒木君《くろきくん》の、艶《あで》やかな感《かん》じのする目《め》を思《おも》い出《だ》した。

そんなにたくさん、友《とも》だち持《も》ってるのかぁ。

それで困《こま》ることとか、ないのかな。

「あ、返事《へんじ》だ。」

小塚《こづか》さんが携帯《けいたい》を耳《みみ》に当《あ》てた。

「ありがと。そう、わかった。じゃね。」

短《みじか》く話《はな》して切《き》り、私《わたし》を見《み》る。

「あの自転車《じてんしゃ》は、県立病院《けんりつびょういん》の職員用《しょくいんよう》の駐輪場《ちゅうりんじょう》に入《はい》ったってさ。」

県立病院《けんりつびょういん》!?

「よかったら、事情《じじょう》を話《はな》してくれない？」

小塚《こづか》さんに言《い》われて、私《わたし》は考《かんが》えてから答《こた》えた。

「話《はな》します。でもその前《まえ》に、G教室《ジェイきょうしつ》の皆《みんな》と相談《そうだん》させてください。」

小塚《こづか》さんはしかたなさそうな笑《え》みを浮《う》かべる。

「わかった。じゃ今日《きょう》は、帰《かえ》ろうか。」

27 恐怖《きょうふ》の一夜《いちや》

石田《いしだ》さんは軽油《けいゆ》を買《か》って、県立病院《けんりつびょういん》に行《い》った。

これって、どういうことなんだろう。

病院職員《びょういんしょくいん》でもないのに、職員用《しょくいんよう》の駐輪場《ちゅうりんじょう》に停《と》めたのは、もう夜《よる》で、外来用《がいらいよう》の駐輪場《ちゅうりんじょう》が閉《し》まっているからだと思《おも》うけれど、こんな時間《じかん》に県立病院《けんりつびょういん》に行《い》くのは、なんのため？

しかもその病院《びょういん》は、石田《いしだ》さんのお母《かあ》さんが亡《な》くなり、同時《どうじ》に石田《いしだ》さんのお父《とう》さんが告訴《こくそ》の準備《じゅんび》をしている病院《びょういん》なんだよね。

私《わたし》は、あれこれと頭《あたま》をひねった。

けれど、ちっとも筋道《すじみち》の通《とお》った推理《すいり》にならなかった。

明日《あす》、G教室《ジェイきょうしつ》に行《い》って報告《ほうこく》し、話《はな》し合《あ》わなくちゃ。

そう思《おも》ったものの、でも、それで間《ま》に合《あ》うんだろうかと不安《ふあん》だった。

石田《いしだ》さんは、今夜《こんや》、軽油《けいゆ》を手《て》に入《い》れた。

事態《じたい》は、それで急速《きゅうそく》に動《うご》くかもしれない。

その軽油《けいゆ》は、私《わたし》が石田《いしだ》さんに渡《わた》したものだ。

そう考《かんが》えついた瞬間《しゅんかん》、とても恐《おそ》ろしくなった。

つまり私《わたし》は軽油《けいゆ》を買《か》うように頼《たの》まれ、それを石田《いしだ》さんに渡《わた》したことで、この事件《じけん》に手《て》を貸《か》してしまったんだ。

小塚《こづか》さんは、それを察知《さっち》して止《と》めようとした。

私《わたし》を関《かか》わらせまいとして、やめた方《ほう》がいいって言《い》ったんだ。

でも私《わたし》は押《お》し切《き》って、やってしまった。

もしこれで何《なに》か、たとえば爆破事件《ばくはじけん》とかが起《お》こったら、それは私《わたし》の責任《せきにん》だ。

私《わたし》は、犯罪消滅特殊部隊《はんざいしょうめつとくしゅぶたい》のメンバーなのに、犯罪《はんざい》に力《ちから》を貸《か》したんだ！

体中《からだじゅう》がゾクゾクするほど恐《おそ》ろしくて、私《わたし》はベッドの中《なか》で丸《まる》くなった。

もう絶対《ぜったい》、何《なに》かが起《お》こるに違《ちが》いないと思《おも》えてきて、自分《じぶん》のやったことの重《おも》みにうちひしがれそうだった。

こうしている間《あいだ》にも、石田《いしだ》さんは、あの軽油《けいゆ》を使《つか》って何《なに》かをしているかもしれない。

止《と》めなくちゃ！

私《わたし》はガバッと飛《と》び起《お》き、カーテンをくぐって、寝《ね》ているお姉《ねえ》ちゃんのそばを通《とお》り抜《ぬ》けた。

明《あ》かりを点《つ》けると、ママやパパに見《み》つかりそうだったから手探《てさぐ》り、足探《あしさぐ》りで階段《かいだん》を降《お》り、玄関《げんかん》のそばにある電話《でんわ》の所《ところ》まで行《い》って、夢中《むちゅう》で火影君《ひかげくん》の携帯《けいたい》の番号《ばんごう》を押《お》したんだ。

火影君《ひかげくん》なら、きっと力《ちから》になってくれると思《おも》った。

息《いき》をつめて受話器《じゅわき》を耳《みみ》に押《お》し当《あ》てていると、やがて自動音声《じどうおんせい》が聞《き》こえてきた。

「この電話《でんわ》は、電源《でんげん》が入《はい》っていないか、電波《でんぱ》の届《とど》かない場所《ばしょ》にあります。」

私《わたし》はすぐ、美織君《みおりくん》にかけた。

美織君《みおりくん》の電話《でんわ》も、同《おな》じだった。

2人《ふたり》で石田《いしだ》さんを捜《さが》すって言《い》っていたから、きっと着信音《ちゃくしんおん》が鳴《な》らないように電源《でんげん》を切《き》ってるんだ。

私《わたし》は、追《お》いつめられた気分《きぶん》になり、やむなく若王子君《わかおうじくん》にかけた。

あまり頼《たよ》りになりそうもなかったけれど、自分1人《じぶんひとり》よりましだと思《おも》って。

若王子君《わかおうじくん》は、すぐに出《で》た。

でも、

「うるさい。忙《いそが》しい。かけるな。」

そう言《い》うなり、ガチャッと切《き》ってしまった。

私《わたし》はしかたなく部屋《へや》に戻《もど》り、ベッドにもぐりこんだ。

震《ふる》えながら、ギュッと目《め》をつぶる。

ああ、早《はや》く明日《あす》になればいい！

G教室《ジェイきょうしつ》に飛《と》んでいって、火影君《ひかげくん》たちと相談《そうだん》したい!!

どうか、それまで何《なに》も起《お》こりませんように!!

＊

あくる朝《あさ》、私《わたし》は、そうっと布団《ふとん》から顔《かお》を出《だ》し、部屋《へや》の中《なか》を見回《みまわ》した。

部屋《へや》から出《で》て、階段《かいだん》の上《うえ》の窓《まど》から外《そと》を見《み》て、いつもと変《か》わりがないことを確《たし》かめる。

急《いそ》いで朝《あさ》の支度《したく》をして、下《した》に降《お》りていってテレビのニュースに耳《みみ》を澄《す》ませたり、パパが読《よ》んでいる新聞《しんぶん》の1面記事《めんきじ》を見《み》たりして、何《なん》の事件《じけん》も起《お》こっていないことを知《し》り、ひとまずほっとした。

でも、ママにもパパにもお姉《ねえ》ちゃんにも言《い》われた。

「目《め》、真《ま》っ赤《か》だよ。」

ん、恐《こわ》くて眠《ねむ》れなかったの。

「ほら目薬《めぐすり》、点《さ》しなさい。」

気持《きも》ちとしては、このままG教室《ジェイきょうしつ》に飛《と》んでいきたかったのだけれど、そんなことができるはずもなく、私《わたし》は学校《がっこう》に行《い》き、教室《きょうしつ》に入《はい》った。

でも自分《じぶん》の体《からだ》だけがそこにいて、魂《たましい》は、どこか別《べつ》の場所《ばしょ》に置《お》いてあるかのような気分《きぶん》だった。

幽体離脱《ゆうたいりだつ》って、こんな感《かん》じなのかもしれない。

「今日《きょう》はさぁ、」

大《おお》きな声《こえ》が響《ひび》いてきて、振《ふ》り返《かえ》ると、そこに土屋《つちや》さんがいた。

こちらに背中《せなか》を向《む》けて立《た》っている。

「そっちの番《ばん》だって、前《まえ》から言《い》っといたじゃん。」

土屋《つちや》さんと向《む》かい合《あ》っているのは、佐々木《ささき》さんだった。

背《せ》が低《ひく》くクラスの中《なか》でも目立《めだ》たない、静《しず》かでおとなしい人《ひと》。

そのせいもあり、窓《まど》を背《せ》にしていて顔《かお》に影《かげ》が落《お》ちているせいもあって、土屋《つちや》さんに追《お》いつめられているように見《み》えた。

「席《せき》グループの皆《みんな》の家《いえ》を、順番《じゅんばん》に貸《か》してもらってるんだからね。今日《きょう》は、あなたんちの番《ばん》！」

席《せき》グループというのは、席《せき》の近《ちか》い6人《にん》のことで、男子《だんし》3人《にん》、女子《じょし》3人《にん》。クラスの最小単位《さいしょうたんい》で、掃除当番《そうじとうばん》とか、遠足《えんそく》とか、運動会《うんどうかい》の時《とき》なんかには、そのグループで仕事《しごと》を引《ひ》きうけるんだ。

「皆《みんな》、ちゃんと家《いえ》の人《ひと》に話《はな》して、許可《きょか》もらって、私《わたし》たちを呼《よ》んでんだから。あなただけパスするってわけにはいかないんだよ。そんなの不公平《ふこうへい》じゃん。」

今《いま》、席《せき》グループでは、学芸会《がくげいかい》に発表《はっぴょう》する創作《そうさく》を練習《れんしゅう》している。

たぶん、そのことだ。

私《わたし》の席《せき》グループは、個人個人《こじんこじん》の朗読《ろうどく》とパフォーマンスにしたから、皆《みんな》で一緒《いっしょ》に練習《れんしゅう》しなくてもいいんだけれど、劇《げき》にしたグループは、集合《しゅうごう》しないといけない。

でも学校内《がっこうない》の施設《しせつ》は下校時間《げこうじかん》が決《き》められていて、それ以上《いじょう》は残《のこ》れないから、練習時間《れんしゅうじかん》が足《た》りずに個人《こじん》の家《いえ》でやってるんだ。

「皆《みんな》が平等《びょうどう》に、きちんとするべきだよ。今日《きょう》は、あんたんちだからね。」

押《お》しつけるように言《い》った土屋《つちや》さんに、佐々木《ささき》さんは何《なに》も答《こた》えられないようだった。

ただ黙《だま》って、目《め》を伏《ふ》せるだけ。

とても困《こま》っている様子《ようす》が伝《つた》わってきた。

私《わたし》は立《た》ち上《あ》がって教室《きょうしつ》を出《で》て、職員室《しょくいんしつ》に向《む》かった。

担任《たんにん》の小林先生《こばやしせんせい》に話《はなし》をして、何《なん》とか佐々木《ささき》さんを救《すく》いたいと思《おも》ったんだ。

土屋《つちや》さんは、平等《びょうどう》って言《い》っていたけれど、この場合《ばあい》、それは違《ちが》うよ。

だいたい私《わたし》たちは、誰《だれ》も平等《びょうどう》なんかじゃないもの。

顔《かお》も違《ちが》うし、能力《のうりょく》も違《ちが》うし、生《う》まれた家庭《かてい》も違《ちが》うんだし、ね。

特《とく》に、皆《みんな》を呼《よ》ぶとなったら、困《こま》る家《いえ》だってあると思《おも》う。

家《いえ》が狭《せま》いとか、誰《だれ》かが病気《びょうき》で寝《ね》ているとか、いろいろ事情《じじょう》があるから。

家庭《かてい》のことは、私《わたし》たち子供《こども》には、どうすることもできない。

それを考《かんが》えに入《い》れないで、何《なん》でも皆《みんな》で同《おな》じにしなくちゃいけないって理屈《りくつ》は、絶対《ぜったい》に間違《まちが》っている。

だいたい学芸会《がくげいかい》は、学校行事《がっこうぎょうじ》というか、学校教育《がっこうきょういく》の一部《いちぶ》なんだから、そのための練習場所《れんしゅうばしょ》は学《がっ》校《こう》が用意《ようい》するべきで、各家庭《かくかてい》に頼《たよ》っちゃいけないと思《おも》う。

「立花《たちばな》さん、どこに行《い》くの。」

声《こえ》をかけられて足《あし》を止《と》めると、職員室《しょくいんしつ》から出《で》てきた先生《せんせい》たちが自分《じぶん》の教室《きょうしつ》に向《む》かっていくところで、その中《なか》に私《わたし》の担任《たんにん》の小林先生《こばやしせんせい》の姿《すがた》も交《ま》じっていた。

「ホームルームが始《はじ》まる時間《じかん》でしょ。それが、わからないの？」

先生《せんせい》は、厳《きび》しい顔《かお》だった。

私《わたし》は、首《くび》を横《よこ》に振《ふ》りながら思《おも》った。

先生《せんせい》の笑《わら》ったとこって、今《いま》まで1度《ど》も見《み》たことがないような気《き》がするって。

きっと私《わたし》が問題児《もんだいじ》で、心配《しんぱい》させてばっかりいるからだろうけれど。

「先生《せんせい》、席《せき》グループの創作練習《そうさくれんしゅう》のことですが」

私《わたし》は、佐々木《ささき》さんの名前《なまえ》を出《だ》さない方《ほう》がいいんじゃないかと考《かんが》えた。

名前《なまえ》を出《だ》したら、先生《せんせい》は直接《ちょくせつ》、佐々木《ささき》さんに聞《き》くって言《い》うに決《き》まっているし、そしたら佐々木《ささき》さんは、さっきみたいに何《なに》も答《こた》えられないだろう。

自分《じぶん》の家《いえ》が人《ひと》を呼《よ》べない事情《じじょう》って、あんまり言《い》いたくないものだと思《おも》う。

それが担任《たんにん》の先生《せんせい》なら、接《せっ》する時間《じかん》も長《なが》いから余計《よけい》に、そういう目《め》で見《み》られたくないって気持《きも》ちが大《おお》きいんじゃないかな。

それで、慎重《しんちょう》に言葉《ことば》を選《えら》んだ。

「各自《かくじ》の家《いえ》に集《あつ》まって練習《れんしゅう》しているグループもあるみたいですけど、それが回《まわ》り持《も》ちで、押《お》しつけになってしまうと困《こま》る人《ひと》もいると思《おも》います。親《おや》の都合《つごう》で、家《いえ》を貸《か》してもらえない子《こ》もいるかもしれないし。学芸会《がくげいかい》までの間《あいだ》、下校時《げこうじ》が過《す》ぎても学校《がっこう》の教室《きょうしつ》か、和室《わしつ》を使《つか》えるようにしてもらえませんか。」

小林先生《こばやしせんせい》は、私《わたし》をにらんだ。

「あなたは、何《なに》を考《かんが》えてるの。下校時《げこうじ》には全員《ぜんいん》が帰《かえ》る、それが学校《がっこう》の規則《きそく》です。学校《がっこう》の規則《きそく》は、全体《ぜんたい》の規則《きそく》よ。それを、うちのクラスだけの、しかも個人《こじん》の都合《つごう》で変《か》えるなんてできません。個《こ》人《じん》の家《いえ》を貸《か》してもらわなくても、公園《こうえん》だってあるんだし。」

その言葉《ことば》からは、このことで動《うご》いてくれる気配《けはい》が全然感《ぜんぜんかん》じられなかった。

何《なん》とかしなければならないと考《かんが》えて、私《わたし》は必死《ひっし》になった。

「公園《こうえん》は、午後《ごご》4時半以降《じはんいこう》は遊《あそ》んじゃいけないって言《い》われています。いろいろと危険《きけん》だからって。学校《がっこう》が終《お》わって公園《こうえん》に集《あつ》まっていたら、すぐ4時半《じはん》になってしまいます。私《わたし》たちは皆《みんな》、学芸《がくげい》会《かい》の創作《そうさく》を充実《じゅうじつ》させたいって思《おも》っているのに、場所《ばしょ》がないんです。先生《せんせい》、何《なん》とかしてください。」

小林先生《こばやしせんせい》は、硬《かた》い表情《ひょうじょう》を変《か》えなかった。

「あなたは、おとなしく規則通《きそくどお》りにすることができないわけ？　それとも自分《じぶん》がご両親《りょうしん》から、友《とも》だちを家《いえ》に呼《よ》んでくるなって言《い》われて、困《こま》って、そんなことを言《い》い出《だ》してるの。」

えっと・・・、そうじゃないんだけどな。

「とにかく教室《きょうしつ》に戻《もど》りなさい。ホームルームの時間《じかん》が遅《おく》れたら、皆《みんな》の迷惑《めいわく》でしょ。」

ここで場所《ばしょ》を移《うつ》せば、この話《はなし》はウヤムヤにされてしまうに違《ちが》いない。

私《わたし》はグズグズし、その場《ば》を動《うご》かなかった。

「でも、先生《せんせい》。」

何《なん》とか協力《きょうりょく》を取《と》りつけたかったんだ。

小林先生《こばやしせんせい》は、うんざりするといったような顔《かお》つきになった。

「いい加減《かげん》にして。先生《せんせい》は、もう行《い》きますよ。」

そう言《い》い捨《す》てて歩《ある》き出《だ》した時《とき》、職員室《しょくいんしつ》の方《ほう》から学年主任《がくねんしゅにん》の先生《せんせい》が飛《と》んできた。

「小林先生《こばやしせんせい》、ちょっと待《ま》って。」

大声《おおごえ》で言《い》いながら、ふうふう息《いき》をついて立《た》ち止《ど》まる。

「今《いま》、校長先生《こうちょうせんせい》が通《とお》りかかって、話《はなし》を小耳《こみみ》にはさんだとかで、生徒《せいと》のために、学芸会《がくげいかい》まで和室《わしつ》を開放《かいほう》するってことでどうだねとおっしゃっています。お昼休《ひるやす》みの職員会議《しょくいんかいぎ》で諮《はか》りますから、今日《きょう》の放課後《ほうかご》から実施《じっし》できると思《おも》います。生徒《せいと》さんに、そう伝《つた》えてください。」

わぁ、やったっ！

「そうですか。まぁ校長先生《こうちょうせんせい》がおっしゃるなら、私《わたし》に異存《いぞん》はありませんが。」

そう言《い》いながら小林先生《こばやしせんせい》は、針《はり》の先《さき》のような光《ひかり》を浮《う》かべた目《め》を私《わたし》に向《む》けた。

「よかったわね、立花《たちばな》さん。」

ちょっと恐《こわ》かったけれど、でも佐々木《ささき》さんやその他《ほか》、家《いえ》に友《とも》だちを呼《よ》びにくい人《ひと》たちのために、これでよかったのだと思《おも》うことにした。

28　大型爆弾《おおがたばくだん》!?

学校《がっこう》を終《お》わって、私《わたし》は急《いそ》いで家《いえ》に帰《かえ》り、お弁当《べんとう》を持《も》ってZ《ゼータ》ビルに向《む》かった。

ようやく皆《みんな》に会《あ》えるんだ。

何《なに》も起《お》こらなくて、本当《ほんとう》によかった！

そう思《おも》いながら、自分《じぶん》に任《まか》せられた任務《にんむ》をやり遂《と》げるために、まずZ《ゼータ》ビル事務局《じむきょく》に行《い》った。

そこで土曜日《どようび》のキッチンの設備利用申請簿《せつびりようしんせいぼ》を書《か》き、次《つぎ》に消耗品《しょうもうひん》の使用申請書《しようしんせいしょ》を出《だ》すために、クラブZ《ゼータ》事務局《じむきょく》まで上《のぼ》っていったんだ。

隼風《はやて》さんから与《あた》えられた調査《ちょうさ》の期限《きげん》は、今日《きょう》。

今日中《きょうじゅう》に薬品《やくひん》を取《と》り戻《もど》さなければならないのに、謎《なぞ》はまだいくつも残《のこ》っていたし、先行《さきい》きもまったく見《み》えていなかった。

私《わたし》たち、大丈夫《だいじょうぶ》なんだろうか!?

不安《ふあん》になりながらZ《ゼータ》事務局《じむきょく》のドアをノックすると、中《なか》から顔《かお》を出《だ》したのは、ロビンさんだった。

「よう、王様《おうさま》。」

その直後《ちょくご》、部屋《へや》の中《なか》から、ビシッと何《なに》かを打《う》つような音《おと》がし、続《つづ》いて隼風《はやて》さんの低《ひく》い、凄《すご》みのある声《こえ》が聞《き》こえた。

「いつになったら、まともな報告《ほうこく》が聞《き》けるんだ。」

ロビンさんは広《ひろ》い背中《せなか》をビクッと震《ふる》わせ、驚《おどろ》いている私《わたし》に苦笑《くしょう》する。

「我が最愛《ミロード》なるご主人様は、ご機嫌斜《きげんなな》めだ。じゃ、確《たし》かに預《あず》かったから。」

そう言《い》うなり、バタンとドアを閉《し》めてしまった。

私《わたし》は、隼風《はやて》さんのあの目《め》が怒《いか》りに燃《も》えているところを想像《そうぞう》し、ゾクゾクしながらG教室《ジェイきょうしつ》に向《む》かった。

そりゃ、この世《よ》のものとも思《おも》えないほど恐《こわ》いに決《き》まっているけれど、半端《はんぱ》じゃなく美《うつく》しい気《き》もして、どっちにしてもゾクゾクだった。

もし今日中《きょうじゅう》に化学準備室《かがくじゅんびしつ》から持《も》ち出《だ》された薬品《やくひん》を取《と》り戻《もど》せなかったら、私《わたし》たちも、その怒《いか》りにさらされるんだ。

急《いそ》がないと！

6階《かい》でエレベーターを降《お》り、G教室《ジェイきょうしつ》まで行《い》くと、中《なか》には火影君《ひかげくん》と美織君《みおりくん》がいた。

2人《ふたり》ともぐったりとして、机《つくえ》に顔《かお》を伏《ふ》せている。

火影君《ひかげくん》が顔《かお》を起《お》こし、まいったといったようにクセのない髪《かみ》を両手《りょうて》でかき上《あ》げた。

「どうしたの。」

「昨日《きのう》、石田《いしだ》さんは外出許可《がいしゅつきょか》取《と》っててさ、見張《みは》ってたんだけど、一晩中《ひとばんじゅう》、帰《かえ》ってこなかったんだ。」

帰《かえ》らなかったっ⁉

「で、僕《ぼく》たち、寮《りょう》の玄関《げんかん》に近《ちか》いコンビニ駐輪場《ちゅうりんじょう》で夜《よる》を明《あ》かしたわけ。代《か》わる代《が》わるトイレ行《い》ったり、飯《めし》買《か》いに行《い》ったりしてさ。石田《いしだ》さんは朝《あさ》になってようやく帰《かえ》ってきて、それからすぐ学校《がっこう》に行《い》ったから、僕《ぼく》らも登校《とうこう》したんだけど。」

美織君《みおりくん》も顔《かお》を上《あ》げる。

「コンクリートの上《うえ》に座《すわ》って、徹夜《てつや》だぜ。ああ、体痛《からだいて》え。」

つまり石田《いしだ》さんは、朝《あさ》まで県立病院《けんりつびょういん》にいたってこと？

いったい何《なに》をしてたんだろう。

ひょっとして軽油《けいゆ》が関係《かんけい》している？

だって病院《びょういん》に行《い》った時《とき》には、軽油《けいゆ》を持《も》っていたんだし。

「もしかして私《わたし》、犯罪《はんざい》に手《て》を貸《か》したかもしれない。」

2人《ふたり》は、唖然《あぜん》とした顔《かお》になる。

「マジかっ⁉」

目《め》を見開《みひら》く美織君《みおりくん》の隣《となり》で、火影君《ひかげくん》が胸《むね》ポケットからメガネを出《だ》し、片手《かたて》で振《ふ》って広《ひろ》げながら顔《かお》にかけた。

「くわしく話《はな》して。」

それで私《わたし》は、昨日《きのう》のことを説明《せつめい》したんだ。

火影君《ひかげくん》も美織君《みおりくん》も、真剣《しんけん》に耳《みみ》を傾《かたむ》けていた。

「軽油《けいゆ》かぁ。」

火影君《ひかげくん》が腕《うで》を組《く》み、美織君《みおりくん》が天井《てんじょう》を仰《あお》ぐ。

「ますます訳《わけ》、わからなくなってねぇか。」

ん、そうかも。

「石田《いしだ》さんはさ、」

火影君《ひかげくん》が考《かん》えこみながら口《くち》を開《ひら》く。

「病院《びょういん》のどこにいたんだろう。そこで何《なに》をやってたんだ？　目的《もくてき》もなしに、一晩中《ひとばんじゅう》病院《びょういん》で過《す》ごすなんて、ありえないと思《おも》うよ。」

それは、すごく重要《じゅうよう》な、6番目《ばんめ》の謎《なぞ》だった。

「これって、内部《ないぶ》の人間《にんげん》がからんでるんじゃね？」

美織君《みおりくん》が、鋭《するど》い目《め》で私《わたし》たちを見回《みまわ》す。

「勝手《かって》に忍《しの》びこんだ石田《いしだ》さんが、誰《だれ》にも見《み》つからずに、夜通《よどお》し何《なに》かをできるなんて考《かんが》えらんねぇよ。病院内《びょういんない》で、誰《だれ》か、引《ひ》き入《い》れた奴《やつ》がいるんだ。」

火影君《ひかげくん》がパチンと指《ゆび》を鳴《な》らした。

「よし、昨夜《さくや》、病院《びょういん》にいた医師《いし》と看護師《かんごし》を調《しら》べよう。」

私《わたし》たちは、教室《きょうしつ》の端《はし》にあるパソコン机《づくえ》に飛《と》びついた。

1番早《ばんはや》かった美織君《みおりくん》が椅子《いす》を取《と》り、そこに座《すわ》りながらパソコンを立《た》ち上《あ》げ、検索《けんさく》する。

県立病院《けんりつびょういん》のサイトを出《だ》し、外来医師《がいらいいし》リストを呼《よ》び出《だ》してみると、昨日《きのう》の夜《よる》、病院《びょういん》にいた宿直《しゅくちょく》は外科医《げかい》の半崎保医師《はんざきたもついし》、それに産婦人科医窪田良子医師《さんふじんかいくぼたよしこいし》の2人《ふたり》で、その他《ほか》は看護師《かんごし》だった。

「石田《いしだ》さんはたぶん、この中《なか》の誰《だれ》かと会《あ》って、何《なに》かしていたんだよね。」

火影君《ひかげくん》がうなずく。

「看護師《かんごし》って、集団《しゅうだん》でナースステーションにいるだろ。医師《いし》に呼《よ》ばれたら、行《い》かなくちゃならないし。でも医師《いし》は診察室《しんさつしつ》を持《も》ってるし、命令《めいれい》で動《うご》かされることもない。石田《いしだ》さんを引《ひ》き入《い》れた人物《じんぶつ》は、看護師《かんごし》より医師《いし》の可能性《かのうせい》の方《ほう》が高《たか》いんじゃないかな。」

じゃ外科医《げかい》の半崎医師《はんざきいし》か、産婦人科医《さんふじんかい》の窪田医師《くぼたいし》ってことになるよね。

「俺《おれ》、外科医《げかい》の方《ほう》が、なんか気《き》になる。」

美織君《みおりくん》が、片手《かたて》で髪《かみ》をくちゃっとかき上《あ》げた。

「産婦人科医《さんふじんかい》って、石田《いしだ》さんとあんま接点《せってん》ないじゃん。」

ん、そうだね。

「外科医《げかい》なら、石田《いしだ》さんが母親《ははおや》の通院《つういん》や手術《しゅじゅつ》で接触《せっしょく》した可能性《かのうせい》があるしさ。」

火影君《ひかげくん》が美織君《みおりくん》の肩越《かたご》しに手《て》を伸《の》ばし、マウスをつかむ。

「昨日《きのう》、石田《いしだ》さんが会《あ》っていたのは半崎医師《はんざきいし》と仮定《かてい》しよう。病院《びょういん》に勤務《きんむ》してる医師《いし》のリストって、どこ？」

美織君《みおりくん》が画面《がめん》の端《はし》を指《ゆび》さした。

「たぶん、そこら辺《へん》。」

火影君《ひかげくん》は、そこから医師《いし》リストにたどりつく。

外科《げか》は消化器外科《しょうかきげか》、呼吸器外科《こきゅうきげか》、脳神経外科《のうしんけいげか》など7つに分《わ》かれていて、全員《ぜんいん》で20名《めい》の医師《いし》がいた。

半崎医師《はんざきいし》の名前《なまえ》は消化器外科《しょうかきげか》の中《なか》にあり、顔《かお》と年齢《ねんれい》、出身大学《しゅっしんだいがく》が載《の》っている。

同《おな》じ消化器外科《しょうかきげか》に、合計《ごうけい》5名《めい》の医師《いし》がいた。

「集団訴訟《しゅうだんそしょう》の対象《たいしょう》になってる外科医《げかい》も、確《たし》か消化器外科《しょうかきげか》だったよな。」

美織君《みおりくん》がニヤッと笑《わら》う。

「そいつ、特定《とくてい》してみよっか。父親《ちちおや》が厚労省《こうろうしょう》の官僚《かんりょう》で、父方《ちちかた》の叔父《おじ》が国会議員《こっかいぎいん》って言《い》ってたじゃん。たぶん同《おな》じ苗字《みょうじ》だぜ。厚労省《こうろうしょう》の官僚《かんりょう》の方《ほう》は、リストが出《で》てこないかもしれないけど、国会議《こっかいぎ》員《いん》なら1発《ぱつ》で出《で》るし。」

言《い》うが早《はや》いか、カチカチとマウスを動《うご》かし、国会議員《こっかいぎいん》の名簿《めいぼ》を広《ひろ》げる。

私《わたし》は、さっきの5人《にん》の医師《いし》の名前《なまえ》を思《おも》い浮《う》かべながら、それを見《み》つめた。

「あった！　これだ、丸田《まるた》！」

そう言《い》うと、美織君《みおりくん》が舌打《したう》ちした。

「ああ俺《おれ》が今《いま》、言《い》おうとしてたのになぁ。」

あ、ごめん。

「よし、手術《しゅじゅつ》で問題《もんだい》を起《お》こした医師《いし》は、丸田《まるた》だ。」

火影君《ひかげくん》がきっぱりと言《い》った。

「そして昨夜《さくや》、石田《いしだ》さんを呼《よ》びこんだ可能性《かのうせい》があるのが、宿直《しゅくちょく》をしていた半崎医師《はんざきいし》。」

私《わたし》は、その2人《ふたり》の名前《なまえ》の欄《らん》を見《み》ていて、気《き》がついた。

丸田医師《まるたいし》と半崎医師《はんざきいし》が同《おな》い歳《どし》で、同《おな》じ大学《だいがく》の医学部《いがくぶ》を出《で》ていることに。

「2人《ふたり》は、学生時代《がくせいじだい》からの知《し》り合《あ》いかもしれないね。」

火影君《ひかげくん》の声《こえ》に重《かさ》ねるように教室《きょうしつ》のドアが開《ひら》き、若王子君《わかおうじくん》が姿《すがた》を見《み》せた。

「告訴手続《こくそてつづ》きは、うまくいってないみたいだ。」

いらだたしげな溜《た》め息《いき》をつきながら入《はい》ってきて、私《わたし》たちのそばに立《た》ち止《ど》まる。

「病院側《びょういんがわ》が、被害者遺族《ひがいしゃいぞく》の1人1人《ひとりひとり》と話《はな》し合《あ》いを持《も》って、告訴《こくそ》の切《き》り崩《くず》しにかかっている。すでに5人《にん》が病院側《びょういんがわ》と和解《わかい》し、告訴活動《こくそかつどう》から離脱《りだつ》した。」

そうなんだ・・・。

「その5人《にん》の中《なか》に、石田《いしだ》の父親《ちちおや》も入《はい》っている。つい先月《せんげつ》のことだ。」

意外《いがい》な気《き》がした。

石田《いしだ》さんのお父《とう》さんが、病院《びょういん》と和解《わかい》する道《みち》を選《えら》ぶなんて思《おも》っていなかったから。

「石田《いしだ》さんは、」

火影君《ひかげくん》の重《おも》い声《こえ》が響《ひび》いた。

「それで絶望《ぜつぼう》したのかもしれないな。」

美織君《みおりくん》が、信《しん》じられないといったように首《くび》を横《よこ》に振《ふ》る。

「でも目《め》の前《まえ》には、留学《りゅうがく》って道《みち》が開《ひら》けてんだぜ。土曜日《どようび》にはドイツに行《い》くんだ。絶望《ぜつぼう》なんてしてる暇《ひま》ねーだろ。」

火影君《ひかげくん》のきれいな瞳《ひとみ》に、哀《かな》しげな光《ひかり》がまたたいた。

「嗚《めい》、おまえ、『若《わか》きウェルテルの悩《なや》み』って本《ほん》、読《よ》んだこと、あるか。」

美織君《みおりくん》は、あっけにとられた様子《ようす》だった。

「それがなんの関係《かんけい》？」

火影君《ひかげくん》は、目《め》を伏《ふ》せる。

「その中《なか》にさ、こういう台詞《せりふ》がある。『人間《にんげん》が持《も》っている理性《りせい》なんて、情念《じょうねん》が荒《あ》れ狂《くる》っている時《とき》には、なんの役《やく》にも立《た》ちはしない』。これは恋《こい》についてのシーンなんだけど、恋《こい》に限《かぎ》らないと思《おも》うよ。人間《にんげん》って、自分《じぶん》の怒《いか》りや悲《かな》しみに呑《の》みこまれることがある。そうなったら、どっちが正《ただ》しいとか、どっちに行《い》くべきだとか、そんなことは目《め》に入《はい》らなくなるんだ。」

まるで自分《じぶん》のことを話《はな》しているみたいだった。

「石田《いしだ》さんにとっては留学《りゅうがく》より、母親《ははおや》が手術《しゅじゅつ》ミスで死《し》んだってことを世間《せけん》にはっきりさせる方《ほう》が大事《だいじ》だったのかもしれない。それに心《こころ》を奪《うば》われていたら、その道《みち》が絶《た》たれれば絶望《ぜつぼう》するし、それを招《まね》いた父親《ちちおや》に、強《つよ》い怒《いか》りを感《かん》じる。自分1人《じぶんひとり》で復讐《ふくしゅう》する気《き》にもなるよ。」

私《わたし》は、楽器店《がっきてん》で見《み》かけた石田《いしだ》さんの顔《かお》を思《おも》い出《だ》した。

売《う》ったヴァイオリンを見《み》つめていた石田《いしだ》さんは、まるで、さよならを言《い》っているみたいだった。

その時《とき》、私《わたし》は、石田《いしだ》さんがヴァイオリンに別《わか》れを告《つ》げているように感《かん》じたんだけれど、本当《ほんとう》はそうではなく、ヴァイオリンとともに生《い》きてきた自分《じぶん》の人生自体《じんせいじたい》にさよならを言《い》っていたのかもしれない。

そう考《かんが》えれば、謎《なぞ》の5、留学《りゅうがく》も決《き》まって前途洋々《ぜんとようよう》の石田《いしだ》さんが、なぜ薬品《やくひん》を持《も》ち出《だ》すようなことをしたのかについても、説明《せつめい》ができる。

「石田《いしだ》さんは、復讐《ふくしゅう》する気《き》なんだ、きっと。」

私《わたし》がそう言《い》うと、美織君《みおりくん》は、たまらないといったような声《こえ》を上《あ》げた。

「やめろよ。復讐《ふくしゅう》ってなんだよ。石田《いしだ》さんが持《も》ち出《だ》した薬品《やくひん》は、何《なに》かを爆破《ばくは》するには少《すく》なすぎるって言《い》ってたじゃん。たとえそこに、昨日《きのうか》買《か》った軽油《けいゆ》を足《た》したとしたってさ。」

若王子君《わかおうじくん》が、ふっと顔色《かおいろ》を変《か》える。

「石田《いしだ》が軽油《けいゆ》、買《か》ったのか⁉」

いつになく鋭《するど》い声《こえ》に、私《わたし》は驚《おどろ》きながら、自分《じぶん》が石田《いしだ》さんに頼《たの》まれて軽油《けいゆ》を渡《わた》したことを話《はな》した。

直後《ちょくご》、若王子君《わかおうじくん》がうめき声《ごえ》を上《あ》げる。

「それでわかった、石田《いしだ》が作《つく》ってるのは、アンホ爆弾《ばくだん》だ。」

え？

「正式名称《せいしきめいしょう》は、硝安油剤爆薬《しょうあんゆざいばくやく》。もともとは岩盤《がんばん》の掘削《くっさく》に使《つか》われる爆弾《ばくだん》で、最近《さいきん》はもっぱら国際《こくさい》テロで使《つか》われてる。アメリカの連邦政府《れんぽうせいふ》ビルで168人《にん》の死者《ししゃ》を出《だ》したり、ナイロビの街《まち》で177人《にん》が犠牲《ぎせい》になったりした時《とき》の爆弾《ばくだん》は、こいつだ。黒色火薬《こくしょくかやく》の10倍《ばい》の威力《いりょく》があり、爆速《ばくそく》は1秒《びょう》3000メートル。破壊力《はかいりょく》は抜群《ばつぐん》。1㎥の岩盤《がんばん》を吹《ふ》き飛《と》ばすのに、たった300グラムで充分《じゅうぶん》だ。これを作《つく》るには、軽油《けいゆ》がいる。」

私《わたし》は、めまいがしそうになった。

自分《じぶん》が渡《わた》した軽油《けいゆ》で、そんなすごい爆弾《ばくだん》ができるなんて！

ああ隼風《はやて》さんがガソリンスタンドを見張《みは》らせていたのは、これを防《ふせ》ごうとしてたんだ。

「なんでいきなり、テロ爆弾《ばくだん》なんだよ。」

美織君《みおりくん》が、デタラメは許《ゆる》さんと言《い》わんばかりの顔《かお》で若王子君《わかおうじくん》をにらむ。

「持《も》ち出《だ》した薬品量《やくひんりょう》が少《すく》ないから、たいした爆破《ばくは》はできないって言《い》ってたじゃん。」

うん、確《たし》かにそうだったよね。

「聞《き》けよ。」

若王子君《わかおうじくん》の目《め》に、冷《つめ》たい水《みず》のようなきらめきが浮《う》かび上《あ》がった。

「アンホ爆弾《ばくだん》は、硝酸《しょうさん》アンモニウムに、軽油《けいゆ》を混《ま》ぜて作《つく》る。破壊力《はかいりょく》は強《つよ》いが、起爆《きばく》させるのが、つまり爆発《ばくはつ》させるのが難《むずか》しいと言《い》われていて、雷管《らいかん》にはダイナマイトを使《つか》うんだ。ダイナマイトは、化学準備室《かがくじゅんびしつ》から持《も》ち出《だ》した薬品《やくひん》で作《つく》れる。起爆剤《きばくざい》にするだけだから、ごく少量《しょうりょう》で充分《じゅうぶん》だ。ここで軽油《けいゆ》を入手《にゅうしゅ》したとなったら、もう間違《まちが》いない。石田《いしだ》が作《つく》ってるのはアンホ爆弾《ばくだん》だ。大量《たいりょう》に作《つく》れば、ビルごとふっ飛《と》ばせる。」

ゾッ!

「おそらく昨夜《さくや》、病院《びょういん》でそれを作《つく》ってたんだ。」

火影君《ひかげくん》の言葉《ことば》は静《しず》かだったけれど、表情《ひょうじょう》は緊張《きんちょう》していた。

「病院内《びょういんない》なら、薬品《やくひん》を反応《はんのう》させるのに充分《じゅうぶん》な設備《せつび》がある。きっと宿直《しゅくちょく》の半崎医師《はんざきいし》が場所《ばしょ》と技術《ぎじゅつ》を提供《ていきょう》したんだろう。これが、謎《なぞ》の6の解答《かいとう》なんだ。」

教室《きょうしつ》の中《なか》は、シーンとした。

私《わたし》たちが行《い》きついた結論《けつろん》は、あまりにも凄《すさ》まじく、皆《みんな》がその重《おも》みに呑《の》まれていた。

でも私《わたし》は、この先《さき》のことが心配《しんぱい》でたまらなくて、言《い》わずにいられなかったんだ。

「そんなすごい爆弾《ばくだん》で、いったいどこを爆破《ばくは》するつもりなんだろう。」

若王子君《わかおうじくん》が、不敵《ふてき》な笑《え》みを浮《う》かべる。

「どこを？　誰《だれ》を、かもしれないぜ。ターゲットは、おそらく丸田医師《まるたいし》か、県立病院《けんりつびょういん》だ。」

つまりそれが、謎《なぞ》の4の答《こた》えだった。

これで私《わたし》たちはついに、全部《ぜんぶ》の謎《なぞ》を解《と》いたんだ。

美織君《みおりくん》が叫《さけ》ぶ。

「俺《おれ》、信《しん》じねぇ！　石田《いしだ》さんは、そんな人《ひと》じゃないはずだ。どこに証拠《しょうこ》があんだよっ!?」

息《いき》を乱《みだ》して私《わたし》たちをにらみ回《まわ》す美織君《みおりくん》の肩《かた》に、火影君《ひかげくん》が手《て》を載《の》せた。

「わかった。じゃ、まずそいつを確《たし》かめよう。それでいいよな。」

美織君《みおりくん》は、しゃくり上《あ》げるように大《おお》きく息《いき》を吸《す》う。

「いいよ。どうやる？」

火影君《ひかげくん》は若王子君《わかおうじくん》に視線《しせん》を流《なが》し、若王子君《わかおうじくん》がうなずいた。

「アンホ爆弾《ばくだん》の主原料《しゅげんりょう》は、硝酸《しょうさん》アンモニウムだ。石田《いしだ》が、これを入手《にゅうしゅ》したかどうかを確《たし》かめよう。硝酸《しょうさん》アンモニウムは、主《おも》に肥料《ひりょう》として使《つか》われている、肥料店《ひりょうてん》や農業資材販売店《のうぎょうしざいはんばいてん》で買《か》えるんだ。」

私《わたし》は、息《いき》がつまるような気《き》がした。

爆発物《ばくはつぶつ》の原料《げんりょう》となりうるものが、普通《ふつう》に売《う》られていることがとても恐《おそ》ろしかった。

「硝酸《しょうさん》アンモニウムそのものか、あるいはすでに爆弾《ばくだん》に加工《かこう》したものが、寮《りょう》の石田《いしだ》さんの部屋《へや》か、あるいは実家《じっか》にあるはずだ。それを確《たし》かめるってことで、どう？」

美織君《みおりくん》は、鋭《するど》い目《め》で若王子君《わかおうじくん》を見返《みかえ》す。

「オッケ。それ、俺《おれ》がやるから。自分《じぶん》の目《め》で確《たし》かめる。」

私《わたし》は、あわてて口《くち》をはさんだ。

「私《わたし》も手伝《てつだ》う。」

だって私《わたし》は、浩史先生《こうじせんせい》から美織君《みおりくん》の精神的《せいしんてき》サポートを頼《たの》まれたんだもの。

もしそれが石田《いしだ》さんの手元《てもと》にあったら、美織君《みおりくん》は大《おお》きなダメージを受《う》けるだろう。

その時《とき》に、そばにいてあげたい！

「皆《みんな》でやろうぜ。」

火影君《ひかげくん》が、押《お》しつけるように言《い》った。

「硝酸《しょうさん》アンモニウムでもアンホ爆弾《ばくだん》でも、もし発見《はっけん》したらすぐ押《お》さえないと、いつどこで使《つか》われるかわからない。全員《ぜんいん》でとりかかった方《ほう》が、機動力《きどうりょく》があっていいだろ。」

29 現場《げんば》の調査《ちょうさ》は、ハラハラドキドキ

「隼風《はやて》さんが切《き》った期限《きげん》は、今日《きょう》いっぱいだ。」

あ、そういえば、タイムリミットもあったんだ。

「今夜《こんや》、寮《りょう》の石田《いしだ》さんの部屋《へや》を調《しら》べて、そこになかったら実家《じっか》に行《い》く。あと、」

そう言《い》いながら火影君《ひかげくん》は、ふっと考《かんが》えこむ。

「県立病院《けんりつびょういん》に置《お》いてあるかもしれない。そうだとしたら、きっと半崎保医師《はんざきたもついし》の管理下《かんりか》だ。それも調《しら》べよう。」

うなずき合《あ》っていると、ドアが開《ひら》き、小塚《こづか》さんが入《はい》ってきた。

私《わたし》たちは、さっと自分《じぶん》の机《つくえ》につき、学習《がくしゅう》に取《と》りかかる。

そのまま取《と》り立《た》てて問題《もんだい》も起《お》こさず、授業時間終了《じゅぎょうじかんしゅうりょう》まできちんと勉強《べんきょう》した。

「ありがとうございました。さようなら。」

小塚《こづか》さんに挨拶《あいさつ》し、バラバラに教室《きょうしつ》を出《で》て、1階《かい》のロビーで集合《しゅうごう》する。

「クラブZ《ゼータ》の寮《りょう》の出入《でい》り口《ぐち》は、この裏手《うらて》だ。玄関《げんかん》はID《アイディー》カードで入《はい》れる。」

昨日《きのう》から今日《きょう》にかけてそこで過《す》ごした火影君《ひかげくん》は、さすがに、うんざりした口調《くちょう》だった。

「行《い》こう。」

ぐるっとZ《ゼータ》ビルを回《まわ》ってみると、寮《りょう》の出入《でい》り口《ぐち》は、そこだけ普通《ふつう》の家《いえ》の玄関《げんかん》みたいな造《つく》りで、軒下《のきした》には、Pension《ペンション》 Club《クラブ》 Z《ゼータ》と金字《きんじ》で書《か》かれた大理石《だいりせき》のプレートがはめこまれていた。

外国《がいこく》の家《いえ》みたいで、すごくカッコよかった。

玄関《げんかん》ドアを開《あ》けると、左右《さゆう》に広《ひろ》がるホールの奥《おく》に真《ま》っすぐな廊下《ろうか》があり、左手《ひだりて》には2階《かい》に通《つう》じる螺旋階段《らせんかいだん》が見《み》える。

床《ゆか》に厚《あつ》い絨毯《じゅうたん》が敷《し》いてあり、天井《てんじょう》からはシャンデリアが下《さ》がっていた。

壁《かべ》には、よく美術《びじゅつ》の教科書《きょうかしょ》で見《み》かけるルノワールや、モネ、ドガの大《おお》きな絵《え》が飾《かざ》ってある。

「これ、本物《ほんもの》じゃん、すげっ！」

美織君《みおりくん》が目《め》を丸《まる》くした。

「なんでここ、こんなセレブ環境《かんきょう》のわけ？」

火影君《ひかげくん》が2階《かい》を指《ゆび》さし、階段《かいだん》に足《あし》をかけて上《のぼ》りながらクスッと笑《わら》う。

「未来《みらい》のリーダーを育《そだ》てるために、それにふさわしい造《つく》りにしてあるんだろ。リーダーはきっと、こういう豪奢《ごうしゃ》な雰囲気《ふんいき》の中《なか》で育《そだ》つ必要《ひつよう》があるんだ。鳴《めい》も、クラブZ《ゼータ》に入《はい》れば？」

美織君《みおりくん》は、やめてくれといった様子《ようす》で思《おも》いっきり首《くび》を横《よこ》に振《ふ》った。

「俺《おれ》、規則《きそく》のあるとこは、好《す》きくね。」

私《わたし》たちは、螺旋階段《らせんかいだん》を上《のぼ》って2階《かい》に足《あし》を踏《ふ》み入《い》れ、表札《ひょうさつ》のかかったいくつかのドアを通《とお》り越《こ》して石田《いしだ》さんの部屋《へや》の前《まえ》に立《た》つ。

火影君《ひかげくん》が携帯《けいたい》を出《だ》し、Z《ゼータ》ビル事務局《じむきょく》に電話《でんわ》をかけた。

「寮《りょう》の、石田《いしだ》さんをお願《ねが》いします。こちらは、G教室《ジェイきょうしつ》の火影《ひかげ》です。」

しばらく待《ま》って、火影君《ひかげくん》は軽《かる》い返事《へんじ》をし、電話《でんわ》を切《き》った。

「留守《るす》だってさ。」

そう言《い》いながらドアを開《あ》ける。

「俺《おれ》と若《わか》は、ここで見張《みは》る。美織《みおり》と王様《おうさま》、中《なか》に入《はい》って確《たし》かめてきて。」

美織君《みおりくん》がすぐドアを開《あ》けて入《はい》っていき、私《わたし》はその後《あと》に続《つづ》いた。

他人《たにん》の部屋《へや》に無断《むだん》で入《はい》るのは初《はじ》めてだったから、すっごくドキドキした。

出入《でい》り口《ぐち》に靴棚《くつだな》があり、廊下《ろうか》の左右《さゆう》に分《わ》かれてパントリーと洗濯室《せんたくしつ》、洗面所《せんめんじょ》、お風呂場《ふろば》が並《なら》んでいる。

突《つ》き当《あ》たりは、曇《くも》りガラスのおしゃれなドアで、中央《ちゅうおう》には大《おお》きなZ《ゼータ》の文字《もじ》が刻《きざ》まれていた。

それを開《あ》けると、中《なか》は、8畳《じょう》くらいな部屋《へや》。

机《つくえ》と本棚《ほんだな》、オーディオのセットが置《お》いてあり、壁際《かべぎわ》に造《つく》り付《つ》けのクローゼットがある。

隣《となり》にもう1部屋《へや》あり、ベッドのそばに旅行用《りょこうよう》の大《おお》きなスーツケースが置《お》かれていた。

「広《ひ》れぇ。俺《おれ》んち全部《ぜんぶ》と同《おな》じくらいある。」

美織君《みおりくん》はスーツケースに近寄《ちかよ》り、それを開《ひら》きながら私《わたし》を振《ふ》り返《かえ》る。

「俺《おれ》、ここにあるものを調《しら》べるから、王様《おうさま》は、ここ以外《いがい》のとこ、見《み》て。」

それで私《わたし》は、まずお風呂場《ふろば》に行《い》って調《しら》べた。

それからトイレや靴棚《くつだな》、パントリーの鍋《なべ》の中《なか》まで点検《てんけん》したけれど、そんなものは影《かげ》も形《かたち》も見当《みあ》たらなかった。

「あった？」

部屋《へや》に戻《もど》って声《こえ》をかけると、美織君《みおりくん》は、もぐりこんでいたクローゼットからモゾモゾと出《で》てきた。

「ないな。」

その顔《かお》には、どこかほっとした感《かん》じが漂《ただよ》っていた。

硝酸《しょうさん》アンモニウムや、それを加工《かこう》した爆弾《ばくだん》が見《み》つからないことが、美織君《みおりくん》にはうれしかったんだと思《おも》う。

美織君《みおりくん》は、すごく石田《いしだ》さんが好《す》きなんだね。

石田《いしだ》さん本人《ほんにん》のことはくわしく知《し》らなくても、その音《おと》が好《す》きで、そういう音楽《おんがく》を奏《かな》でることのできる石田《いしだ》さんを尊敬《そんけい》しているんだ。

「行《い》こう。」

美織君《みおりくん》が、顎《あご》でドアを指《さ》した。

それで私《わたし》はドアに向《む》かったんだけれど、気《き》がつくと、後《うし》ろにいるはずの美織君《みおりくん》がいなかった。

戻《もど》ってみると美織君《みおりくん》は、本棚《ほんだな》の前《まえ》に立《た》ちすくんでいたんだ。

「すごく変《へん》なことに、俺《おれ》、今《いま》、気付《きづ》いた。」

え?

「スーツケースには、生活用品《せいかつようひん》がいろいろつめてあるのに、肝心《かんじん》のヴァイオリン教本《きょうほん》や楽譜《がくふ》が置《お》きっぱなしだ、ほら。」

指《ゆび》さされて、私《わたし》は本棚《ほんだな》を見《み》た。

美織君《みおりくん》の言《い》う通《とお》り、ヴァイオリン関係《かんけい》の本《ほん》や楽譜《がくふ》がずらっと並《なら》んだままだった。

「これで留学《りゅうがく》は、ねぇだろ。」

巻《ま》き舌《じた》で言《い》いながら、美織君《みおりくん》は部屋《へや》を見回《みまわ》す。

「ヴァイオリンが1丁《ちょう》もない。ってことは、石田《いしだ》さんが持《も》っていたのは、売《う》ったあのヴァイオリンだけだったんだ。ただ1つのものを手放《てばな》して、あのスーツケースを持《も》ってどこ行《い》くんだよ。少《すく》なくともドイツじゃねーよな。」

腹立《はらだ》たしげに机《つくえ》に歩《あゆ》み寄《よ》り、その上《うえ》にあったパソコンの電源《でんげん》を入《い》れる。

「硝酸《しょうさん》アンモニウムって、ネットでも買《か》えるのかな。」

立《た》ったまま、少《すこ》し背《せ》をかがめて画面《がめん》を見《み》つめ、そこから放《はな》たれる青《あお》い光《ひかり》を顔《かお》に映《うつ》しながらマウスを動《うご》かす。

思《おも》いつめた感《かん》じのするその横顔《よこがお》を、私《わたし》はハラハラしながら見《み》ていた。

そのパソコンから新《あたら》しい事実《じじつ》がわかったら、美織君《みおりくん》はショックを受《う》けるに違《ちが》いない。

そう思《おも》って、心配《しんぱい》でならなかったんだ。

美織君《みおりくん》は、じっと画面《がめん》と向《む》き合《あ》っていて、やがて表情《ひょうじょう》をふうっと強張《こわば》らせる。

私《わたし》はそばにより、美織君《みおりくん》の見《み》ているものをのぞきこんだ。

それはメールの送信済《そうしんず》みボックスで、最後《さいご》の欄《らん》にこう書《か》かれていた。

「商品番号《しょうひんばんごう》6、硝酸《しょうさん》アンモニウム20キロ、1袋《ふくろ》を注文《ちゅうもん》します。」

メールの送信先《そうしんさき》は、福岡農業資材《ふくおかのうぎょうしざい》(株《かぶ》)。

「県立病院《けんりつびょういん》、園芸担当《えんげいたんとう》、半崎保宛《はんざきたもつあて》に、お送《おく》りください。」

それは、3回《かい》にわたって注文《ちゅうもん》され、2度目《どめ》の注文《ちゅうもん》には、送信先《そうしんさき》の返信《へんしん》がついていた。

購入《こうにゅう》の際《さい》は必要書類《ひつようしょるい》を送《おく》ってくれというもので、石田《いしだ》さんはそれを送《おく》り、合計《ごうけい》60キロの硝酸《しょうさん》アンモニウムを買《か》っていたのだった。

「ちきしょうっ！」

叫《さけ》んで美織君《みおりくん》は、両手《りょうて》をパソコンの机《つくえ》にたたきつけた。

怒《いか》りとやりきれなさを浮《う》かべた目《め》を細《ほそ》め、息《いき》を乱《みだ》してあえぐようにつぶやく。

「なんでだよ。あんなに才能《さいのう》あんのに、なんでそれを投《な》げ捨《す》てるようなまね、すんだよ。どうしてそんなことができるんだよっ!?」

瞬間《しゅんかん》、ドアが開《ひら》き、火影君《ひかげくん》が顔《かお》を出《だ》した。

「石田《いしだ》さんが帰《かえ》ってきたぞ。」

大変《たいへん》だっ！

「撤収《てっしゅう》だ。早《はや》く来《こ》い。」

私《わたし》は、外《そと》に飛《と》び出《だ》しかけた。

ところが美織君《みおりくん》が、その場《ば》から動《うご》かなかったんだ。

「美織君《みおりくん》、行《い》こ。」

私《わたし》は、美織君《みおりくん》の腕《うで》をつかんで引《ひ》っ張《ぱ》ろうとした。

美織君《みおりくん》は、それを振《ふ》り切《き》り、その場《ば》にしゃがみこむ。

「おまえ、1人《ひとり》で行《い》けよ。俺《おれ》はここにいて、石田《いしだ》さんと決着《けっちゃく》を付《つ》ける。」

はっきりとそう言《い》った美織君《みおりくん》の目《め》には、絶対《ぜったい》に譲《ゆず》れないといった感《かん》じの、強《つよ》い光《ひかり》があった。

「納得《なっとく》できねぇんだよ。」

そう言《い》われて、私《わたし》にはわかった。

美織君《みおりくん》は今《いま》、ここで石田《いしだ》さんと話《はな》さなくちゃ自分《じぶん》が先《さき》に進《すす》めないって考《かんが》えているんだ。

そのために、どんな犠牲《ぎせい》でも払《はら》う覚悟《かくご》を固《かた》めている。

「鳴《めい》、何《なに》してんだっ！　王様《おうさま》も早《はや》く来《こ》い、引《ひ》き上《あ》げるぞっ!!」

いらだった火影君《ひかげくん》の声《こえ》を聞《き》きながら、私《わたし》は、美織君《みおりくん》のサポートをするのが自分《じぶん》の役目《やくめ》だと思《おも》った。

だから美織君《みおりくん》を置《お》いて、逃《に》げられない！

30　時々《ときどき》、ブラック

「おい、君《きみ》ら、」

廊下《ろうか》で怒鳴《どな》り声《ごえ》が上《あ》がる。

「そこで何《なに》してんだ⁉」

近《ちか》づいてきて、部屋《へや》の前《まえ》で止《と》まった。

「僕《ぼく》の部屋《へや》で何《なに》してんだよっ！　舎監《しゃかん》、呼《よ》ぶぞ。」

若王子君《わかおうじくん》の、冷《ひ》ややかな声《こえ》が響《ひび》く。

「おまえが舎監《しゃかん》を呼《よ》ぶなら、こっちは警察《けいさつ》を呼《よ》ぶぜ。あるいは、クラブZ《ゼータ》事務局《じむきょく》の隼風《はやて》を呼《よ》んでもいい。この部屋《へや》にアンホ爆弾《ばくだん》が隠《かく》されているとわかったら、誰《だれ》でも多少《たしょう》は驚《おどろ》くだろう。」

うすら笑《わら》いが聞《き》こえた。

「何言《なにい》ってんだ。そんなもの、あるものか。」

荒々《あらあら》しい足音《あしおと》が部屋《へや》に入《はい》ってくる。

私《わたし》は体《からだ》を硬《かた》くし、部屋《へや》の隅《すみ》に立《た》って様子《ようす》を見《み》ていた。

ドアから石田《いしだ》さんが姿《すがた》を現《あらわ》し、まず私《わたし》をにらんでから、しゃがみこんでいる美織君《みおりくん》に目《め》を留《と》める。

歩《あゆ》み寄《よ》り、両手《りょうて》で美織君《みおりくん》の襟元《えりもと》をつかみ上《あ》げた。

「お、まえ・・・」

「僕《ぼく》の計画《けいかく》をメチャクチャにする気《き》かっ！」

美織君《みおりくん》は顔《かお》を上《あ》げ、じっと石田《いしだ》さんを見《み》つめる。

「石田《いしだ》さんが自分《じぶん》の人生《じんせい》をメチャクチャにしようとしているのを、止《と》めたいんです。」

静《しず》かな声《こえ》だったけれど、その奥《おく》には深《ふか》い怒《いか》りと哀《かな》しみがひそんでいて、強《つよ》い風《かぜ》のように私《わたし》の胸《むね》を打《う》った。

石田《いしだ》さんも、たぶん、その風《かぜ》に打《う》たれたんだと思《おも》う。

はっとしたような顔《かお》になったから。

「石田《いしだ》さんは、才能《さいのう》に恵《めぐ》まれた人《ひと》だ。そういう人《ひと》には、恵《めぐ》まれた義務《ぎむ》ってものがあるんじゃないですか。誰《だれ》もが恵《めぐ》まれるわけじゃない。どれほど夢中《むちゅう》になって練習《れんしゅう》しても、力《ちから》のないことを思《おも》い知《し》らされるだけの人間《にんげん》だっている。それでもヴァイオリンが好《す》きでたまらなくて、捨《す》てきれない人間《にんげん》だっているんです。俺《おれ》も、その1人《ひとり》です。」

美織君《みおりくん》の目《め》には、淡《あわ》い涙《なみだ》が浮《う》かんでいた。

「石田《いしだ》さんは、そういう人間《にんげん》に、道《みち》しるべとして自分《じぶん》の音《おと》を与《あた》えるべきだ。誰《だれ》にも出《だ》せないような美《うつく》しい音《おと》を作《つく》り、真《ま》っすぐに音楽《おんがく》を追求《ついきゅう》する姿《すがた》を見《み》せることで、俺《おれ》のように迷《まよ》っている人間《にんげん》を照《て》らす光《ひかり》になってほしい。それなのに、」

美織君《みおりくん》のいらだちや、やりきれなさが、言葉《ことば》からにじみ出《で》る。

押《お》し殺《ころ》した声《こえ》の底《そこ》には、音楽《おんがく》への情熱《じょうねつ》と愛情《あいじょう》がこもっていて、私《わたし》は胸《むね》が熱《あつ》くなった。

「それなのに自分《じぶん》のすべきことを忘《わす》れている。日本中《にほんじゅう》の、もしかして世界中《せかいじゅう》のヴァイオリニストが、喉《のど》から手《て》が出《で》るほどほしがっている力《ちから》を与《あた》えられているのに、憎《にく》しみと怒《いか》りに取《と》りつかれて、その才能《さいのう》を無駄《むだ》にしようとしてる。」

石田《いしだ》さんは恐《おそ》ろしいほど顔《かお》をゆがめ、胸元《むなもと》をつかんでいる美織君《みおりくん》を引《ひ》き寄《よ》せた。

「ヴァイオリンなんか、どうでもいい。弾《ひ》くことに、もう興味《きょうみ》なんかない。おまえに、僕《ぼく》の気持《きも》ちがわかるか。大事《だいじ》な人間《にんげん》を失《うしな》って、その原因《げんいん》を作《つく》った相手《あいて》が、のうのうと生《い》きてるのを見《み》てなくちゃならない気持《きも》ち、わかるのかよ。」

美織君《みおりくん》は、目《め》を伏《ふ》せた。

長《なが》い睫毛《まつげ》の間《あいだ》から、ひと筋《すじ》、涙《なみだ》がこぼれ落《お》ちる。

「わかります。俺《おれ》だって、失《うしな》ったものはありますから。でも石田《いしだ》さんが本当《ほんとう》に音楽《おんがく》を大切《たいせつ》にしているなら、それを乗《の》り越《こ》えられるはずだ。だって、そういう苦《くる》しみを乗《の》り越《こ》えさせてくれるものが、音《おと》じゃないですか、人《ひと》の心《こころ》を励《はげ》まし、力《ちから》を与《あた》えるのでなかったら、美《うつく》しい音《おと》になんの意味《いみ》があるんですか。それで自分《じぶん》の心《こころ》も支《ささ》えてこそ、音楽家《おんがくか》でしょう。モーツァルトが幸《しあわ》せでしたか。ショパンやベートーベンが、私生活《しせいかつ》で苦《くる》しみませんでしたか。それでも彼《かれ》らは、自分《じぶん》の音《おと》を生《う》み出《だ》そうとしてきた。才能《さいのう》に恵《めぐ》まれた人《ひと》は皆《みな》、そういう運命《うんめい》なんです。」

私《わたし》の心《こころ》を動《うご》かしたそれらの言葉《ことば》は、同時《どうじ》に、石田《いしだ》さんの心《こころ》も動《うご》かしたのだと思《おも》う。

石田《いしだ》さんの顔《かお》からは、次第《しだい》に力《ちから》が抜《ぬ》けていき、その表情《ひょうじょう》は、硬《かた》いものがはがれ落《お》ちていくかのように柔《やわ》らかくなっていった。

美織君《みおりくん》がヴァイオリンを弾《ひ》く人《ひと》だから、その言葉《ことば》はいっそうの重《おも》みをもって石田《いしだ》さんの心《こころ》に響《ひび》くのに違《ちが》いない。

「すべてに耐《た》えて、音《おと》に生《い》きる覚悟《かくご》をしてください。その中《なか》にしか、石田《いしだ》さんの幸《しあわ》せはあり得《え》ないと思《おも》います。」

そう言《い》いながら美織君《みおりくん》は伏《ふ》せていた視線《しせん》を上《あ》げ、石田《いしだ》さんの目《め》の中《なか》をのぞきこんだ。

「俺《おれ》は、たいして才能《さいのう》ないし、レッスン費《ひ》で家族《かぞく》に迷惑《めいわく》かけるから、ヴァイオリンなんてやめよ

う と思《おも》ってる。それなのに、それでもまだ迷《まよ》っている。石田《いしだ》さんみたいに才能《さいのう》に恵《めぐ》まれてたら、余計《よけい》にやめられないはずだ。今《いま》は捨《す》てられると思《おも》っていても、それは間違《まちが》いです。絶対《ぜったい》に捨《す》てられないし、必《かなら》ず後悔《こうかい》する。俺《おれ》は、自信《じしん》を持《も》って言《い》います、あなたの他人《たにん》への憎《にく》しみや怒《いか》りや恨《うら》みより、自分《じぶん》のヴァイオリンへの愛情《あいじょう》の方《ほう》が、絶対《ぜったい》に強《つよ》く、深《ふか》い！」

石田《いしだ》さんは、いつの間《ま》にか、美織君《みおりくん》から手《て》を放《はな》していた。

戸惑《とまど》うように、迷《まよ》うようにあちらこちらに視線《しせん》を移《うつ》し、止《と》めどなく瞬《まばた》きをくり返《かえ》す。

どうしていいのかわからないといった様子《ようす》で、どこか遠《とお》くにある未来《みらい》を求《もと》め、そこにたどりつくための道《みち》を見《み》つけようとしていた。

それで私《わたし》は、急《いそ》いで言《い》ったんだ。

「石田《いしだ》さん、まだ間《ま》に合《あ》います。私《わたし》たちは、石田《いしだ》さんの犯罪《はんざい》を消《け》すことができる。石田《いしだ》さんは、ヴァイオリンと留学《りゅうがく》の人生《じんせい》に戻《もど》ることができるんです。」

ドアからゆっくりと火影君《ひかげくん》が入《はい》ってきて、私《わたし》の横《よこ》に立《た》った。

「爆弾《ばくだん》は、どこにありますか。」

その後《うし》ろから若王子君《わかおうじくん》が現《あらわ》れて、隣《とな》りに並《なら》ぶ。

「警察《けいさつ》を呼《よ》んで、探《さが》させてもいいんだけどね、そうすると、あなたの行《ゆ》く先《さき》はドイツじゃなくて、留置場《りゅうちじょう》ってことになるよね。」

石田《いしだ》さんは、自分《じぶん》を全部《ぜんぶ》吐《は》き出《だ》すような、大《おお》きな息《いき》をついた。

そうしてしばらく黙《だま》っていて、やがて言《い》ったんだ。

「県立病院《けんりつびょういん》の、園芸倉庫《えんげいそうこ》だ。」

園芸倉庫《えんげいそうこ》⁉

「病院内《びょういんない》にある菜園《さいえん》で使《つか》うってことにして、管理者《かんりしゃ》の半崎《はんざき》さんの名前《なまえ》で僕《ぼく》が注文《ちゅうもん》し、倉庫《そうこ》に入《い》れた。それを昨日《きのう》、爆弾《ばくだん》に改造《かいぞう》したんだ。」

やっぱり!

「半崎《はんざき》さんは母《はは》の主治医《しゅじい》で、最後《さいご》まで丸田医師《まるたいし》の執刀《しっとう》に反対《はんたい》してた人《ひと》だ。丸田《まるた》は未熟《みじゅく》だからって。2人《ふたり》は大学時代《だいがくじだい》の同期《どうき》で、その頃《ころ》、バイト生活《せいかつ》をしていた半崎《はんざき》さんは、金《かね》を持《も》っていた丸田《まるた》の子分《こぶん》みたいに扱《あつか》われて、その関係《かんけい》が切《き》れずにいたんだ。病院《びょういん》でも、いろいろ命令《めいれい》されていた。僕《ぼく》の父《ちち》が病院側《びょういんがわ》に丸《まる》めこまれて集団訴訟《しゅうだんそしょう》から離脱《りだつ》した時《とき》、その相談《そうだん》に行《い》ったら、このままだと告訴《こくそ》は中止《ちゅうし》になる可能性《かのうせい》が高《たか》いって言《い》われた。そうなれば今後《こんご》も丸田医師《まるたいし》の犠牲者《ぎせいしゃ》が出《で》ることになる。その前《まえ》に、警告《けいこく》してやめさせようって話《はなし》になったんだ。」

そうだったのか。

「手《て》がかりを残《のこ》さないために、薬品《やくひん》は2人《ふたり》で分担《ぶんたん》してそろえた。丸田医師《まるたいし》が宿直当番《しゅくちょくとうばん》になる明《あ》日《す》、他人《たにん》を巻《ま》きこまないような方法《ほうほう》で仕《し》かけ、時限装置《じげんそうち》で爆発《ばくはつ》させると脅《おど》し、僕《ぼく》と半崎《はんざき》さんはアリバイを作《つく》るために旅行《りょこう》に出《で》ることになっていたんだ。」

私《わたし》は、冷《ひ》や汗《あせ》が吹《ふ》き出《だ》すような気《き》がした。

あと1日遅《にちおそ》かったら、石田《いしだ》さんは、犯罪《はんざい》に手《て》を染《そ》めていたんだ。

まさに間一髪《かんいっぱつ》だった。

火影君《ひかげくん》が、私《わたし》たちに視線《しせん》を流《なが》す。

「急《いそ》ごう。」

私《わたし》は、火影君《ひかげくん》の後《うし》ろに続《つづ》いた。

「ねぇ、どうやって爆弾《ばくだん》を回収《かいしゅう》する？」

火影君《ひかげくん》がちょっと考《かんが》えこんだその時《とき》だった。

「美織《みおり》、」

1番後《ばんあと》から出《で》てきた美織君《みおりくん》の背中《せなか》に、部屋《へや》の中《なか》にいた石田《いしだ》さんから声《こえ》がかかった。

私《わたし》たちは、いっせいに振《ふ》り向《む》く。

石田《いしだ》さんは、じっと美織君《みおりくん》を見《み》つめていた。

「チャイコフスキーの国内予選《こくないよせん》の時《とき》、僕《ぼく》、会場《かいじょう》にいたんだ。おまえの音《おと》を聴《き》いていた。たいして才能《さいのう》ないなんて、言《い》うなよ。いい音《おと》だったぜ。」

美織君《みおりくん》は信《しん》じられないといったように、首《くび》を横《よこ》に振《ふ》る。

「すげぇ、うれしい、俺《おれ》！」

顔《かお》を輝《かがや》かせ、大《おお》きく一礼《いちれい》した。

「あざっす！」

今《いま》まで私《わたし》が見《み》たこともないほど、いい笑顔《えがお》だった。

あこがれの人《ひと》からのほめ言葉《ことば》は、たった一言《ひとこと》でも、無上《むじょう》の価値《かち》があるんだね。

それはきっと美織君《みおりくん》が、今《いま》まで本当《ほんとう》にほしくて、でも与《あた》えられなかったものなんだ。

そう思《おも》いながら私《わたし》が見《み》とれていると、美織君《みおりくん》はそれに気付《きづ》き、あわてて顔《かお》をそむけた。

いつもの鋭《するど》い表情《ひょうじょう》に戻《もど》って私《わたし》たちの脇《わき》を通《とお》り、1人《ひとり》でさっさと階段《かいだん》を降《お》りていく。

でも、その背中《せなか》は、ウキウキしていた。

私《わたし》は、火影君《ひかげくん》と目《め》を見合《みあ》わせる。

「これで鳴《めい》も、ヴァイオリンに復帰《ふっき》かな。」

ん、きっとそうだよ。

自分《じぶん》でも、なかなか捨《す》てられないって言《い》ってたし、家族《かぞく》も応援《おうえん》してるんだし、今《いま》に浩史先生《こうじせんせい》がきっと、いい知《し》らせを持《も》ってきてくれるはずだから。

「鳴《めい》のことなんか、どうでもいい。」

若王子君《わかおうじくん》は、不機嫌《ふきげん》だった。

「どうすんだよ、爆弾《ばくだん》、そのままだろ。」

あ、そうだ。

「園芸倉庫《えんげいそうこ》って、どこにあるのかわからんが、ニトロを起爆剤《きばくざい》にしてるとなると、軽《かる》い振動《しんどう》でもイクぜ。へたに動《うご》かしたら、ドカンだ。」

火影君《ひかげくん》が、不敵《ふてき》な笑《え》みを浮《う》かべる。

「じゃ警察《けいさつ》の爆発物処理班《ばくはつぶつしょりはん》にやってもらおう。」

私《わたし》は、目《め》を丸《まる》くした。

「でも、それじゃ警察《けいさつ》に通報《つうほう》しなくちゃならなくなるよ。私《わたし》たちは、犯罪消滅特殊部隊《はんざいしょうめつとくしゅぶたい》なのに、存在意義《そんざいいぎ》がなくない？」

火影君《ひかげくん》は、任《まか》せておけといったように片目《かため》をつぶり、ポケットから携帯電話《けいたいでんわ》を引《ひ》き抜《ぬ》いた。

手早《てばや》く操作《そうさ》し、自分《じぶん》の番号《ばんごう》を非通知《ひつうち》にする。

「警察《けいさつ》に電話《でんわ》して、こう言《い》う、県立病院《けんりつびょういん》の園芸倉庫《えんげいそうこ》に大量《たいりょう》の爆弾《ばくだん》が仕《し》かけられているようです、急《いそ》いで調《しら》べてください。そして逆探知《ぎゃくたんち》される前《まえ》に電話《でんわ》を切《き》る。爆発物《ばくはつぶつ》は処理《しょり》されるし、通報者《つうほうしゃ》は不明《ふめい》、もちろん爆弾《ばくだん》を作《つく》った人間《にんげん》もわからない。」

なるほど！

感心《かんしん》する私《わたし》の前《まえ》で、110を押《お》しかけた火影君《ひかげくん》の手《て》を、若王子君《わかおうじくん》がつかむ。

「まずい。」

え、なんで？

「園芸倉庫《えんげいそうこ》の管理者《かんりしゃ》である半崎医師《はんざきいし》は、当然《とうぜん》、警察《けいさつ》から事情《じじょう》を聞《き》かれる。それを何《なん》とか切《き》り抜《ぬ》けたとしても、福岡農業資材《ふくおかのうぎょうしざい》の方《ほう》から、注文《ちゅうもん》をしてきた人物《じんぶつ》の名前《なまえ》が出《で》たら、致命的《ちめいてき》だ。60キロは、菜園《さいえん》の肥料《ひりょう》として不自然《ふしぜん》な量《りょう》じゃないけど、警察《けいさつ》に尋問《じんもん》されて、とぼけ通《とお》すだけの度胸《どきょう》がなかったら、アウトだな。」

そっか。

「じゃ、こうしよう。」

火影君《ひかげくん》は即座《そくざ》に代案《だいあん》を思《おも》いついたらしく、携帯《けいたい》の画面《がめん》に指《ゆび》を滑《すべ》らせてZ《ゼータ》ビル事務局《じむきょく》の電話番号《でんわばんごう》を出《だ》した。

それを押《お》し、携帯《けいたい》を耳《みみ》に当《あ》てる。

「寮《りょう》の、石田《いしだ》さんをお願《ねが》いします。こちらは、G教室《ジェイきょうしつ》の火影《ひかげ》です。」

石田《いしだ》さんを呼《よ》んで、何《なに》するつもりだろう。

私《わたし》は不思議《ふしぎ》に思《おも》い、若王子君《わかおうじくん》の方《ほう》を見《み》た。

若王子君《わかおうじくん》にもわからなかったらしく、眉根《まゆね》を寄《よ》せている。

「ああ石田《いしだ》さん？　火影《ひかげ》です。半崎《はんざき》さんに連絡《れんらく》を取《と》ってもらえませんか。園芸倉庫《えんげいそうこ》にあるアンホ爆弾《ばくだん》のことが警察《けいさつ》に通報《つうほう》されて、明日《あす》にも捜査《そうさ》が始《はじ》まりそうだから、すぐ解体《かいたい》してくれるように頼《たの》んでほしいんです。でないと、僕《ぼく》ら、本当《ほんとう》に警察《けいさつ》に通報《つうほう》しなくちゃならなくなります。作業《さぎょう》は、今夜中《こんやじゅう》に終《お》えてください。終《お》わったら、僕《ぼく》に報告《ほうこく》を。」

そう言《い》って携帯《けいたい》を切《き》り、私《わたし》と若王子君《わかおうじくん》を見《み》た。

「作《つく》った人間《にんげん》に、バラさせるのがベストだろ？」

それで私《わたし》たちは、口《くち》をそろえて言《い》ったんだ。

「お見事《みごと》っ！」

火影君《ひかげくん》はクスッと笑《わら》い、ちょっと考《かんが》えこんでから口《くち》を開《ひら》いた。

「半崎医師《はんざきいし》を、今後《こんご》どうする？」

若王子君《わかおうじくん》が、ため息《いき》をつく。

「充分《じゅうぶん》に反省《はんせい》してもらって、それを形《かたち》に表《あらわ》してもらおうぜ。つまり集団訴訟《しゅうだんそしょう》の先頭《せんとう》に立《た》ってもらうんだ。犯罪《はんざい》に手《て》を染《そ》めるより、正々堂々《せいせいどうどう》と裁判《さいばん》の席《せき》に持《も》ちこみ、丸田医師《まるたいし》の行為《こうい》に白黒《しろくろ》つけることに情熱《じょうねつ》を注《そそ》いでもらおう。今《いま》みたいに、石田《いしだ》を通《つう》じて依頼《いらい》すればいい。」

ん、妥当《だとう》だ。

「でも、これ、依頼《いらい》っていうより脅迫《きょうはく》かも。もし半崎《はんざき》が断《ことわ》ったら、俺《おれ》、アンホ爆弾《ばくだん》の件《けん》を警察《けいさつ》にしゃべるって脅《おど》すから。」

さらっと言《い》った若王子君《わかおうじくん》に、私《わたし》はちょっと冷《ひ》や汗《あせ》。

時々《ときどき》、ブラック若《わか》になるんだよね。

「よし、そうしよう。脅迫《きょうはく》が必要《ひつよう》になったら、僕《ぼく》がやる。」

ああ火影君《ひかげくん》も、負《ま》けないくらいブラック樹《たつき》だったんだ。

「王様《おうさま》、それでいい？」

聞《き》かれて私《わたし》は、渋々《しぶしぶ》うなずいた。

自分《じぶん》が、ブラック奈子《なこ》になるのを感《かん》じながら。

朱《しゅ》に交《まじ》われば赤《あか》くなるって言《い》うけれど、ブラックといっしょにいるとブラックになるんだ、きっと・・・。

31 その後《ご》、起《お》こった5つのこと

その夜《よる》、私《わたし》はベッドの中《なか》で、美織君《みおりくん》の笑顔《えがお》を思《おも》い出《だ》した。

精神《せいしん》をサポートするってことは、きっと、あんな素敵《すてき》な笑《え》みを浮《う》かべさせることなんだ。

私《わたし》にそれができなかったのは、まだまだ経験《けいけん》や勉強《べんきょう》が足《た》りないからだろうなぁ。

頑張《がんば》ろっと!

そう考《かんが》えていると、部屋《へや》の間仕切《まじき》りのカーテンが揺《ゆ》れ、お姉《ねえ》ちゃんが入《はい》ってきた気配《けはい》がした。

大《おお》きな溜《た》め息《いき》が1つ、もれる。

もしかしてまた泣《な》くのかもしれないと思《おも》って、私《わたし》はドキドキした。

でも聞《き》こえてきたのは、小《ちい》さな笑《わら》い声《ごえ》だった。

くふっ、って。

それからまた、溜《た》め息《いき》が1つ。

「ちっともわかってないんだから、バカ武《たけ》ったら、やんなっちゃう。」

でもその声《こえ》の調子《ちょうし》は、すごくうれしそうだった。

それも、なんとなく秘密《ひみつ》っぽい喜《よろこ》びがこもっている。

「しかたない。明日《あす》、またトライしよう。皆《みんな》も頑張《がんば》ってくれてるし、ね。」

事情《じじょう》はよくわからなかったけれど、モメごとは、どうやら解決《かいけつ》の方向《ほうこう》に向《む》かっているみたいだった。

よかったね、お姉《ねえ》ちゃん。

＊

翌朝《よくあさ》、私《わたし》が登校《とうこう》する前《まえ》に、火影君《ひかげくん》から電話《でんわ》がかかってきた。

「半崎医師《はんざきいし》が、爆弾《ばくだん》を解体《かいたい》したよ。石田《いしだ》さんも手伝《てつだ》ったんだ。さっき終《お》わったって電話《でんわ》がきたから、県立病院《けんりつびょういん》まで行《い》って確認《かくにん》してきた。もう大丈夫《だいじょうぶ》だよ。」

そう言《い》いながら、ちょっと得意《とくい》げな声《こえ》になった。

「僕《ぼく》たち犯罪消滅特殊部隊《はんざいしょうめつとくしゅぶたい》は、またやり遂《と》げたよね。しかも隼風《はやて》さんから言《い》われた期限《きげん》にも、間《ま》に合《あ》った。すごいと思《おも》わないか？」

私《わたし》はもちろん、大《おお》きな声《こえ》で、すごいよって言《い》った。

そして満足《まんぞく》して、学校《がっこう》に向《む》かったんだ。

妖精《ようせい》チームは、まるで魔法《まほう》みたいに事件《じけん》を消《け》せる、万能《ばんのう》だっ！

なんて思《おも》いながら、うふっ。

「あ、立花《たちばな》さん。」

校門《こうもん》では、美織響《みおりきょう》さんが私《わたし》を待《ま》っていた。

「昨日遅《きのうおそ》く、鳴《めい》が、超《ちょう》ご機嫌《きげん》で帰《かえ》ってきたんだ。」

私《わたし》は、昨日《きのう》の美織君《みおりくん》のことを思《おも》い出《だ》した。

ん、確《たし》かに、ご機嫌《きげん》だったよね。

「で、こう言《い》った。俺《おれ》は一生《いっしょう》、ヴァイオリンやってく決心《けっしん》をしたって。おまえたちに迷惑《めいわく》かけるかもしれないけど、よろしくって。それで母《はは》は、うれしくて泣《な》き出《だ》しちゃったんだ。自分《じぶん》の離婚《りこん》のせいで、鳴《めい》が曲《ま》がってしまったって気《き》に病《や》んでたから。私《わたし》も、かなりウルウルだった。私《わたし》たち家族《かぞく》は、すっごくいい形《かたち》でまとまれたんだって思《おも》ったら、うれしくなってさ。たぶん立花《たちばな》さんのおかげだよ、ありがと。」

え・・・そんなこと・・・私《わたし》、あんまり何《なに》もしてないし。

「これからも、鳴《めい》をよろしく！」

まるでお姉《ねえ》さんみたいな口調《くちょう》で言《い》って、響《きょう》さんは微笑《ほほえ》んだ。

「私《わたし》のことも、よろしく。立花《たちばな》さんに興味《きょうみ》を持《も》ったから。友《とも》だちになろって思《おも》ってんの。」

私《わたし》は、ギョッとした。

友《とも》だちってねぇ・・・私《わたし》にとっては、結構《けっこう》ハードル高《たか》いものなんだよ。

できれば、遠慮《えんりょ》したいか、な。

「じゃ、またね。」

そう言《い》って昇降口《しょうこうぐち》の方《ほう》に歩《ある》いていく響《きょう》さんを見送《みおく》っていて、私《わたし》は気付《きづ》いた。

植《う》えこみの陰《かげ》からこっちを見《み》ている目《め》に。

それは、土屋《つちや》さんだった。

私《わたし》と視線《しせん》が合《あ》うと、土屋《つちや》さんはしかたなさそうに木《き》の陰《かげ》から出《で》てきた。

いつもの女《おんな》の子《こ》たちの姿《すがた》はなくて、1人《ひとり》だった。

「あの女《おんな》と、友《とも》だちになんの？」

すごく不愉快《ふゆかい》そうに聞《き》かれて、私《わたし》は戸惑《とまど》った。

「まだわからない。」

土屋《つちや》さんは、口先《くちさき》を尖《とが》らせてこちらをにらむ。

「あんな女《おんな》、どこがいいんだよ。」

私《わたし》がじっと見《み》つめ返《かえ》すと、あわてて横《よこ》を向《む》いた。

「あんなのより、私《わたし》の方《ほう》がいいと思《おも》う・・・」

つぶやくように言《い》ったその横顔《よこがお》が、決《き》まり悪《わる》そうにちょっと赤《あか》くなる。

それを見《み》て私《わたし》は、ずっと抱《かか》えてきた胸《むね》の痛《いた》みが薄《うす》らいでいくような気《き》がした。

それで、思《おも》い切《き》って言《い》ったんだ。

「私《わたし》が望《のぞ》んでるのは、2つのことだよ。1つは、どんな時《とき》でも話《はな》し合《あ》いのできる人《ひと》でいてほしいってこと。2つ目《め》は、友《とも》だちは1対《たい》1じゃないとダメだっていう思《おも》いこみを捨《す》ててほしいってこと。その2つを、土屋《つちや》さんが聞《き》いてくれたらいいなって思《おも》っている。」

土屋《つちや》さんは横《よこ》を向《む》いたまま、くやしそうに答《こた》えた。

「努力《どりょく》するよ。」

*

でも、その日《ひ》は、それだけじゃ収《おさ》まらなかった。

お昼休《ひるやす》みに、土屋《つちや》さんのグループが教室《きょうしつ》から出《で》ていくと、なんと佐々木《ささき》さんが私《わたし》のそばにやってきて、こう言《い》ったんだ。

「立花《たちばな》さんよね、校長先生《こうちょうせんせい》に直談判《じかだんぱん》したって人《ひと》。」

えっ、そうなってるんだぁ。

「それ、かなり曲《ま》がった話《はなし》になってるけど。」

私《わたし》がそう言《い》うと、佐々木《ささき》さんは首《くび》を傾《かし》げた。

「でも私《わたし》が、土屋《つちや》さんからいろいろ言《い》われてた時《とき》、じっと私《わたし》のこと見《み》てたでしょ。」

あの状況《じょうきょう》で、佐々木《ささき》さんが私《わたし》を見《み》てるとは思《おも》わなかった。

よくそんな余裕《よゆう》があったなぁ。

「それですぐ教室《きょうしつ》から出《で》ていったから、きっと何《なに》かをしにいったんだと思《おも》ってたんだ。」

私《わたし》は佐々木《ささき》さんに対《たい》して、すごくおとなしく、目立《めだ》たない人《ひと》っていう印象《いんしょう》しか持《も》っていなかった。

でも、とても冷静《れいせい》で、いろんなことをよく見《み》ている人《ひと》なんだ。

「私《わたし》のために、どうもありがとう。」

私《わたし》は何《なん》だか恥《は》ずかしくて、モジモジしてしまった。

すると佐々木《ささき》さんが言《い》ったんだ。

「よかったら、こっそり友《とも》だちになってくれない？」

え・・・。

「私《わたし》の友《とも》だちは、今《いま》、福沢《ふくざわ》さんってことになってるから、正式《せいしき》にはダメだけど、でも立花《たちばな》さんといろいろ話《はな》してみたいから。考《かんが》えておいてね。」

ん・・・うん。

＊

皆《みんな》、なぜ、友《とも》だちは1人《ひとり》きりだって決《き》めてるんだろう。

そもそも、どうして友《とも》だちを作《つく》りたがるの。

自分《じぶん》だけの方《ほう》が自由《じゆう》だし、素敵《すてき》だって思《おも》わないのかな。

それとも、そんなふうに感《かん》じる私《わたし》の方《ほう》が、おかしいのだろうか。

考《かんが》えこみながら1日《にち》を過《す》ごして、私《わたし》は家《いえ》に帰《かえ》り、お弁当《べんとう》を持《も》ってΖ《ゼータ》ビルに行《い》った。

その日《ひ》は、隼風《はやて》さんが決《き》めた報告《ほうこく》の日《ひ》だったから、私《わたし》の最大《さいだい》の課題《かだい》は、クラブΖ《ゼータ》事務局《じむきょく》に行《い》くことだった。

「化学準備室《かがくじゅんびしつ》から薬品《やくひん》が持《も》ち出《だ》された件《けん》ですが、この事件《じけん》は、私《わたし》たちG《ジェイ》チームの手《て》で消去《しょうきょ》しました。」

そう言《い》うと、大《おお》きな机《つくえ》の向《む》こうに座《すわ》っていた隼風《はやて》さんは、あっけにとられたような顔《かお》で、むくっと体《からだ》を起《お》こした。

「消去《しょうきょ》？」

訳《わけ》がわからないといったその表情《ひょうじょう》は、いつも不遜《ふそん》な感《かん》じを漂《ただよ》わせている隼風《はやて》さんにふさわしくないものだった。

整《ととの》っていてきれいな顔立《かおだ》ちだけに、そんな顔《かお》つきをすると結構《けっこう》、愛《あい》らしい。

私《わたし》はちょっと笑《わら》ってしまった。

「事件《じけん》が消《き》えてしまったので、後《あと》には何《なに》も残《のこ》っていません。持《も》ち出《だ》された3種《しゅ》の薬品《やくひん》も消《き》えてしまいましたが、もうなんの心配《しんぱい》もいらない状態《じょうたい》です。」

隼風《はやて》さんは、疑《うたが》わしそうに私《わたし》を見《み》つめる。

「おまえたちG《ジェイ》だけで、やったのか。」

私《わたし》は、小塚《こづか》さんや黒木君《くろきくん》の手《て》を借《か》りたことを考《かんが》えながら答《こた》えた。

「手伝《てつだ》ってもらいましたが、メインはG教室《ジェイきょうしつ》です。」

そう言《い》いながら、隼風《はやて》さんに信《しん》じてもらうために、ちょっとだけ事件《じけん》の内容《ないよう》に触《ふ》れる。

「アンホ爆弾《ばくだん》は、もう存在《そんざい》しません。」

隼風《はやて》さんは、目《め》を見開《みひら》いた。

それを見《み》て私《わたし》には、やっぱり隼風《はやて》さんは最初《さいしょ》からそれを心配《しんぱい》していたんだとわかった。

あの3種類《しゅるい》の薬品《やくひん》が持《も》ち出《だ》されただけで、そこまで考《かんが》えられるのは、勘《かん》がいいからだ。

そういう人《ひと》がトップに立《た》っていることは、クラブZ《ゼータ》にとっていいことなのに違《ちが》いなかった。

「G教室《ジェイきょうしつ》の責任《せきにん》で片付《かたづ》けました。もしどうしても薬品《やくひん》の返還《へんかん》が必要《ひつよう》なら、これから薬局《やっきょく》に行《い》って購入《こうにゅう》してきますが。」

そう言《い》うと、隼風《はやて》さんはふっと笑《わら》った。

「必要《ひつよう》ない。後《あと》は、こちらで処理《しょり》する。帰《かえ》っていいぞ。」

とても大人《おとな》っぽく、かすかにキザで、でもカッコいい、いつもの笑《わら》い方《かた》だった。

＊

クラブZ《ゼータ》事務局《じむきょく》を出《で》て、私《わたし》はエレベーターに乗《の》り、G《ジェイ》教室《きょうしつ》に向《む》かった。

教室《きょうしつ》のドアを開《あ》けたとたん、窓《まど》のそばで、浩史先生《こうじせんせい》がこちらを振《ふ》り返《かえ》った。

「お、立花《たちばな》。元気《げんき》だったか。」

清々《すがすが》しい眼差《まなざし》と、甘《あま》やかな微笑《ほほえ》みが目《め》に飛《と》びこんでくる。

久《ひさ》しぶりに会《あ》えて、私《わたし》は、もう泣《な》いてしまいたいくらいうれしかった。

「美織君《みおりくん》の件《けん》、うまくいきましたか。」

そう聞《き》くと、浩史先生《こうじせんせい》は、しっかりとうなずいた。

「スポンサーを確保《かくほ》して、音楽《おんがく》ファンドを立《た》ち上《あ》げたよ。美織《みおり》が楽器《がっき》を買《か》ったり、留学《りゅうがく》したりする資金《しきん》は、これで充分《じゅうぶん》だ。留学先《りゅうがくさき》も、ドイツにいる友人《ゆうじん》が買収《ばいしゅう》していた音楽《おんがく》スクールを使《つか》わせてもらえるよう話《はなし》をつけた。」

すごいっ！

じゃ美織君《みおりくん》は、これで家族《かぞく》に遠慮《えんりょ》せずにヴァイオリンの道《みち》を進《すす》めるんだね。

「各音楽学校《かくおんがくがっこう》や楽器店《がっきてん》とも連携《れんけい》して、音楽《おんがく》の道《みち》を志《こころざ》す学生《がくせい》をピックアップする横《よこ》の組織《そしき》も作《つく》った。美織《みおり》だけじゃなくて、多《おお》くの人間《にんげん》を援助《えんじょ》するシステムだ。」

ますます、すごい！

やっぱり浩史先生《こうじせんせい》は、最高《さいこう》だ!!

「あ、」

ドアが開《ひら》き、火影君《ひかげくん》の声《こえ》がした。

「浩史先生《こうじせんせい》がいるっ!」

続《つづ》いて若王子君《わかおうじくん》が、手《て》にドライパイナップルの入《はい》ったカップを持《も》って姿《すがた》を見《み》せ、その後《うし》ろから美織君《みおりくん》もやってきた。

「浩史《こうじ》センセ、久《ひさ》しぶりじゃん。」

3人《にん》とも、とてもうれしそうだった。

これから音楽《おんがく》ファンドの話《はなし》を聞《き》けば、もっとうれしそうにするだろう。

美織君《みおりくん》なんか、うれしすぎて泣《な》いてしまうかもしれない。

そう思《おも》いながら、私《わたし》はニッコリした。

とても、幸《しあわ》せな気分《きぶん》だったから。

32　キラキラ星変奏曲《ぼしへんそうきょく》

その翌日《よくじつ》、土曜日《どようび》の朝《あさ》9時《じ》に、私《わたし》たちはZ《ゼータ》ビルのキッチンに集合《しゅうごう》した。

そこには星形《ほしがた》クッキー作《づく》りに必要《ひつよう》な材料《ざいりょう》がすべてそろっていたけれど、もちろん全部《ぜんぶ》ミミックだった。

「まずバター、粉砂糖《こなざとう》、卵黄《らんおう》、バニラエッセンスを混《ま》ぜる。そこに薄力粉《はくりきこ》を入《い》れて、さらに混《ま》ぜる。練《ね》るんじゃないぞ。切《き》るように混《ま》ぜるんだ。カードを使《つか》え。」

若王子君《わかおうじくん》からプラスティックの薄《うす》い板《いた》を渡《わた》されて、私《わたし》が混《ま》ぜた。

なにしろ600枚《まい》ものクッキーを焼《や》くのだから、薄力粉《はくりきこ》だけでも2キロ250グラムもある。

それを数回分《すうかいぶん》に分《わ》けて混《ま》ぜることにし、混《ま》ぜ終《お》わると火影君《ひかげくん》に渡《わた》し、ボウルを空《あ》けて、そこにまた材料《ざいりょう》を入《い》れ、ひたすら混《ま》ぜた。

火影君《ひかげくん》は、私《わたし》から受《う》け取《と》った生地《きじ》を台《だい》に置《お》き、やっぱりカードで切《き》りながらなめらかに仕上《しあ》げる。

それを若王子君《わかおうじくん》と美織君《みおりくん》で、棒状《ぼうじょう》に伸《の》ばした。

全部《ぜんぶ》で30本《ぽん》を作《つく》り、それぞれの断面《だんめん》が星形《ほしがた》になるように削《そ》いでからラップでくるみ、冷蔵庫《れいぞうこ》に入《い》れる。

削《そ》ぎ落《お》とした生地《きじ》が残《のこ》ったので、それを集《あつ》めて、もう1本《ぽん》作《つく》った。

「よし、これで少《すこ》し、お休《やす》みさせる。」

若王子君《わかおうじくん》が冷蔵庫《れいぞうこ》を閉《し》め、マグネットで扉《とびら》に貼《は》りついていたタイマーをセットして私《わたし》たちを見《み》回《まわ》した。

「半崎医師《はんざきいし》が、今朝《けさ》の朝刊《ちょうかん》に出《で》てたぜ。」

私《わたし》は、ドキッとした。

爆弾《ばくだん》のことが警察《けいさつ》に知《し》れて、逮捕《たいほ》されたのかもしれないと思《おも》ったんだ。

「半崎医師《はんざきいし》が中心《ちゅうしん》になって、被害者遺族《ひがいしゃいぞく》の組織《そしき》を作《つく》り直《なお》し、新《あら》たに訴訟問題《そしょうもんだい》に取《と》りくむって記事《きじ》。」

ほっ！

「半崎医師《はんざきいし》は、県立病院《けんりつびょういん》を辞職《じしょく》したって書《か》いてあった。」

そうなんだ。

「組織《そしき》の作《つく》り直《なお》しは、石田《いしだ》の勧《すす》めだと思《おも》うけど、仕事《しごと》まで辞《や》めたっていうのは、医師《いし》としていろいろと考《かんが》えるところがあったんだろ。」

私《わたし》は、会《あ》ったこともない半崎医師《はんざきいし》の顔《かお》をあれこれと想像《そうぞう》しながら、今回《こんかい》、私《わたし》たちG《ジェイ》チームが犯《はん》罪《ざい》を消《け》したことは、誰《だれ》にとってもいいことだったんだろうなと思《おも》った。

この訴訟《そしょう》の発端《ほったん》になった丸田医師《まるたいし》も、ここでこれまでのやり方《かた》を改《あらた》めざるを得《え》ない立場《たちば》に立《た》たされるのは、将来的《しょうらいてき》に見《み》れば、本人《ほんにん》にとっていいことに違《ちが》いなかったから。

「浩史先生《こうじせんせい》が、音楽《おんがく》ファンドで楽器《がっき》をいくつか所有《しょゆう》して、生徒《せいと》に貸《か》し出《だ》したいって言《い》ってたからさ、大沢楽器店《おおさわがっきてん》の店頭《てんとう》にいいヴァイオリンがあるって勧《すす》めておいた。」

そう言《い》って美織君《みおりくん》がニヤッと笑《わら》った。

「きっと石田《いしだ》さんが、最初《さいしょ》の借《か》り主《ぬし》になるぜ。」

若王子君《わかおうじくん》が眉《まゆ》を上《あ》げる。

「残念《ざんねん》。それ、俺《おれ》んちがもう買《か》い取《と》り交渉《こうしょう》に入《はい》ってる。」

はっ⁉

「俺《おれ》んとこ、名画《めいが》とか名器《めいき》とか収集《しゅうしゅう》してるから。」

私《わたし》たちは、顔《かお》を見合《みあ》わせた。

「どーゆー家《いえ》なんだ？」

さぁ？

「おまえ、手《て》を引《ひ》けっ！」

美織君《みおりくん》が若王子君《わかおうじくん》の胸元《むなもと》をつかみ上《あ》げる。

「ヴァイオリンは、収集家《しゅうしゅうか》に引《ひ》き取《と》られてケースの中《なか》で眠《ねむ》るより、いい音《おと》を出《だ》せる人間《にんげん》に弾《ひ》かれている方《ほう》が幸《しあわ》せなんだ。」

うん、それはそうかもね。

私《わたし》は、ちょっと考《かんが》えてから言《い》った。

「じゃ、もし若王子《わかおうじ》の家《いえ》が買《か》いとったら、それ、石田《いしだ》さんに貸《か》し出《だ》せばいいんじゃない？」

火影君《ひかげくん》がうなずく。

「プロのヴァイオリニストでも、いろんな所有者《しょゆうしゃ》からヴァイオリンを借《か》りている。若《わか》は、家《いえ》の人《ひと》を説得《せっとく》して石田《いしだ》さんに貸《か》せよ。」

その時《とき》、タイマーが鳴《な》り出《だ》したので、私《わたし》たちは話《はなし》を切《き》り上《あ》げ、クッキー作《づく》りに戻《もど》った。

なにしろ3時《じ》までに仕上《しあ》げなくちゃならなかったから。

冷蔵庫《れいぞうこ》で冷《ひ》えて固《かた》くなっている棒状《ぼうじょう》の生地《きじ》を出《だ》し、接着剤《せっちゃくざい》を塗《ぬ》ってグラニュー糖《とう》をまぶす。

粒《つぶ》の粗《あら》いそのグラニュー糖《とう》が、キラキラを作《つく》ってくれるんだ。

「各棒《かくぼう》を輪切《わぎ》りにして。厚《あつ》さは1センチ。これが狂《くる》うと、６００枚《まい》にならない。」

若王子君《わかおうじくん》の指示《しじ》で、私《わたし》たちは全員《ぜんいん》がナイフを握《にぎ》って頑張《がんば》った。

「ああ国王《こくおう》のバカ、端《はし》からやるんじゃない。」

え・・・いけなかった？

「まず半分《はんぶん》に切《き》って、それをさらに半分《はんぶん》。その1つを5等分《とうぶん》すれば、各《かく》1センチになるだろ。」

ああそうか。

「切《き》り口《くち》を上《うえ》にして、ここに並《なら》べて。」

できた星形《ほしがた》クッキーを、オーブンシートを敷《し》いた天《てん》パンの上《うえ》に並《なら》べ、180度《ど》で15分《ふん》。

いい匂《にお》いとともに、キラキラ輝《かがや》く星形《ほしがた》クッキーができ上《あ》がった。

「さ、次《つぎ》だ。」

焼《や》き上《あ》がったクッキーを、脱衣籠《だついかご》みたいに大《おお》きなバスケットの中《なか》にざっと空《あ》け、天《てん》パンを冷《ひ》やし、オーブンシートを敷《し》き直《なお》して次《つぎ》を焼《や》く。

何度《なんど》かくり返《かえ》して、もうすぐ600枚《まい》が完成《かんせい》という時《とき》、ノックの音《おと》とともに、バタンとドアが開《あ》いた。

「お、本物《ほんもの》みたいな匂《にお》いじゃん。」

若武先輩《わかたけせんぱい》と上杉先輩《うえすぎせんぱい》が姿《すがた》を見《み》せる。

「美織《みおり》、来《こ》いよ。音合《おとあ》わせすっぞ。おまえのヴァイオリン、返《かえ》してやっからさ。」

そう言《い》う上杉先輩《うえすぎせんぱい》の脇《わき》で、若武先輩《わかたけせんぱい》は物欲《ものほ》しげにクッキーを見《み》つめたまま、身《み》じろぎもしない。

ひょっとして食《た》べられるんじゃないかと思《おも》っている様子《ようす》だった。

「やっぱ、あれは浩史先生《こうじせんせい》の指令《ミッション》だったんですか。」

火影君《ひかげくん》が聞《き》くと、若武先輩《わかたけせんぱい》はなおも、じいっとクッキーを見《み》つめたままで答《こた》える。

「そ。でも美織《みおり》を付《つ》け回《まわ》すの面倒《めんどう》だったからさ、いっそヴァイオリンを取《と》り上《あ》げとこうって上杉《うえすぎ》と決《き》めたんだ。だって俺《おれ》たち、ダブル・ミッションだったんだぜ。隼風《はやて》さんからもガソリンスタンドの見張《みは》りをしろって言《い》われててさ。もう毎日《まいにち》クタクタ。」

美織君《みおりくん》が、行《い》ってもいいかといったような顔《かお》でこっちを見《み》る。

私《わたし》は、うなずいた。

「この後《あと》は、もう3人《にん》で大丈夫《だいじょうぶ》です。」

そう言《い》いながら、クッキーをねらって伸《の》びてくる若武先輩《わかたけせんぱい》の手《て》をペシッと打《ぶ》つ。

うるさく飛《と》んでくる蝿《はえ》か、蚊《か》でも追《お》いはらうような気分《きぶん》だった。

「よし、最後《さいご》の1台《だい》だ。」

火影君《ひかげくん》が、オーブンから天《てん》パンを取《と》り出《だ》す。

若王子君《わかおうじくん》が若武先輩《わかたけせんぱい》の方《ほう》を向《む》き、珍《めずら》しくやさしい声《こえ》をかけた。

「若武先輩《わかたけせんぱい》、気《き》になるんだったら、思《おも》い切《き》ってチャレンジしてみたら？」

若武先輩《わかたけせんぱい》は即《そく》、火影君《ひかげくん》に駆《か》け寄《よ》り、天《てん》パンの上《うえ》にあったクッキーをいくつかつかんで、パクッと口《くち》に放《ほう》りこむ。

直後《ちょくご》に、悲鳴《ひめい》を上《あ》げた。

「アチッ！」

流《なが》しに飛《と》んでいき、水道《すいどう》の蛇口《じゃぐち》を思《おも》いっ切《き》り開《ひら》くと、食《く》いつくように口《くち》を当《あ》てる。

若王子君《わかおうじくん》は、冷《ひ》ややかな目《め》を私《わたし》に向《む》け、肩《かた》をすくめた。

「あれで、しばらく何《なに》も食《た》べられないと思《おも》う。」

悪童《あくどう》っ！

「じゃ俺《おれ》、行《い》くから。」

片手《かたて》を上《あ》げて出《で》ていく美織君《みおりくん》を見送《みおく》って、私《わたし》は、今日《きょう》の離団式《りだんしき》が素晴《すば》らしいものになるようにと願《ねが》った。

いつまでも石田《いしだ》さんの胸《むね》に残《のこ》り、つらいことがあるたびに思《おも》い出《だ》して立《た》ち直《なお》れるような、そんな式典《しきてん》になるといいな。

「さ、仕上《しあ》げだ。若武先輩《わかたけせんぱい》、どうラッピングすればいいんですか。」

火影君《ひかげくん》に聞《き》かれて、若武先輩《わかたけせんぱい》は、自分《じぶん》がクッキーアドバイザーであることを思《おも》い出《だ》したらしかった。

威厳《いげん》をつけようとして拳《こぶし》を上《あ》げ、ぬれていた口元《くちもと》をグイッと拭《ぬぐ》うと、背筋《せすじ》を伸《の》ばし、精一杯《せいいっぱい》反《そ》り返《かえ》って私《わたし》たちを見回《みまわ》す。

「よし、3枚《まい》ずつラップに包《つつ》め。できたら会場《かいじょう》の出入《でい》り口《ぐち》に運《はこ》んで、入場《にゅうじょう》するメンバーが1個《こ》ずつ取《と》っていけるようにするんだ。」

＊

離団式《りだんしき》の会場《かいじょう》は、Ｚ《ゼータ》ビルの大広間《おおひろま》だった。

絨毯《じゅうたん》を敷《し》きつめた床《ゆか》に、赤《あか》い革《かわ》を張《は》った椅子《いす》が並《なら》べられ、会場《かいじょう》の奥《おく》には舞台《ぶたい》が設営《せつえい》されている。

その舞台《ぶたい》の中央《ちゅうおう》に演台《えんだい》があり、そばにはクラブＺ《ゼータ》の団旗《だんき》が掲《かか》げられていた。

漆黒《しっこく》のビロードの地《じ》に、Ƶ《ゼータ》の文字《もじ》が金糸《きんし》であざやかに刺繡《ししゅう》されたもので、とても素敵《すてき》だった。

式典《しきてん》が始《はじ》まる前《まえ》に、私《わたし》たちは、３枚《まい》ずつラッピングしたクッキーをバスケットに入《い》れて会場《かいじょう》の出入《でい》り口《ぐち》に運《はこ》んでおいた。

それで会場《かいじょう》に集《あつ》まってきたƵ《ゼータ》メンバーは全員《ぜんいん》が、手《て》に星形《ほしがた》クッキーを持《も》っていたんだ。

私《わたし》たちも、それぞれに３枚《まい》ずつ持《も》って、椅子《いす》に座《すわ》った。

「全員《ぜんいん》、起立《きりつ》っ！」

司会進行《しかいしんこう》をしたのは、クラブƵ《ゼータ》の式典服《しきてんふく》に身《み》を固《かた》めた隼風《はやて》さん。

その服《ふく》を見《み》るのは初《はじ》めてだったけれど、漆黒《しっこく》の立《た》ち襟《えり》で、肩章《けんしょう》がついていてカッコよかった。

「ここに、離団式《りだんしき》の開会《かいかい》を宣言《せんげん》する。全員《ぜんいん》、団旗《だんき》に向《む》かって、敬礼《けいれい》っ！」

それが終《お》わると、舞台《ぶたい》に弦楽四重奏《げんがくしじゅうそう》のメンバーが出《で》てきた。

上杉先輩《うえすぎせんぱい》も含《ふく》めて、皆《みんな》がクラブƵ《ゼータ》の式典服《しきてんふく》だったけれど、美織君《みおりくん》だけが国立音楽大学付属中学《こくりつおんがくだいがくふぞくちゅうがく》の制服《せいふく》で、それは艶《つや》のある純白《じゅんぱく》の学生服《がくせいふく》だった。

とても気品《きひん》があり、美織君《みおりくん》によく似合《にあ》っていた。

クラブƵ《ゼータ》のメンバーが、白《しろ》い絹布《けんぷ》を持《も》ってきて舞台《ぶたい》に広《ひろ》げ、それが終《お》わると隼風《はやて》さんが立《た》ち上《あ》がって声《こえ》を張《は》り上《あ》げる。

「離団者《りだんしゃ》、石田満彦《いしだみつひこ》、壇上《だんじょう》へ。」

石田《いしだ》さんが緊張《きんちょう》した顔《かお》で舞台《ぶたい》に上《あ》がり、靴《くつ》を脱《ぬ》いで白《しろ》い絹地《きぬじ》の上《うえ》に立《た》った。

「キラキラ星変奏曲《ぼしへんそうきょく》、始《はじ》めっ！」

弓《ゆみ》を構《かま》えた４人《にん》の演奏者《えんそうしゃ》は、初《はじ》めは全員《ぜんいん》で主旋律《しゅせんりつ》を演奏《えんそう》し、次《つぎ》に１人《ひとり》１人《ひとり》がソロで、順番《じゅんばん》にそれを弾《ひ》いた。

私《わたし》は、その時初《ときはじ》めて、上杉先輩《うえすぎせんぱい》や美織君《みおりくん》の演奏《えんそう》を聴《き》いたのだった。

前《まえ》に美織君《みおりくん》は、自分《じぶん》の音《おと》は感情的《かんじょうてき》で俗《ぞく》っぽいって言《い》っていたけれど、全然《ぜんぜん》そんなことはなかった。

上杉先輩《うえすぎせんぱい》の音《おと》は、確《たし》かにとても透明《とうめい》で、硬質《こうしつ》で、知的《ちてき》で、聴《き》いていると、自分《じぶん》の前《まえ》に新《あたら》しい世界《せかい》が静《しず》かに開《ひら》けていくような気持《きも》ちになった。

美織君《みおりくん》の音《おと》はそれとはまったく逆《ぎゃく》で、心《こころ》を揺《ゆ》さぶるような強《つよ》さと柔軟《じゅうなん》さがあって、ロマンティックで、思《おも》わず惹《ひ》きこまれ、我《われ》を忘《わす》れて酔《よ》いしれてしまうような音《おと》だった。

次々《つぎつぎ》といろいろな形《かたち》に展開《てんかい》していくキラキラ星変奏曲《ぼしへんそうきょく》をバックに、石田《いしだ》さんが願《ねが》いごとを言《い》った。

「僕《ぼく》は、自分《じぶん》の生涯《しょうがい》をヴァイオリンに捧《ささ》げたい。自分《じぶん》の幸《しあわ》せ、自分《じぶん》の生命《せいめい》よりもヴァイオリンと音楽《おんがく》のことを考《かんが》える人間《にんげん》、そして同《おな》じ道《みち》を目指《めざ》す先輩《せんぱい》や後輩《こうはい》のためにつくせる人間《にんげん》になりたい。」

そんな石田《いしだ》さんに向《む》かって、皆《みんな》が星形《ほしがた》クッキーを投《な》げた。

600もの流《なが》れ星《ぼし》が、まるでダイヤモンドみたいに輝《かがや》きながら、石田《いしだ》さんの願《ねが》いを叶《かな》えるために空中《くうちゅう》を飛《と》び交《か》ったんだ。

「僕《ぼく》たちはさ、石田《いしだ》さんの幸《しあわ》せを願《ねが》おうよ。」

火影君《ひかげくん》の提案《ていあん》に、私《わたし》も若王子君《わかおうじくん》もうなずいて、自分《じぶん》の持《も》っているクッキーを投《な》げた。

星形《ほしがた》クッキーは、この世《よ》のどんな星《ほし》よりきれいにキラキラと輝《かがや》きながら飛《と》んでいき、石田《いしだ》さんに当《あ》たって、その足元《あしもと》に積《つ》み重《かさ》なっていく。

石田《いしだ》さんは涙《なみだ》ぐみながら立《た》ち、後《うし》ろで美織君《みおりくん》は、本当《ほんとう》にうれしそうにヴァイオリンを弾《ひ》いていた。

わずかに微笑《ほほえ》んだその顔《かお》は、とても幸《しあわ》せそうで、どんな女《おんな》の子《こ》でも一瞬《いっしゅん》で恋《こい》に落《お》ちそうになるくらいカッコよかった。

私《わたし》は自分《じぶん》の手《て》に持《も》っている最後《さいご》のクッキーを投《な》げながら、心《こころ》で祈《いの》った。

石田《いしだ》さん、ドイツで頑張《がんば》って、そしていつか帰《かえ》ってきて、美織君《みおりくん》に素敵《すてき》な音《おと》を聴《き》かせてあげてください。

美織君《みおりくん》は、本当《ほんとう》にあなたのヴァイオリンが好《す》きなんです、って。


〈完《かん》〉

あとがき

こんにちは、住滝良《すみたきりょう》です。

この「星形《ほしがた》クッキーは知《し》っている」は、「妖精《ようせい》チームG《ジエニ》事件《じけん》ノート」シリーズの第《だい》2作目《さくめ》です。

楽《たの》しんでいただけましたか？

「事件《じけん》ノート」シリーズには、この他《ほか》に、「探偵《たんてい》チームKZ《カッズ》事件《じけん》ノート」があります。

これら2つの「事件《じけん》ノート」シリーズ、「G《ジエニ》」と「KZ《カッズ》」の特徴《とくちょう》は、1冊《さつ》1冊《さつ》が新《あたら》しい事件《じけん》を扱《あつか》い、謎《なぞ》を解決《かいけつ》して終《お》わるので、どの巻《かん》からでも読《よ》めることです。

たくさん読《よ》んでくださいね。

ご意見《いけん》、ご感想《かんそう》など、お待《ま》ちしています。

さて、住滝《すみたき》は最近《さいきん》、またも失敗《しっぱい》しました。

朝《あさ》、ご飯《はん》のおかずに魚《さかな》を焼《や》いて食《た》べようと思《おも》い、魚焼《さかなや》き器《き》に、サバとサンマを入《い》れたのです。

会社《かいしゃ》に勤《つと》めながら執筆《しっぴつ》しているので、食事作《しょくじづく》りには、あまり時間《じかん》をかけられません。

それで魚《さかな》なんかは、まとめて焼《や》くことにしています。

この時《とき》も、サバ2切《き》れ、サンマ3匹《びき》を魚焼《さかなや》き器《き》に並《なら》べ、火《ひ》を点《つ》けました。

これで焼《や》けるはず。

と思《おも》っていたら、しばらくしたら、ガスレンジから煙《けむり》がモクモク。

おかしいなと首《くび》を傾《かし》げつつ、そのままにしておいたら、煙《けむり》はドンドン濃《こ》くなり、その勢《いきお》いは増《ま》すばかり。

んっ⁉

あわてて魚焼《さかなや》き器《き》を引《ひ》き出《だ》してみたら、全体《ぜんたい》が炎《ほのお》の海《うみ》！

火《ひ》の中《なか》で、サバとサンマが真《ま》っ黒《くろ》になって、炎上中《えんじょうちゅう》。

どうしていいのかわからず、とりあえずそのまま放置《ほうち》しておいたのですが、火《ひ》は、燃《も》え盛《さか》る一方《いっぽう》。

しかたがないので、買《か》っておいた台所用《だいどころよう》の小型消火器《こがたしょうかき》を噴射《ふんしゃ》して、消《け》し止《と》めました。

が、サバとサンマは・・・とても食《た》べられない状態《じょうたい》に。
後片付《あとかたづ》けに時間《じかん》を取《と》られたので、この日《ひ》は、朝食《ちょうしょく》ヌキの出勤《しゅっきん》でした。
でも、いったい、どこがいけなかったのだろう。
住滝《すみたき》は、ただサバとサンマを、一緒《いっしょ》に焼《や》いただけなのに・・・。
疑問《ぎもん》です。

住滝《すみたき》　良《りょう》

「事件《じけん》ノート」シリーズの次作《じさく》は、2015年《ねん》7月《がつ》発売予定《はつばいよてい》の「探偵《たんてい》チームKZ《カッズ》事件《じけん》ノート　たなばた姫《ひめ》は知《し》っている」です。お楽《たの》しみに！

＊原作者紹介

藤本《ふじもと》ひとみ

長野県生まれ。西洋史への深い造詣と綿密な取材に基づく歴史小説で脚光をあびる。フランス政府観光局親善大使をつとめ，現在AF（フランス観光開発機構）名誉委員。著作に，『皇妃エリザベート』『シャネル』『アンジェリク　緋色の旗』『ハプスブルクの宝剣』『幕末銃姫伝』など多数。青い鳥文庫の作品では『三銃士』『マリー・アントワネット物語』（上・中・下巻）『美少女戦士ジャンヌ・ダルク物語』『新島八重物語』がある。

＊著者紹介

住滝《すみたき》 良《りょう》

千葉県生まれ。大学では心理学を専攻。ゲームとまんがを愛する東京都在住の小説家。性格はポジティブで楽天的。趣味は，日本中の神社や寺の「御朱印集め」。

＊画家紹介

清瀬赤目《きよせあかめ》

東京都生まれ。漫画家。おもな作品として漫画に『アンネッタの散歩道』（芳文社），『NEW日本の歴史10』（学研教育出版），挿絵に『スクールガール・エクスプレス38』（講談社YA! ENTERTAINMENT，著・芦辺拓）などがある。

講談社　青い鳥文庫　286-19

妖精《ようせい》チームG《ジェニ》事件《じけん》ノート
星形《ほしがた》クッキーは知《し》っている
藤本《ふじもと》ひとみ 原作
住滝《すみたき》 良《りょう》 文

2015年5月15日　第1刷発行

(定価はカバーに表示してあります。)

発行者　清水保雅

発行所　株式会社講談社
東京都文京区音羽2-12-21　郵便番号112-8001
電話　出版部（03）5395-3536
販売部（03）5395-3625
業務部（03）5395-3615

N.D.C.913　296p　18cm

装　丁　久住和代
印　刷　図書印刷株式会社
製　本　図書印刷株式会社
本文データ制作　講談社デジタル製作部

ISBN978-4-06-285491-7

どこから読《よ》んでも楽《たの》しめる！

探偵《たんてい》チームKZ カッズ 事件《じけん》ノート

藤本《ふじもと》ひとみ／原作《げんさく》
住滝《すみたき》 良《りょう》／文《ぶん》
駒形《こまがた》／絵《え》

消《き》えた自転車《じてんしゃ》は知《し》っている

第一印象《だいいちいんしょう》は最悪《さいあく》！なエリート男子《だんし》４人《にん》と探偵《たんてい》チーム結成《けっせい》！

本格《ほんかく》ミステリーはここから始《はじ》まった！

切《き》られたページは知《し》っている

だれも借《か》りてないはずの図書室《としょしつ》の本《ほん》からページが消《き》えた!?

国語《こくご》のエキスパート・彩《あや》、大奮闘《だいふんとう》！

キーホルダーは知《し》っている

なぞの少年《しょうねん》が落《お》とした鍵《かぎ》にかくされた秘《ひ》密《みつ》とは!?

受験《じゅけん》の合格発表《ごうかくはっぴょう》は明暗《めいあん》まっぷたつ！

卵《たまご》ハンバーグは知《し》っている

給食《きゅうしょく》を食《た》べた若武《わかたけ》がひどい目《め》に！ あのハンバーグに何《なに》が？

砂原《すなはら》、初登場《はつとうじょう》です!!

緑《みどり》の桜《さくら》は知《し》っている

ひとり暮《ぐ》らしの老婦《ろうふ》
人《じん》が行方《ゆくえ》不明《ふめい》に!?
失踪《しっそう》か？　事件《じけん》か!?

洋館《ようかん》に隠《かく》された
恐《おそ》るべき秘密《ひみつ》！

シンデレラ特急《とっきゅう》は知《し》っている

ＫＺ《カッズ》がついに海外《かいがい》へ!!
リーダー若武《わかたけ》の目標《もくひょう》
は超《ちょう》・世界基準《せかいきじゅん》！

ＫＺ《カッズ》初《はつ》の海外編《かいがいへん》！

シンデレラの城《しろ》は知《し》っている

ＫＺ《カッズ》、最大《さいだい》のピンチ!!
おちいった罠《わな》から
脱出《だっしゅつ》できるか!?

スケールの大《おお》きさに
びっくり！

クリスマスは知《し》っている

若武《わかたけ》がついに「解散《かいさん》」
を宣言《せんげん》！　ＫＺ《カッズ》最後《さいご》
の事件《じけん》になるか!?

砂原《すなはら》ファンは
見逃《みのが》せない１冊《さつ》！

大《だい》ショック！
上杉《うえすぎ》に何《なに》が!?

裏庭《うらにわ》は知《し》っている

若武《わかたけ》に掃除《そうじ》サボりのヌレギヌが！　そこへ上《うえ》杉《すぎ》の数学《すうがく》１位転落《いてんらく》!?

初恋《はつこい》は知《し》っている 若武編《わかたけへん》

「ついに初恋《はつこい》だぜ！すごいだろ。」
若武《わかたけ》、堂々《どうどう》の告白《こくはく》！

若武《わかたけ》の恋《こい》バナがとんでもないことに！

天使《てんし》が知《し》っている

「天使《てんし》」に秘《ひ》められたメッセージとは!?　この事件《じけん》は過去最大級《かこさいだいきゅう》！

スペシャルカラーイラストつきの特別編《とくべつへん》！

バレンタインは知《し》っている

砂原《すなはら》と再会《さいかい》！　心《こころ》ときめくバレンタインは大事件《だいじけん》の予感《よかん》!?

バレンタインの思《おも》い出《で》は永遠《えいえん》に・・・。

ハート虫《むし》は知《し》っている

転校生《てんこうせい》はパーフェクトな美少年《びしょうねん》！　そして若武《わかたけ》のライバル!?

超《ちょう》・強力《きょうりょく》な新《しん》キャラ登場《とうじょう》！

お姫《ひめ》さまドレスは知《し》っている

若武《わかたけ》、KZ《カッズ》除名《じょめい》!?
そして美門翼《みかどたすく》にも
危機《きき》が・・・。

最大《さいだい》のピンチ！
どうする、若武《わかたけ》!?

青《あお》いダイヤが知《し》っている

高級《こうきゅう》ダイヤの盗難事《とうなんじ》件発生《けんはっせい》！ 若武《わかたけ》にセカンド・ラヴ到来《とうらい》か!?

男《おとこ》の子《こ》たちの
友情《ゆうじょう》とは!?

赤《あか》い仮面《かめん》は知《し》っている

砂原《すなはら》が13歳《さい》で社長《CEO》に！ KZ《カッズ》最大《さいだい》の10億円黒《おくえんくろ》ルビー事件《じけん》ぼっ発《ぱつ》！

KZ《カッズ》に雇《やと》い主《ぬし》が
みつかる!?

黄金《おうごん》の雨《あめ》は知《し》っている

上杉《うえすぎ》が女《おんな》の子《こ》を誘《さそ》う!? その意外《いがい》な真相《しんそう》とは!?

彩《あや》の宣言《せんげん》、
上杉《うえすぎ》の告白《こくはく》！

「探偵《たんてい》チームKZ《カッズ》
事件《じけん》ノート」は
まだまだ続《つづ》きます！

妖精《ようせい》チームGジェニ事件《じけん》ノート

ますます大人気《だいにんき》!の**「探偵《たんてい》チームＫＺ《カッズ》事件《じけん》ノート」**シリーズに、さらに、強力《きょうりょく》な新《しん》シリーズが加《くわ》わりました!

「妖精《ようせい》チームＧ《ジェニ》事件《じけん》ノート」シリーズです!

藤本《ふじもと》ひとみ先生《せんせい》の原作《げんさく》、住滝良先生《すみたきりょうせんせい》の文《ぶん》で、イラストは清瀬赤目《きよせあかめ》先生《せんせい》です!

もちろん、**「探偵《たんてい》チームＫＺ《カッズ》事件《じけん》ノート」**の新刊《しんかん》も続々刊行中《ぞくぞくかんこうちゅう》です!

これからは「事件《じけん》ノート」シリーズとして、**「ＫＺ《カッズ》」**も**「Ｇ《ジェニ》」**もたくさん刊行《かんこう》されます。みんな、これからも応援《おうえん》してね!

妖精《ようせい》チームジェニ事件《じけん》ノート

わたしたちが活躍《かつやく》します！

立花《たちばな》 奈子《なこ》
Nako Tachibana

主人公《しゅじんこう》。大学生《だいがくせい》の兄《あに》と高《こう》校生《こうせい》の姉《あね》がいる。小学《しょうがく》5年生《ねんせい》。超《ちょう》・天然系《てんねんけい》。

火影《ひかげ》 樹《たつき》
Tatsuki Hikage

野球部《やきゅうぶ》で4番《ばん》を打《う》ち、リーダーシップと運《うん》動神経《どうしんけい》、頭脳《ずのう》をあわせ持《も》つ小学《しょうがく》6年生《ねんせい》。

若王子《わかおうじ》 凜《りん》
Rin Wakaouji

フランスのエリート大学《だいがく》で学《まな》んでいた小学《しょうがく》5年生《ねんせい》。繊細《せんさい》な美貌《びぼう》の持《も》ち主《ぬし》。

美織《みおり》 鳴《めい》
Mei Miori

音楽大学付属中学《おんがくだいがくふぞくちゅうがく》に通《かよ》う中学《ちゅうがく》1年生《ねんせい》。ヴァイオリンの名手《めいしゅ》だが、元《もと》ヤンキーの噂《うわさ》も。

好評《こうひょう》発売中《はつばいちゅう》！

クリスマスケーキは知《し》っている

塾《じゅく》の特別《とくべつ》クラス「妖精《ようせい》チームG《ジェニ》」に入《はい》った奈子《なこ》に、思《おも》いもかけない事件《じけん》が！

星形《ほしがた》クッキーは知《し》っている

美織《みおり》にとんでもない疑惑《ぎわく》!?
クラブZ《ゼータ》と全面対決《ぜんめんたいけつ》!?

「講談社《こうだんしゃ》 青《あお》い鳥文庫《とりぶんこ》」刊行《かんこう》のことば

太陽《たいよう》と水《みず》と土《つち》のめぐみをうけて、葉《は》をしげらせ、花《はな》をさかせ、実《み》をむすんでいる森《もり》。小《こ》鳥《とり》や、けものや、こん虫《ちゅう》たちが、春《はる》・夏《なつ》・秋《あき》・冬《ふゆ》の生活《せいかつ》のリズムに合《あ》わせてくらしている森《もり》。森《もり》には、かぎりない自然《しぜん》の力《ちから》と、いのちのかがやきがあります。

本《ほん》の世界《せかい》も森《もり》と同《おな》じです。そこには、人間《にんげん》の理想《りそう》や知恵《ちえ》、夢《ゆめ》や楽《たの》しさがいっぱいつまっています。

本《ほん》の森《もり》をおとずれると、チルチルとミチルが「青《あお》い鳥《とり》」を追《お》い求《もと》めた旅《たび》で、さまざまな体験《たいけん》を得《え》たように、みなさんも思《おも》いがけないすばらしい世界《せかい》にめぐりあえて、心《こころ》をゆたかにするにちがいありません。

「講談社《こうだんしゃ》 青《あお》い鳥文庫《とりぶんこ》」は、七十年《ねん》の歴史《れきし》を持《も》つ講談社《こうだんしゃ》が、一人《ひとり》でも多《おお》くの人《ひと》のために、すぐれた作品《さくひん》をよりすぐり、安《やす》い定価《ていか》でおおくりする本《ほん》の森《もり》です。その一さつ一さつが、みなさんにとって、青《あお》い鳥《とり》であることをいのって出版《しゅっぱん》していきます。この森《もり》が美《うつく》しいみどりの葉《は》をしげらせ、あざやかな花《はな》を開《ひら》き、明日《あす》をになうみなさんの心《こころ》のふるさととして、大《おお》きく育《そだ》つよう、応援《おうえん》を願《ねが》っています。

昭和《しょうわ》五十五年《ねん》十一月《がつ》

講談社